愛の渇き

アンナ・カヴァン 著

大谷真

文遊社

愛の渇き

目次

1　なにかの始まり

小塔を備えた高い城が丘の上にぽつんと立っている。その姿は中世に建造されたときのまま、まったく変わっていないように見える。荒れ果てた部分もあるものの、遠くから見ると、ほとんど目につかない。かえってそのせいでこの城はまわりの風景に溶けこんでいるし、周囲の丘の頂に顔を出している黄土色の露頭のひとつと見紛われることもある。風雨に吹きさらされようと、陽光に照りつけられようと、城はなにものにも打ち壊されない不変の姿を示している。だが、黄昏どき、海や低地が闇に覆われるころになると、まだ残照を受けてきらめいている城は、上空に浮かぶ幻影のように霊妙で、雲のようにはかなげに見えるのだった。

今、青年医師はこの城に向かって古びた車を走らせながら、仕事をしているとき以上に想像力をかき立てられていた。かれにとって城はこの南部の土地に潜在する不思議な力を象徴するものだ。この地に赴任した当初、北国生まれのかれは温暖な地方に広がる丘陵や岩山や台地に心を奪われ、銀色に輝くオリーブの木や葡萄の木にうっとりした。工業化された人口過剰の北部にはめったにない自然の美を発見しようと、意気込んでもいた。森や巨岩や棘の多い低木が点在する荒涼とした丘陵地帯が、村落や石ころだらけの畑の近くまで迫っている様子を目の当たりにすると、文明社会がすこし頼りないものに思われる。そんなことを実感するたびに胸がわくわくした。まるであの城にふさわしい時代に、もっと冒険と謎に満ちた世界に戻っていくかのようだ。その時代にくらべたら、現代など味気なくてつまらないものに思えるのだった。

青年医師はこの土地の人間にも好感をもっていた。最初は誰もが自分を受け入れてくれるような気がした。しかし今は、人びとの気持ちも自分の気持ちもよくわからない。今でも南部地方と地元の人間に魅力を感じているが、暑い季節が始まってからかれの態度も変わった。もう以前のようにこの土地にもここの人びとにも心から夢中にはなれないのだ。

今は八月、青年医師は暑さに対して嫌悪感を覚えていた。焼けつくような夏の空はいささか鬱陶しい。ときどき故郷の湿気を含んだ涼しい気候がたまらなく恋しくなり、ここにいると、自分が場違いな人間のような、部外者のような気持ちになった。たぶんこんな理由から自分とまわりの人びとのあいだに垣根があるように思えるのだろう。ときには人びとから締め出されているという印象を受けることもあった。それは思いすごしかもしれない。だが、青年は――多忙をきわめていたので、地元の人間になじめないことをくよくよ考えていられなかったが――もう以前のように楽しいばかりというわけにはいかず、現実にすこし失望し、無意識のうちに夢想の世界に入りこんでいったのだった。

こんなときに励みになったのは、医師仲間のなかでかれがいちばん若かったために、往診の大半を任されたことだ。そのおかげで丘陵地帯の集落や孤立した農家が散在する過疎地を走り回る機会が多くなった。内陸のでこぼこ道は車の往来がほとんどないので、運転しながらよく空想にふけった。どこへ行こうと、城はいつでも視界に入り、かれの夢想の中心になった。

あそこにはどんな人たちが住んでいるのだろう？　どんな不思議な人たちなのだろう？　あそこの住人がふつうの人間だとは考えられない。だが、同僚は城に住む夫婦がどういう人物か説明してくれたし、伯爵夫人にはまだ会ったことがないが、伯爵とはすでに会っている。あのような古い城のなかで暮らしているのだから、風変わりな人間にちがいない。新世界の魔術のなかにはあそこで生まれたものもあるはずだ。失われた美、過去の英知も。

近々、城のなかで子供が生まれることになっている。本来はこの地域の病院で出産する予定だったので、先輩医師は伯爵夫人のために特別室を予約したあと、隣国で行われる学会に参加するために出発した。ところが、この先輩医師の留守中に病院に連絡が入り、けっきょく、分娩は城内で行われることになったのだった。

青年医師は今まで城に入ったことがない。気持ちの高ぶりとかすかな不安を覚えながら、かれは大量生産された古びた車を運転し、丘の頂上目ざして急勾配の道を進んでいった。そびえ立つ城壁の下に着くと、車を止めてエンジンを切って外に出た。日に照らされ、風に吹きさらされて色あせた城壁は乾ききった貝殻のようだ。あたりは静まり返っている。そこはどこよりも高く、周囲は断崖絶壁になっている。こんなに高い場所に、こんなに人里離れた静かな場所にいるのは不思議な気分だった。手を伸ばせば届きそうなところを幾筋かの雲が流れている。はやくもかれには自分を引きこもうとする城の魔力が感じられた。

呼び鈴を鳴らしながら青年は気持ちを奮い立たせた。自分が正常な人間だと思いたかったのだ。たいていの場合、夢想は知らないうちに意識ある自分の許可を得ずに始まるので、頭のなかにはふたつの異なる考えが浮かんでしまう。今も神経が高ぶっているのは先輩の仕事を引き受けるのがいやなせいだと意識的に考えているいっぽう、もっと内奥にいる自分は夢想のことを気にかけ、城の実体を知ったら夢想がぶち壊しになるのではないかと心配しているのだ。青年の生活は多忙だったが、いつも孤独で、知りあいは大勢いても親友と呼べる人間はひとりもいないので、慣れ親しんでいる夢想が大切なものだったのだ――もちろんそのことは誰にも知らせていないが。

しかし、城内に足を踏み入れたとたん、かれはまたしても気持ちの高ぶりを覚えた。ここはまさに想像どおりの場所だ。魅惑的で謎めかしい夢の世界が現実の空間に現れている。見る者を圧倒する、緩やかな曲線を描く幅の広い階段。壁からじっとこちらを見つめ、気味の悪い仕草をしている色あせた華麗な彫像。薄暗い回廊。とりわけ古い伝統が醸し出すいいようのない雰囲気――それは魔法の力が生み出したものだ。夢に見ていた城が現実のものとなったのだ。青年はすっかり心を奪われた。

間違いなく城は完璧だ。伯爵夫人はどんな人なのだろう？　呪縛を解いてくれるだろうか？　青年が案内されたのは夫人の私室だった。明かりが薄暗いので、最初、未来の患者の姿はほとんど見えなかった。太陽が照りつける混みあった浜辺を俗悪で非現実的なものに思わせるような、がらんとした広い部屋に入っていきながら、青年は寝椅子に座っている若い女性について同僚がなんといっていたか思い出そうとした。もちろん今、目にしているものに対して心の準備はしていなかったが、彼女のなにがそんなにも意外なのかよくわからない。青年が進んでいくと、伯爵夫人は翳りを帯びた目で冷ややかにかれを見つめる。

青年医師は夫人が長身だということと、近寄りがたい雰囲気をもっていることに気づいた。妊娠前はほっそりとして優美な体形だったにちがいない。ほっそりとして優美というのは本質的に彼女に備わっているものなので、たとえおなかが大きくなっても、その特性ははっきりと見てとれる。彼女は自分の体の状態とは無縁だというような妙な印象を与えた。あたかも妊娠が自分にはふさわしくないものだから――誰かに仕組まれた罠だから――意志の力でそれに打ち勝とうとしているかのようだ。近寄りがたい雰囲気とともに確固たる決意が全身からにじみ出している。話し方も態度も物静かで口数は少ないが、自分を客観視することでこのきわめて女性的な状況をすこし男性的なものにしている。抗しがたい自然の力に断固として抵抗している伯爵夫人を見て、青年はおもしろいと思った。さらに彼女の近寄りがたい不思議な雰囲気に想像力をかき立てられ、彼女を自分の夢想と同一視した結果、好ましい人物だと判断した。

ところが、すぐに伯爵夫人の固い決意は我慢できないほど厄介なものになった。彼女はなんでも自分の思いどおりにしないと気がすまず、要求が通らないことなどまったく考えられないらしい。まず先輩医師を呼び戻すよう命じ、その医師が出産には間に合わないといわれると、今度はすぐに入院するといい張った。

いくら人のいい青年医師でも、みなが自分に仕えるだけのために存在していると思いこんでいる夫人の傲慢さにしだいに腹が立った。しかも、彼女には人をばかにした態度をとる癖がある。青年が取るに足りない人間なので目に入らないといわんばかりに、かれを通り越してほかの場所を見ながら、女王然とした態度で椅子の背にもたれているのだ。無能な医者に診てもらうつもりはないと告げているかのように。

「状況がわかっていらっしゃらないようですね」青年医師は苛立ちを抑えて冷静に語りかけ、小さな病院は満室だということや、個室はつねに何カ月も前から予約が入っていることを説明した。さらに、自分が一人前の医師だということを示すために堅苦しいくらいに丁寧な口調で話し、誰かに侮辱されて黙っている人間ではないことを証明しようとした。すると気分もよくなり、いつもの冷静さが戻ってきた。伯爵夫人に不快感を与えたのだから、この仕事から手を引くことも許されるだろう。彼女が手に負えない患者になるのは目に見えている。

「ほかの医者をお呼びになりたいなら――」青年は切り出した。すると、それをさえぎって伯爵夫人がいう。「いいえ、とんでもない。それはいやです」

初めて青年医師の存在を認めた夫人はまともにかれの顔を見た。その目は澄みきった海水に覆われた岩礁のようだ。にわかに彼女の顔に哀願するような笑みが浮かんだかと思うと、憂いを秘めた魅力があふれ出した。その瞬間、彼女は一変した。その変わりようは驚くべきものだ。あっというまに彼女はいたいけな少女のように見えたのだった。

青年医師は驚くと同時に感動したが、その変化はほんのつかのまの出来事だった。すぐにまた、彼女は超然とした伯爵夫人に戻った。彼女の笑顔がことのほか魅力的なのは、ふだんの厳しい表情との落差が大きいせいだ。青年はそう判断した。しかし、今は、自信や傲慢さやよそよそしさの裏に少女の恥じらいが隠れているのがわかっている。そう思うと、かれは不思議な親近感を覚えた。あたかもふたりが夢の世界で出会って仲よくなったかのように。

青年医師の帰り支度が整ったとき、伯爵夫人はメイドに命じて外に出る近道に案内させた。それは夫人の部屋から出口に通じる専用の通路だ。螺旋階段を下りると、巨大な樫の木陰にあるテラスに出た。そこから焼けつくような日差しを浴びながら表門まで歩くと、なじみのおんぼろ車が待っていた。それを見たとたん、今日中に片づけなければならない仕事が二件あるのを思い出し、青年はひどく慌てた。ところが、まだ車が走りださないうちにどこからともなく伯爵が現れた。大柄で背が高く、見るからにたくましい男性だ。青年は一、二度、地元の行事で伯爵と会っていた。その伯爵が今、ステップに片足を乗せて車が動かないようにしている。

これから取りかかる仕事のことで頭がいっぱいだったので、青年医師は一刻もはやくここから立ち去りたかった。これ以上話をする必要はない。だが、やきもきしたり、気もそぞろになったりしていても、伯爵に漂う不安げな雰囲気を感じとることができた。初めて父親になる男性は神経過敏になり、なんでも大げさに考えるのだろう。そう思った青年医師は伯爵夫人に話したことをそのまま伯爵にも伝え、しょっちゅう一緒に仕事をしているベテランの助産婦が有能だということや、妊婦の状態が正常だということを付け加えた。

もちろんそれだけ話せば十分だ。青年医師の手は自然にスターターのほうに動いた。ところが、伯爵はステップに乗って両手でドアをつかみ、必死に訴えた。なんとか妻を入院させてほしい……空き室のひとつくらいあるはずだ……病院がだめでも、民間の産院なら、すこし離れた沿岸の町の産院なら受け入れてくれるかもしれない。いくらかかってもかまわない。費用は問題ではない……こんなことが矢継ぎ早に語られたが、ときにはほとんど聞きとれなかった。それは神経が痙攣して話し手の口が引きつるからだ。相手のゆがんだ顔を見て青年医師はばつが悪そうに目を伏せ、力ずくで出発を阻止しているかのようにドアを握り締めている手に視線を向けた。なにかいわなければならないのはわかっているが、気まずさを感じて口ごもった。すると、相手は青年の沈黙を誤解して話しつづける。

「変な印象を受けないでほしいのだが……差別しているとか……自信がないとか……もちろんそういうことではなくて……きみとは関係ないことで……」今度は伯爵のほうが気まずそうな顔をしてぎこちなく目をそらすと、恥ずかしいことを打ち明けるかのように、いきなり話しはじめる。「リジャイナが――わたしの妻が――絶対にいやだといい張っているのです……赤ん坊はここでは……この城では産まないと……強迫観念のようなものでしょう……きみも気づいたでしょうが……妻はとても頑固で……ひどく神経質なのです」

夢想する自分に自由を与えすぎたかもしれないと思い、この数分間、青年医師はこの城とここの住人に反発していた。今のかれは正常な忙しい実務家で、夢想家は一時休止状態に入っている。どうして伯爵夫人はほかの女性と同じように自宅で出産しないのだろう？　こんなつまらないことで大騒ぎするのはばかげている。青年はドアをつかんでいる伯爵の手を引き離して走り去りたい衝動に駆られた。しかし、生来の優しさが顔を出した。なんといっても、目の前にいる男性は相手を侮辱するつもりなど毛頭ないことを説明するくらいちゃんとした人物なのだ。そんな人に反感をもつのはばかげている。

前々から青年医師は伯爵をすばらしい肉体の見本のような人物だと思っていた。典型的なスポーツマンタイプだと。今、あらためて見ると、伯爵がやつれて疲れきっていることに気づいて青年は驚いた。だが、同情はしなかった。伯爵夫人は若くて健康だ。異常分娩になると考える理由はない。伯爵はそれを心配しているようだが、そんな態度はおこがましいし、考えすぎというものだ。実のところ、青年医師が伯爵に反感を覚えるのは、別のもっと不可解な理由があるからだった。だが、かれはそれにほとんど気づいていないし、もちろんその意味を明確にすることもできなかった。出産が間近に迫ったために伯爵夫妻と城のあいだには特別な絆と秘密が生まれている。しかし、青年はそのなかには入れてもらえなかった。またしてもこの締め出されたという感覚……空想の世界でこの城に自由に出入りすることで、その感覚をある程度帳消しにしていた。だから今、心の奥底では、この人たちには自分を締め出す権利などないと思い、憤然としていたのだ。しかし、そんな思いは表面には出てこない。説明しようのない嫌悪感を抱きつつ、青年医師は思い悩むたくましい伯爵を見つめ、最善を尽くすと約束したあと、猛スピードで車を走らせて丘を下りていった。

その日はひどく蒸し暑かった。長い夏のあいだに溜まった暑さが重苦しい疲労感のように空中を漂っている。青年が帰宅しても、飼い犬は木陰に這いつくばったままで、起きあがって出迎えようともせず、けだるそうに尻尾を振っただけだ。それでも帰宅早々、青年は待ちかねたように仕事に取りかかり、不思議な城から自分の世界に戻ってほっとした。自分からも自分の生活からも離れていたような気がする。そのため、あたりまえの日常が戻るまでにすこし時間がかかった。

頭の片隅にはなぜか自分の夢が変わったという漠然とした思いがあるので、青年はがっかりした。空想はもうたくさんだ。すくなくとも今のところは。城のことは忘れてしまいたい。それにもかかわらず、時間の無駄だと承知しながらも、伯爵との約束を守って数軒の私立の産院に電話をかけた。もちろん空き室はない。そこで、ベテランの助産婦に必要なものを持って先に行くよう指示した。準備はすべて彼女に任せることができる。その助産婦とは何度も仕事をしているので、出産に立ち会う際、彼女は右腕といってもいいような存在だったのだ。しばらくのあいだ、青年は本当に城を忘れることができた。本来の生活に戻ったかと思うと、心底ほっとした。ふたたび毎日が順調に動いているし、なにをしたらいいのかわかっているので、冷静に適切に処理していた。

出産の日が来ると、青年医師はしぶしぶ車を運転してまた丘の頂上に向かったが、助産婦が城にいるので心強かった。今回は味方がいるから、なじみのない人たちのなかで孤立する心配はないだろう。太陽は西に傾いているけれど、いまだに勢力は衰えていない。田園地帯には人っ子ひとりいない。ところが、公道と城に通じる私道がぶつかるところまで来たとき、列を作って城から出てくる男女と出会った。その人たちの興奮したような目つきや仕草やおしゃべりにはすこしばかり妙なところがある。青年医師はぼんやりと考えた。うだるような暑さのなか、村から遠く離れたところでこの連中はなにをしているのだろう？　小作人の代表かもしれない。だが、車を走らせるうち、その行列のことは忘れた。

今回は前回よりも長居することになりそうなので、青年医師は樫の木陰に車を止めたあと、呼び鈴を鳴らした。しばらく待ったが、誰も出てこないので、もう一度鳴らした。青年は建物の陰に入った。だが、目の前ではありとあらゆるものが焼けつくような暑さとまばゆい輝きのなかに溶けこみ、天も地も白く光っている。白っぽい砂利、白茶けた芝生、熱気をはらんだきらめく空、すべてが同じ色に染まり、目もくらむような光以外はすべて吸い取られた世界が広がっている。

この南部の夏は……あまりにも長すぎる。冷たい霧や雨を懐かしく思い出しながら、青年はぎらぎら輝く空を見上げた。頭上の枝から垂れさがる埃まみれの葉はまったく動かず、まるで金属で作られているかのようだ。城のなかからはまったく音が聞こえてこない。城の外も同じだ。動物や鳥の鳴き声も聞こえないし、機械の音もしない。ただ虫が絶え間なく小さな音を立てているだけ。その乾いた熱っぽい音は夏の声のように思われる。

いったいどうしたのだろう？　どうして扉を開けないのだ？　もちろん錠が掛かっているけれど、青年は試しに両手で大きな輪を回してみた。そのとき、ふいに通用口があるのを思い出し、苦労して別の出入口を見つけ出した。そこは伸び放題の蔓植物に覆われて半分隠れている。その扉にも錠が掛かっていたが、なかで人の動く音がしたので、青年は呼びかけた。「おーい！　入れてくれ。ぼくは医者だ！」

ぎこちない手つきで旧式な掛け金をいじりはじめたが、暑さのために苛立ち、ぐずぐずしていることに耐えられなくなって思わずどなった。「頼むから、はやくしてくれ！　今まで扉を開けたこともないのか？」つぎの瞬間、扉が開いた。驚いたことに、目の前に立っているのは白いエプロンを着けた助産婦だった。

青年医師の考えでは、助産師はきわめて常識的な人間だった。城の使用人でもない彼女が扉を開けるのは非常識なことなので、かれはどなりつけたことを謝るどころか、ぶしつけなくらいに問いつめた。「こんなところでなにをしている？　どうして伯爵夫人のそばにいないんだ？」

「先生がお着きになったかどうか見に来たのです。だから入れて差しあげられたんですよ」

いつものように助産婦が冷静で落ち着いているので、青年医師はほっとした。たぶん彼女が通用口に出てきたことについては正当な理由があるのだろう。今まで涼しいところに行きたいと願っていたが、城のなかはとても涼しい。最初のうち、かれの気分は爽快だった。ところが、焼けつくような暑さやぎらぎら照りつける陽光が締め出されると、古色蒼然とした建物に漂う空気が間近に迫り、深海の冷たい水のようにかれのまわりを流れはじめた。またしてもこの城の魔力が襲いかかってくる。今回はそれに抵抗した。この前は手に負えなかったから、今度は完全に意識ある正常な人間のままでいようと心に決めた。絶対に夢想家はこの場に登場させない、と。だが、それは容易なことではない。得体の知れない、目に見えないものが心のなかに入りこもうとしているようだ。それは夢想することに反対する本当の自分とは相いれず、危険なものでもある。青年医師と助産婦は、異国の海に浮かぶちっぽけな島のようにその場に立ちつくした。「みなはどこだ?」青年はたずねた。「あっちの玄関で何度も呼び鈴を鳴らしたが、誰も出なかった」

「ここには伯爵夫妻とあたくしのほかは誰もいませんの」助産婦は答えた。「奥さまが使用人を全員追い出してしまったものですから」

「追い出しただって――どうしてそんなことを?」そういったものの、青年は本当に理由を知りたいわけではなかった。無意識のうちに口からその言葉が飛び出しただけだ。ここには不思議な尋常ではない雰囲気があり、常軌を逸したことが行われている。それは城の魔力の勢力範囲に属するものだから、絶対に関わりたくない。頭のなかに相反する考えが浮かびはじめたので、青年は助産婦の返事に耳を傾けず、心のスクリーンに映るおかしな行列を見つめた。今は正体が明らかになったが、大勢の人間がぺちゃくちゃしゃべりながらそっくり返った姿勢で歩いているところはキリギリスの行列のようだ。〝消毒〟という言葉が耳に入ったとたん、青年はわれに返った。見ると、薄暗い通路の端で助産婦がうろうろしている。白衣に包まれたその姿は大きな蛾を思わせる。手伝ってくれる者がいないことをこぼしたあと、助産婦は立ち去る前にこういった。

「先生、まっすぐ患者のところへいらしたほうがいいのではありませんか。かなり興奮なさっているようですから」

〝生意気なことをいうじゃないか〟そう思いながら、青年医師は螺旋階段を上っていった。いつから部下に指図されるようになったのだろう？　しかし、怒りは表面的なものだった。すこし前に意図的につくりあげた思考の対立は、今も勝手に続いて抑えがきかなくなっている。意識的には城の魔力に抵抗しているが、心の奥深くにいる自分は降伏しかけていて、螺旋階段を上るにつれ、ますます強く引きこまれていくのだ。ふいに伯爵夫人の声が聞こえたので青年ははっとした。あまりにもはっきりと聞こえたので、一瞬、彼女が自分に話しかけているのかと思った。

「どうしてあなたを信用しなければならないの？」

いつのまにか青年医師は階段のいちばん上にいた。しかし、開いた扉の向こう側にいる人たちはかれの足音が耳に入らなかったらしい。なかにいる人の注意を引くために咳払いをしたあと、青年はがらんとした大きな部屋に入った。鎧戸を閉めた部屋は薄暗く、陰鬱な空気が漂っている。助産婦の言葉を思い出し、青年は口論の邪魔をしたのではないかと思ったが、見えるのは闘士のように向かいあっているふたつの人影だけだ。さらに進んでいくと、もうひとつの開いた扉と明るい寝室が見えた。そのなかで病院にいるときと同様、助産婦がてきぱきと準備をしている。日常よく目にする光景をかいま見たために常態が勢力を増し、魔力は後退したかに思えた。

青年医師が見るかぎり、伯爵夫人はこの前と同じ服装をしている。どうして助産婦は着替えさせないのだろう？　しかし、伯爵夫人の姿ははっきり見えない。光と影に包まれてぼんやりしている。黒っぽい髪に縁どられた青白い顔は首から下の不格好な体にはそぐわない。夫人ははるか遠くから眺めているような目つきで青年を見たあと、夫に目を向けた。「本当にみながいなくなったかどうか、わたしにわかるはずがないでしょう？」

青年医師は夫人から伯爵のほうに視線を移した。伯爵のほうはもっとはっきり見える。この前会ったときとくらべると、心身ともに疲れきっているようだが、話し方は穏やかだ。「約束するよ。この家にはわたしたちのほかには誰もいない。きみが望むなら、誓ってもいい。わたしの名誉にかけて」

かれは努めて冷静に振る舞っているが、すっかり意気消沈しているようだ。その顔には怯えたような、とても信じられないといった表情が浮かんでいる。青年医師は重病を告知された人の顔にそんな表情が浮かんでいるのを見たことがある。

「あなたの約束――あなたの名誉ですって……」伯爵夫人が物静かで冷ややかな話し方や態度を変えずに軽蔑の気持ちを伝えるのは驚くべきことだった。ふいに強い反感を覚えながら青年医師は夫人を見た。また、目の前にいるふたりが自分の存在を無視していることを無礼だと思った。他人の前で内輪もめを続けるとは、なんと礼儀を知らない夫婦なのだろう。長年、仕事を続けるうちに洞察力がつき、もともと細やかな神経の持ち主でもあるので、青年は伯爵夫妻が醸し出す敵意に満ちた雰囲気をはっきりと感じとった。不倶戴天の敵同士のように向かいあうふたりが、同時に優しさや愛情を求めている様子を目の当たりにすると、ひどくいやな気分になった。ふたりの反目がこれから始まる出産を辱めていることにも腹が立つ。出産は自分の専門領域だし、個人的にも心配していたのだ。さらに心の奥では、ふたりの敵意が城の魔力の表れだということに憤慨していた。自分にも教えてほしい秘密の表れだということに。まるで自分の夢想からも締め出されたような気がする。これはひどすぎる。しかし、意識的には絶対に関わりたくないと思いながらも、つい横合いから口を出さずにいられなかった。

「使用人の話をしていらっしゃるなら、誰もいませんよ」青年医師の口調はすこしぶっきらぼうになった。「下の道ですれ違いましたから」そういったとたん、今まで隠していた部分が表面に出てきて、なんとも説明しようのない新たな感情が湧きあがった。

青年医師が話しかけた相手は伯爵だった。ところが、伯爵が返事をする前に、夫人の口から喘ぎ声ほど大きくはないが、息を吸いこむ音が漏れた。そうかと思うと、急に夫人がふらついたので、青年は倒れる寸前に彼女の体を受け止めた。つかのま、謎めいた表情を浮かべる目がかれの目をのぞきこんだ。澄みきった海水の下にある岩礁のように黒い瞳には、どんなに固く決意しても隠しおおせない不安があふれている。そのとき、ふたりのあいだに彼女にも拒むことのできない結びつきが生まれた。一瞬、青年は夫人の目に浮かぶ怒りと驚きに気づいた。つぎの瞬間、その目はどんよりとして焦点が定まらなくなり、苦しげになった。さすがにここまで近づくと、彼女の顔ははっきり見える。今は顔中に小粒真珠のようなきらめく玉の汗が吹き出しているが、彼女はつねに変わらない決然とした表情を浮かべている。最後まで黙って耐え抜くと決意している頑固なアメリカインディアンのように。青年に抱かれた体は妙にぐったりとなり、死骸のように重くなった。かれはその場にたたずみながら伯爵夫人を見下ろし、自分にほほ笑みかけてくれた少女の面影を探したが、見えるものは絶対に耐え抜くと決意している頑固な表情だけ——火あぶりにされたインディアンの表情だけだ。それでも、心の奥にある秘密の泉から湧きあがる思いを込めて青年はこういいたかった。〝入れてください……あなたの秘密の世界へ……なんでもいいからぼくにも分けてください……どんなものでもかまいません……なんでもします……なんでも捧げます……ただぼくを締め出すことだけはしないでください……〟

青年は動揺し、混乱していたが、それは自分でも理解できない感情のせいばかりではなかった。現実の生活を営んでいる意識ある〝本当の〟自分が、正当だと認められていないもうひとりの自分と戦っているせいでもあるのだ。もうひとりの自分は一時的に優位に立ち、禁制の夢想の世界を現実よりも大事なものに思わせている。にわかに青年は夢の世界に入りこみたくなり、正常な自分を棄て去ってもいいと思った。ところが、伯爵夫人がかすかに動きだし、ぐったりとなっていた体に活力が戻って青年から離れたとたん、日常の自分が勢力を盛り返した。夫人の顔に意識が戻るのを見て、青年はすばやく目をそらし、彼女の隙に——苦しんでいるときに——つけこんだと思われないようにした。今、いるところがかならずしも夢の世界ではなく、現実の世界でもないので、かれは困惑した。それでも、いつもと変わらない話し方で、着替えをしてベッドに入るよう夫人に告げた——その口調を聞いて自分でもかすかな驚きを感じた。

「主人がいなくなるまではいやです」伯爵夫人がふたたび伯爵のほうを向くと、夫は口ごもりながら異議を唱える。「そんなことはできるはずがない――わたしを追い払うことなどできるはずがないじゃないか」神経の痙攣の頻度が増すにつれてしだいに言葉がわかりにくくなった。必死に訴えるうちに、厳しい母親の言いなりになっていた少年時代に戻ったかのようだ。話し方は妙にたどたどしく、不満げで、子供っぽい。「ここにいさせてくれ……」端正な顔立ちの大柄な男性の口からこのような泣き言が出てくるのは滑稽といってもいいくらいだ。すると、そのことに気づいたのか、伯爵は急にぶっきらぼうな辛辣な話し方をしようとした。「なにがあってもここにいるぞ……わたしの権利なのだから……」

そんな努力も虚しく、妻は猛然と反撃してただちに夫を黙らせた。「あなたは権利についてあれこれいう立場にあるのかしら……この場合、権利はすべてわたしのほうにあるのです……わたしは約束を守っているでしょう。とってもいやなことですけれど……」

またしても伯爵夫妻は青年医師のことなどすっかり忘れてしまったらしい。かれがこの部屋にいないかのように、ふたりだけで話している。今度は青年も気にしなかった。なぜか無視されているという気持ちにはならなかった。相変わらず自分の感情の虜になり、ふたりの話に一心に耳を傾けた。ふたりの言葉を聞いていたら、教えてほしいと願っている秘密が明らかになるかのように。

「条件付きで跡とりを差しあげると約束したでしょう」伯爵夫人は話している。「あなたはまだその条件を満たしていないけれど――」

伯爵は夫人から隠すように、守るように、片手を上げてぴくぴく動く神経を覆っていた。だが、今は手を下ろして語勢を強めていう。「聞き分けのないことをいうんじゃない、リジャイナ……病院に空き部屋がないのはわたしのせいではないだろう……さあ、しっかりしてくれ……」衝動的に夫人のほうへ歩み寄ったが、自分の意志に反して動いているのか、妙にためらいがちなところがある。だが、夫人の声が耳に入るや、ぴたりと足を止めた。

「そばに来ないで！」伯爵夫人は重い体を動かしてゆっくりとあとずさりした。「二度とわたしに近づかないで！」ふっくらした腹部の脇に垂らしていた青白く光る腕を片方上げて手を直角に曲げると、指を開いて伯爵を制した。彼女の体の状態が本物なので、そんな芝居がかった仕草も見せかけとは思えない。

伯爵はもう動かなかった。しかし、体は静止しているものの、魂は今でも目の前の女性に引きつけられているようだ。その場にたたずんだまま、ふたりのあいだにある距離を縮めようとしている。この肉体を離れた魂の追跡に気づいたのか、伯爵夫人は汚らしいものから逃げるようにどんどん引き下がり、壁際まで行ってようやく立ち止まった。青年医師にはこんなことがすべて夢の世界の出来事に思えた。伯爵夫人の意識的ではないゆっくりとした動き方には型にはまった正確さがある。夢遊病者のような引き下がり方、壁を背にして大きく腕を広げているときの、茫然とはしているけれど、堅苦しいポーズ。それを見て青年はうっとりした。その緩やかな動きには催眠効果があるようだ。

伯爵夫人が首を振ると、垂らした長い髪が波のように揺れた。青年医師は夢想するときの、時間を超越した不思議なまなざしでその黒っぽいうねりを見つめ、つかのまの出来事を大きくふくらませて、忘れていた子供時代の思い出と結びつけた。今、かれの目にはきらきらと輝く、波打つ海草が見える。六歳のころ、よくそれを浜辺から家に持ち帰り、魔力を秘めたものとして大切にしたものだ。ふいにあのころの魔力よりも強い不可思議な力を感じて、かれはわくわくした。この前、自分にほほ笑みかけてくれた少女がすぐ近くにいるような気がする。ふたりとも子供になったかのようだ。不思議なことに、彼女は雨の魔法を使って戻ってくると、あの濡れた海のリボンを見せて秘密を分けてくれたのだ。夢想の世界での出会いがあまりにも現実味を帯びているので、青年の胸の鼓動が速くなり、全身が震えた。「もうすこしで見つかるわ」隠れん坊をしている子供のような声が聞こえた。「もうすこし……もうすこしよ……」その声と伯爵の不満げな声のどちらが現実なのか、よくわからない。

「どうして急にそんなに冷淡になって……腹を立てたり……きついことをいったりするのか……わたしには理解できない……」

青年医師はぼんやりと伯爵夫人を見た。彼女はできるだけ伯爵から離れ、部屋の隅にたたずんで夫と向かいあっている。「わたしにいわせたいの……すべて言葉にしてほしいとおっしゃるの……?」

青年はしぶしぶ伯爵夫人の言葉に耳を傾けた。ヒステリックな響きをもつ声は夢想の世界に入ったり出たりを繰り返す。「あなたなんか大嫌い。わたしに――わたしの体に――あんなことをしたのですもの。もうわたしのものではないわ――前はわたしだけのものだったのに。いつも健康で美しい体を保つよう、きちんと手入れをしていたのに――わたしの自慢だったのに……」そんな話は聞くに忍びないので、青年は夢想の世界に逃げこもうとした。ところが、今、夢想は頼りないものになっている。針のように尖った夫人の言葉が、夢想の世界を覆うすり切れた織物まで容赦なく突き刺したかのようだ。「――無理やり入りこんで……平凡で、滑稽で、不愉快で、醜悪なものにしてしまったわ。まるで猥褻な小説――下品な冗談みたいに……くだらないものにして……わたしが自分の体を嫌いになるように仕向けたのよ。だからあなたなんて大嫌い……あなたの子供も……この家も――あなたのお城も。またここで暮らすことなんてできないわ――これ以上……」伯爵夫人の声にあるヒステリックな響きを聞いているのはつらいので、青年は甘い夢想の切れ端にしがみつき、できるだけ彼女の言葉が耳に入らないようにした。「――そもそもこんなことは恥ずかしくて……汚らわしいから……誰にも知られてはならないし……絶対に隠しておかなくては……」感情の高まりが頂点に達すると、絶望的な叫び声が聞こえた。「あれだけでも十分にいやなことだったわ——でも、これは……出産なんて不愉快きわまりないことよ！　ぞっとするほど忌まわしいこと——さあ、おわかりになって……？」

青年医師はぎょっとした。まるでテントのなかで夫人の声を聞いているような気分だ。テントはどんどん透けていき、今は完全に溶けて、自分を守るものはなくなった。青年が慌てふためいて成り行きを見守っていると、伯爵夫人は指輪をはずし、夫目がけて思いきり投げつけた。指輪は伯爵に当たって磨き抜かれた床に落ち、青年のほうにころがってきた。思わずかれは屈みこんで指輪を拾った。ついに現実の世界に戻り、手のなかにある結婚指輪を見ていいようのない口惜しさを覚えた。この輝く指輪はけっして壊れることのない結びつきの象徴のようだ。今でも自分が完全に締め出されていることを示すものなど見たくない。青年は寒々しい気持ちになった。ほほ笑みをたたえた少女は幻のように消えた。目の前にいる現実の人間は、誰でもそうするかのように、自分のことなどすっかり忘れている。伯爵夫妻の言葉を聞いたり、仕草を見たりしていると、青年はふたりの秘密の世界から締め出されているという思いを強くした。

しかし、意識的にはこんな思いを抱きつつも、夢想の世界での出会いを信じる思いはまだ残っていて、心の奥深くに入りこんだ。そのため、今でもひそかにかわいらしい不思議な少女のことを考えていた。天使のような生き物とつくりあげた言葉のない微妙な関係を思い出すと、今でも胸がときめく。だが、ふたたび支配権を握った正常な自分にとって、伯爵夫人との関係を考えることは――夢想の世界で幻のような彼女と関わるだけだとしても――ばかげていて、言語道断で、とうてい受け入れられなかった。

そこで、青年は夢想する自分をさらに心の奥深くに押しこみ、現実の状況に注意を傾けた。もういいかげんに自分が出ていってこの場を収めるときだ。そう思いながら、感情を爆発させたために今は疲れ果てて壁にもたれている女性を見た。助産婦はどうしたのだろう？　医師を手伝うためにここに来ているはずなのに。また夢想家の自分に自由を与えてしまったから、医師である自分の権限を行使する必要がありそうだ。青年はてきぱきとした口調で伯爵に話しかける。「そろそろ奥さまは休まなければなりません。ぼくも外に出ます。ちょっとお話ししたいこともありますので」かれは意味ありげに扉のほうを見た。ところが、愚かな男性は気をきかして出ていくどころか、またしても興奮して訳のわからないことをいいはじめた。

伯爵夫人は夫の話を理解しようとせず、きっぱりといい放った。「出ていって……この家から……あなたが同じ家のなかにいるかぎり……子供は産みません。さあ、出ていって！」夫人の顔に凶暴な表情が浮かんだ。青年医師が呆気にとられて見ていると、夫人は平然と大きな体を動かして扉のほうへ向かった。彼女にとって自分が抱えている不格好な荷物よりも、超然とした態度をとることのほうが大事らしい。夫人がなにをしようとしているのか気づいたとたん、青年は激しい怒りを覚えた。「医師として、階下《した》へ行くことは許しません」苛立たしげにいった。夫人に答える間を与えず、今度は伯爵にいう。「おふたりとも、協力すると約束してください。さもないと、ぼくは手を引きます」静まり返った部屋のなかにその声が響き渡ったあと、深い静寂が広がった。

「おっしゃるとおりです、先生」奇跡的に伯爵は威厳と平静を取り戻した。笑顔を見せることもできた。「ここの責任者はきみだ。きみの言葉に従いましょう」そのあと、妻に向かっていう。「それが理にかなったことじゃないのかな?」だが、返事が返ってこないので、一時的に落ち着いていた伯爵はふたたび動揺し、口ごもりはじめた。全身に軽蔑の気持ちをみなぎらせて沈黙を続ける妻を前にして、伯爵は悲しげに訴えた。やがてついに諦めると、もう口ごもりながら話すこともやめ、なす術もなく立ちつくした。そんな卑屈な態度をとる伯爵を見てうんざりし、青年は腹立たしげに背を向けた。

ところが、今度は青年医師が尊大で頑固な伯爵夫人に立ち向かわなければならなくなった。かれにとって夫人の頑固さはまさにいやなもの、まさに愚かしいものだった。今、夫人はひと休みするために立ち止まり、ぎこちなく椅子の背にもたれているが、その姿は不格好といってもいいくらいだ。血色の悪いやつれた顔を見て、青年医師は冬のあいだに治療したインド人水夫を思い出した。かれらは極東貿易の船の乗組員だが、上陸したあとに風邪を引いて体調を崩し、口もきけないほどの苦しみに耐えながら身を寄せあっていた。伯爵夫人は協力してほしいという訴えにひと言も返さず、相変わらずぎこちない姿勢のまま、ひたすら頑固な態度をとりつづけている。そんな態度は常軌を逸している。これからも彼女は抵抗するにちがいない。これ以上時間を無駄にしてなんになるだろう？　にわかに新たな怒りが湧きあがり、青年は部屋から出ていきたくなった。先輩医師とひと悶着あるかもしれないが、この仕事から手を引こう。もうこの城にいるのは耐えられない。今すぐ城とここの住人から解放されたい――二度とふたりには会いたくない。そんな気持ちに突き動かされて青年は口を開いた。「こんなことはやっていられません。電話はどこですか？　医者を探してみま――」最後までいいおわらないうちに伯爵夫人にさえぎられた。「ほかの先生ではいやだといったはずですけど……」夫人は焦れったそうではあるけれど、哀願するような妙な動きをしたあと、腕を上げた。そのためにゆったりとした袖が肩のあたりまでまくれあがり、腕があらわになった。中年女性のようなでっぷりした体形とは対照的に、その腕は若々しくてほっそりとしている。彼女は全身に悲哀を漂わせて相手の心に訴えかけながら、かたくなに椅子の背にもたれている。

たちまち青年医師の心に抑えつけていた考えや気持ちが戻ってきた。またしても不似合いな重い体のなかに閉じこめられている痩せた少女が見えたような気がした。自分なら彼女を助けることができる。彼女も助けてほしいと願っている。青年と彼女の目が合った。それは妖精がさらった子供の代わりに置いていった子供の目のようだ。人間のものではない目はどこか遠くの失った祖国を見つめている——かわいそうに。ふいに青年は気づいた。傲慢で超然とした自信に満ちた態度とは裏腹に、今の伯爵夫人にはどこにも居場所がない、よるべのない浮浪児のような雰囲気がある。妥協を知らない頑固な態度は——わがままで横柄で急に攻撃的になるところは——子供のごまかしにすぎず、無邪気な罪のないもので、いじらしくもある。途方もなく大きな哀れみの波が青年を呑みこみ、ふたりを隔てている壁を押し流した。伯爵夫人の富と身分、彼女が自分の患者だという事実を。ふたりの心の奥にいる自己にとってそんなものはなんの意味もないのだ。青年は彼女にも自分と同様、どこにも居場所がないような雰囲気があることに気づいた。そのため、また夢の世界での親交がよみがえってきた。それは言葉ではいい表せないほど微妙なものだ。激しい気持ちの高ぶりが哀れみのなかに入りこみ、ふたたび名前のない感情をつくりあげると、今度はかれもそれに無条件降伏した。

「わかりました。あなたの勝ちです」自分にいい聞かせるかのように、青年は静かに語りかけながら、伯爵夫人と伯爵のあいだに割りこんで夫の姿を隠した。一瞬、青年の顔に本人でさえ見たことのない、妙な笑みが浮かんだ。それは心の奥深くにいる自分がもっている、相手を守ろうとする気持ちにあふれ、口にしている言葉よりも重要なものだ。言葉は問題ではない。優しさがにじみ出る話し方は、本人にとってはあたりまえでも他人には好かれており、今も伯爵夫人に私心のない愛情を注ぐ度量があることを伝えている。

伯爵夫人は疑わしげな目つきで青年医師を見つめた。かすかな驚きを覚えながらかれは考えた。この人はどうしたらいいのかわからないのだろう……今まで無私無欲の善意を示されたことがないのだ……人の善意を受け入れることもできないとはあまりにも気の毒だ。このような女性は今まで以上に優しくして守ってやらなければならない。不格好な体に似つかわしくない少女のような細い腕に痛々しさを感じ、あまりにも強い負けじ魂に胸を打たれて、無意識のうちに青年のなかに騎士道精神が呼び覚まされた。この人を救い、守りたい。この人にふさわしい場所に、不器用な人間に傷つけられることのない場所に戻してやりたい。雄々しい青年は自分の気持ちをすべて夫人に注ぎこみ、なんとか彼女を守ろうとした。

階段を上ってくる助産婦の足音を聞きつけると、青年医師はすかさずいった。「助産婦に手伝わせて着替えをなさるなら、ぼくは一緒に階下に行ってご主人をお見送りすることにします」しかし、伯爵夫人はなにもいわずに青年を見つめただけだ。かれも夫人を見返すと、探るようなまなざしに身をさらしながら、持ち前の優しさと騎士道精神を発揮して夫人にかしずいた。「ぼくが信用できない人間かどうか、考えてみてください」青年は謎めいた笑みを浮かべたが、自分ではまったく意識していなかった。「年がら年中、世界を相手に戦うことなどできませんよ……今は誰かを信用しなければならないときなのです――それなら、ぼくを信用してもいいではないですか――ぼくはあなたをがっかりさせることはありませんから」

外界から三人を隔絶しているこの部屋の壁のように、青年医師の気持ちは揺るぎのないものだった。三人は離れた場所にばらばらに立っているかのように見える。青年は緊張しながら伯爵夫人の返事を待った。なにもかもが動きを止めた。ただし、足音だけは着々と近づいてくる。助産婦が戸口に来る前に夫人が口を開かないと、手遅れになる。だが、これ以上なにもできないし、なにもいえない。すべて夫人の裁量に任せたのだから、あとは彼女しだいだ。今は高まる緊張感と近づいてくる足音以外はすべて忘れ、ただ待つしかなかった。

扉が開きはじめたちょうどそのとき、伯爵夫人の口から小さな声が漏れた。「わかりました……」彼女が生まれた輝く世界から一条の光が差したかのように、めずらしく見せた笑みで顔が輝き、魅力的で優しい表情が浮かんだ。それを見てふたりのあいだに暗黙の結びつきがあることがはっきりした。彼女は笑顔でそれを認めたのだ。青年医師は意気揚々となり、晴れやかな笑みを返すと、われを忘れて彼女にすべてを委ねた。

この自己放棄の瞬間、青年医師の心に深い静寂と平穏がもたらされた。かれの望みはずっとこの高揚状態に留まっていることだけだ。ところが、助産婦が現れた。白い布を掛けたトレイを持って部屋を横切っていく。寝室に行く途中に足を止め、長いあいだ不在だった理由を説明して青年医師の注意を引きつけた。かれは話を聞いているふりをしたが、助産婦の言葉はひと言も耳に入らず、相変わらず体も心ももうひとりの女性に引きつけられていた。そして、その女性に北部人特有の優しさとひたむきな愛情を注ぎ、遠くから彼女を守り、崇拝していたのだった。経験豊かな助産婦がなんらかの変化に気づく前に、直感力というよりは予知能力のようなものがはたらき、青年はすばやく駆け寄って伯爵夫人の体を支えた。彼女に押し寄せる苦痛の波に気づき、それを自分に取りこもうとした。夫人が引きつけを起こしたかのように体を動かしたとき、哀れみの気持ちが湧きあがって青年も身を震わせた。そして、身を屈めて彼女の消え入りそうな声を聞きとろうとした。「主人を連れていって……はやく……この家から連れ出して……」

苦痛と不安で伯爵夫人の目が曇っている。もうまわりのものが見えなくなっているようだ。だが、無理やり言葉を吐き出したあと、口を固く結んで二度と醜態をさらすまいとした。

「心配しないで……たいしたことではないのですから……ぼくを信用してください……」青年医師は伯爵夫人に、自分を信用してくれた怯えた浮浪児に最後の言葉を押しつけた。そのあと、あらためて静かな口調ではっきりという。「あなたをがっかりさせることはありませんから」

伯爵夫人を助産婦に任せたあと、青年医師はぼんやりとその場に立ちつくした。自己放棄という不思議な体験に疲れ果て、すこし戸惑いも感じていた。だが、すぐに気を取り直して、今しがたまで荒れ狂っていた感情の名残を取り去るかのようにハンカチで顔を拭いた。そんな感情もすでに幻のようにおぼろげになった——もう今の状況にはそぐわない。

青年医師は伯爵に近づいた。このときまで伯爵は打ちひしがれ、呆然と戸口に立ちつくしていた。今、無言のまま青年と一緒に歩きだしたが、状況をはっきりとは理解していないらしい。青年は正常な自分に戻っているので、伯爵を気の毒に思いながら階段を下りていった。妻にあのようなことをいわれたあとに、ほかの男が妻にささやきかけているところを見るのはけっして気持ちのいいものではない。青年は説明するか、謝るか、どちらかをしたかった。しかし、それには多少勝手な振る舞いをしたことにも触れなければならない。ふたりの男はひと言も言葉を交わさずに螺旋階段の下に着いた。

伯爵は細長い窓の下で足を止め、物思いにふけるかのようにその場にたたずんだ。かれの肩に当たる落陽の黄色い光は濃い糖蜜のようだ。伯爵が出ていこうとしなかったらどうしよう？　青年医師のなかにいるもうひとりの自分がそんなことを考えていると、正常な自分は不幸な男の味方をした。自分の家から追い出されるなんてひどすぎる。とはいえ、夢想家の自分が約束したことは守らなければならない。不安のあまり、青年医師の口調はぎこちなくなった。「今は奥さまの気がすむようにして差しあげなければいけませんね」返事がないのでぶっきらぼうにいい添える。「お子さまが産まれるまでは離れていてください」

　そのとき、伯爵の心も決まったらしく、急に態度が変わった。口ごもることもためらうこともなく、いきなり話しはじめる。「ええ、わたしは行ったほうがいいでしょう」とつぜん背筋を伸ばしてまっすぐに立つと、たくましくて堂々とした凛々しい伯爵が戻り、遠慮がちで不安げなところや子供っぽいところがなくなった。かれは自分が責任ある地位にいる大人の男だと気づいたようだ。自分の運命だけではなく、ほかの人間の運命にも責任があることを。伯爵は落ち着いた足どりで歩いていき、扉を開けた。そのとたん、輝く巨大な太陽の光が差しこんでふたりの男を包みこんだ。大空には雲の山が幾重にも連なり、山間から金色に輝く光の氷河がゆっくりと流れ出して、天と地のありとあらゆるものを呑みこんでいる。このようなものに対して青年はまったく心構えができていなかったが、大空に広がる不気味な光景とくらべたら、人間の些細な問題などどうでもいいように思えた。つかのま、青年はうわの空状態だった。ふと気がつくと、連れの男はすでに外にいて今にも扉を閉めようとしている。

「待ってください！　あなたの居場所を聞いていないじゃないですか」青年は慌てて扉に手を掛けた。本当に伯爵が出ていこうとしているのを見ると、なぜか引き留めたい衝動に駆られた。青年は尊大な雰囲気を漂わせる伯爵を見た。薄暗い投光照明を背景にぼんやりと浮かび上がるシルエットは、今、芝居がかった仕草でまばゆい光の中心部を指さしている。なにが伯爵を変えたのだろう？　青年は考えた。どうして無力な弱虫からこんなふうに堂々とした近寄りがたい人間に変わったのだろう？

「ほら！　あの小さな東屋が見えるか？　わたしはあそこにいる。城のこちら側にあるどの窓からもあれが見えるだろう。そのときが来たら、ちょっと合図してくれ」

伯爵が指さしている方向に目を向けると、すこし離れたところに、崖っ縁に立つ荒れ果てた東屋のようなものがある。その先にあるのは空と、不自然に高い地平線に続く幻影のような、奇妙な茫漠とした青白い広がりだけだ――とつぜん青年はそれが海だと気づいた。幽霊でも出そうな遠い海を見渡す、荒れ果てた小さな建物はどことなく不吉な様相を呈している。そんな様子がなぜか青年はいやだった。しかし、伯爵がそこで待ちたいと思ったとしても、知ったことではない。すでに引き留めたいという衝動は消えているので、青年は扉から手を離した。すると、伯爵はさらにいう。「なにかを振ってくれ。わたしは注意して見ているから」そのあと、すこし間があいた。ふいに重圧感と緊張感に襲われたらしい。相手が話しだすのを待っているかのように、伯爵は様子をうかがっている。だが、青年がその黒い影法師にいうことはなかった。

扉が閉まった。砂利を踏みしめながら歩いていく音が遠ざかると、青年医師は急いで階段に戻った。はやく患者のところに戻りたかったのだ。だが、曲がりくねった階段を上っているとき、訳のわからない伯爵の感情に追いかけられているような気がした。あの見棄てられた小さな東屋が脳裏から離れない。あれは海の幽霊よりも恐ろしい。誰もいないあの場所でひとり待ちつづける人は、どんな思いで夕陽を、薄明を、闇を見つめるのか……？

階段を上りきったとたん、青年医師の思いはほかのことに移った。その後しばらくのあいだ、仕事に追われた。急ごしらえの子供用ベッドに元気な女の子が寝かされてから、ようやく伯爵のことを思い出した。そこで、助産婦が母親の世話をしているあいだにかれは廊下に出て、誰かに見られたり、話を聞かれたりする心配のない空き部屋を探すと、窓を開けて外を見た。

目の前に広がるのは真の闇で、星ひとつ見えないし、かすかな光も見えない。天と地の区別もつかない。それでも青年は小さなテーブルランプを持ちあげると、東屋があると思われる方向に振ってから、窓敷居に腰かけた。ひどく疲れていたが、かれにとってはふつうのことだし、分娩も簡単で手際よく片づけられたので満足し、ほっとしていた。気分もまったくふつうだ。さきほどの夢のような体験を忘れたわけではないが、疲れているのとしばらく手慣れた仕事に集中していたせいで、前夜の夢のように無意味な、どうでもいいものに思える。下のほうから聞こえてくる足音が耳に入ると、すぐに青年は呼びかけた。「すべて順調に進みましたよ……元気な女の子です……おめでとうございます」男にとってわが子が誕生するあいだ締め出されるのもふつうだといわんばかりに、青年はあっさりといった。「娘か」といったときの伯爵の口調には気づかず、仕事上の決まり文句をまくし立てた。「跡とり息子を望んでいたなら、がっかりなさったでしょうね。でも、心配ご無用……すぐに親ばかになりますよ。そんな例を何度も見ていますから……」

他人の話を聞いているかのように、青年医師は自分の声に耳を傾けた。偽物の優しさで疲労感を包みこんだ声は、どこまでも広がる暑い闇のなかに消えていく。青年にはもう口をきく元気もなかった。疲れ果てて考えることもできず、茫然自失状態で座っていると、闇がのしかかってきた。暗黒のなかで思い出したくないことがさらに近づき、現実のものになっていく。

「最後にひとつ、頼みたいことがあるのだが、きいてもらえるだろうか?」下のテラスから声がしたので、青年医師ははっとわれに返った。「わたしの代わりに妻にさよならをいってくれないか?」「なんですって?」驚いた青年はさっと立ちあがった。「どこかへ行ってしまうのですか? お子さまの顔も見ずに?」窓から身を乗り出して目を凝らし、暗闇のなかにあるものを見極めようとしたが、わかるのは闇よりも黒い大木の影だけだ。なんとなく、話している人間の姿が見えないせいで相手の話が理解できないような気がした。だが、日没のときに聞いたように、伯爵の声ははっきりと耳に届いた。今、その声がふたたび聞こえてくる。

「じきに使用人が戻ってくるだろう。みながここに着く前に抜け出したいのだ」

「でも……出ていくことなんてできないでしょう……」適当な言葉が思い浮かばず、青年はつまらないことをいった。なぜかわからないが、伯爵を行かせてはならないと強く思ったのだ。かれを引き留めるのは自分の責任だ。ほかには誰もいないのだから……。

「だが、わたしにできることといえばこれくらいなのだ」伯爵の口調には固い決意が表れているので、これ以上反対しても無駄なようだ。だからこれ以上頑張らなくてもかまわないだろう。青年は確信もないまま、自分にそういい聞かせた。にもかかわらず、自分の責任の重みを痛感した。暗闇のなかで伯爵の出立に関わる得体の知れない未知の危険が忍び寄ってくる。それを知っているのは自分だけだ。自分だけが伯爵を引き留めてその危険を阻止することができる。自分にはできる——だが、どうしたらいいのだろう？

ひょっとすると、話をするのがいいのかもしれない。青年はふと思った。きちんと説明するべきなのかもしれない……出産時の女性が……伯爵の妻が……どんなに異常な行動をとったとしても、分娩を無事に乗り切ったら間違いなく正常な状態に戻ることを……伯爵はもうしばらく辛抱して妻をうまくあしらえばいいだけだということを。だが、それをすべて言葉にするのはぼうっとした頭では無理だし、そんなことを考えただけでぞっとする。それは消そうとしている記憶をすべてよみがえらせること、その妥当性を認めることになる。では、あれは妥当だったのだろうか？　本当に伯爵夫人はそんなに異常な行動をとったのか？　疲れきってぼうっとしているため、青年はもう考えることができなくなった。かれがまだ相反する衝動の板ばさみになっていると、姿の見えない人物の声が聞こえてきた。

「さようなら、先生。いろいろありがとう」

〝でも、ぼくはなにもしていない……なにも〟青年はそう思いながらうしろめたさを感じ、悲しげな声に心を痛めた。果てしなく広がる無情な闇のなかから聞こえてきた声は、地獄に堕ちた魂の声のようだ。そんなふうに悲しげに話しかけられるよりも嫌味をいわれたほうがました……気がつくと、青年はしだいに小さくなる足音にぼんやりと耳を傾けていた。目に見えない男性ははやくも歩きだしている。もう引き留めることができなくなるまで、青年はわざと空想の世界に入りこんでいたらしい。良心の呵責を覚えたかれはがむしゃらに窓から身を乗り出したが、一瞬、体のバランスを失った。そのため、伯爵を呼び戻すどころか、外壁を厚く覆っている埃だらけの蔦に顔を突っ込み、喘ぎながらはっきりしないことをいっただけだ。死にもの狂いで蔦をつかんだために、押しつぶされた葉の薬のような臭いが鼻孔に入りこんでいる。体をぐいと動かしたり、くねらせたりして安全な状態に戻し、ふたたび床の上に立ったときには、もう足音は聞こえなかった。

ばかな自分にあきれながら青年医師は埃を払い、服のしわを伸ばした。最後のばかばかしい出来事を考えているうちに、その原因はしだいに影が薄くなり、やがて完全に消えた。疲れ果てているのとほかのことに気をとられているせいで、良心の呵責も責任感も、危険が迫っているという考えも都合よく忘れ去られた。青年はあくびをしながら、最後にもう一度患者の様子を見ておこうと戻っていった。だが、あちこちにある階段を上ったり下りたりするたびにつまずき、今は疲れきっているので城の魔力も感じられなかった。

それでも、自分を奮い立たせてすこし警戒心を抱き、ふたたびきれいに片づいた部屋に入った。伯爵夫人は青白い顔をして目を閉じ、静かにベッドに横たわっている。シーツの下にある体はもうふくらんではいない。夫人は眠っていたのかもしれないが、青年医師が入ってきたことには気づいているようだ。かれが伯爵の言葉を伝えるべきかどうか迷っていると、夫人は目を閉じたまま、ささやくような声でたずねる。「主人は出ていきましたか?」分娩が始まってからずっと沈黙を守っていた彼女が口を開いた。

「はい。伯爵からあなたにさよならをいってほしいと頼まれました」

青年医師は無意識のうちに脈をとりながら、夫人の平静な顔を見た。目を閉じているためにその顔は仮面のようで、魂が抜けたような超然とした表情が浮かんでいる。青年はなんとなくふつうではないような気がした。だが、疲れきっているためこれ以上役には立てそうにないので、夫人の手を下ろしてこういった。「ゆっくり休んでください。なにも心配しないで。そろそろぼくは引きあげます。あとは助産婦がお世話しますから」睡眠薬を服んだかのように、ぼうっとしながら戸口に向かって歩きだした。しかし、すぐさま夫人の声に注意を引きつけられ、ぼうっとした状態から抜け出した。

「お帰りになる前に助産婦に伝えてください。赤ん坊はここには連れてこないように、と」そのあと、話がとぎれたが、青年医師が向きを変えてベッドのそばに戻ると、夫人は感情のない声で静かに話しつづける。「子供は見ません。触りもしません。いっさい関わりたくありません。今夜はここに置いておかなければならないでしょう。でも、明日はよそへ——どこか遠いところへ——連れていってください。それがだめなら、わたしが出ていきます」

なんと答えたらいいのかわからず、青年は眉をひそめて伯爵夫人を見つめた。彼女の淡々とした話し方にはめんくらった。まるで煉瓦の壁に立ち向かっているような気がする。彼女はずっと目を閉じているが、下がった瞼はふたりを隔てる衝立のようだ。青年はなす術もなくたたずみ、夫人が瞼を上げるのを待った。ところが、相変わらず瞼は下がったままだ。そんな彼女の頑固さは今まで以上に常軌を逸しているように思われた。

疲労感と戦いながら青年医師は懸命に適切な返事を探した。ところが、頭がうまくはたらかない。なにもかもがぼんやりしているし、なにひとつはっきりしない。青年は伯爵夫人を見つめた。出産中、彼女はただの妊婦だった。そんな女性になんらかの感情を抱くことなどありえないし、今もなんとも思っていない。一刻もはやくここから逃げ出して家に帰りたいだけだ。城の夢想は悪夢のようなものになったから、さっさと忘れてしまいたい。ここでの仕事は終わった。子供は取りあげた。もう責任は果たしたのだ。これから伯爵夫妻やふたりがつくりあげた命がどうなろうと、知ったことではない。よけいなことには関わらず家に帰り、すべて忘れよう。そう思いながらも、それが意識ある自分と疲れた体が生み出した、過度に単純化された考えだというのは承知していた。もうひとりの自分の存在を否定したい、夢想家のすることを認めたくないと思いつつ、どんなに抑えこもうとしても、つぎつぎによみがえる記憶を打ち消すことができなかった。

それでも、あの微妙な暗黙の結びつきと目の前にいる女性のあいだにはなんの繋がりもないような気がする。あれは夢のごとくおぼろげで、実際には存在しなかったのだ。あの少女もまったく存在せず、夢のなかで出会った人物なのだ。相変わらず眉をひそめたまま、青年医師は生身の女性を見つめた。彼女の顔には虚ろな表情が浮かんでいる。すると、激情に駆られながら彼女とふたりでたたずんでいたときの記憶がまざまざとよみがえってきたので、都合のいい夢と片づけるわけにはいかなくなった。

ついに伯爵夫人の目がゆっくりと、大儀そうに、気が進まないかのように開きはじめた。青年医師はうずうずしながらその様子を見守った。ふいに、彼女の目をのぞいたらすぐにすべてが明らかになると確信した。つかのま、暗く冷たい水をたたえたふたつの不思議な池が濁った。影が差したのか、小波が立ったのか、突風が吹いたのか。それはあっというまの出来事で、ふたたび池には透明感と冷たさが戻った。伯爵夫人は超然とした態度でまっすぐに青年の顔を見ているようだ。けれど、その顔に浮かぶ虚ろな表情は目のなかにもあり、実際にはかれを見ていないような、焦点の定まらない妙な目つきをしている。

しかし、予想どおり青年は新たな事実を発見した。かれには予知能力といってもいいほどの鋭い直感力があるので、つかのま夫人の目に差した影に潜む恐怖に気づいたのだ。それはあまりにも強い感情なので、ものを見るメカニズムが作動しなくなり、目に映るものが脳に伝わらないのだ。彼女はもう一度世の中を見ることができるのだろうか？　あんなことがあったあとでも、自分の人生に、自分自身に耐えられるのか？　青年の意識はこの考えを素直に受け入れたが、別のありがたくない事実に気づいて意気消沈した。しだいに頭のなかでまとまってきたのは、〝関わってしまった〟という考えだ。やはり責任は解除されていないのだ。ここから逃げ出して城のことを忘れるわけにはいかない。よけいなことに関わらないわけにはいかない。というよりも、ベッドに横たわる女性こそ、自分が関わらなければならない相手なのだ……。

青年の正常な本能は激しく抗議した。現実の生活でこんなことはありえないし、考えられない。彼女は伯爵夫人で城の住人だ——自分たちのあいだになにかがあるはずがない。青年は慌てふためいた。どんな狂気が自分に取り憑いたのだろう？

伯爵夫人は相変わらず焦点の定まらない、ぼんやりとした目つきで青年医師を見ている。とつぜん、かれの脳裏に誰の顔も見ようとしない怯えた子供の姿がよぎった。巨大なダムが決壊したごとく、哀れみの気持ちが押し寄せてきた。不安は外へ向かって出ていく不思議な優しい感情に押し流され、青年の体から力が抜けた。あたかも血液がすべて流れ出したかのように。疲労困憊しているにもかかわらず、先ほど彼女にすべてを委ねたときのような恍惚感に襲われた。まるで自分の命を彼女に注ぎこんでいるようだ。伯爵夫人は腕を体の脇に置き、翳りを帯びた表情で静かにベッドに横たわっている。その様子を見ているうち、青年は深く関わっていることを確信し、歓喜に近いものを感じた。もう疑うことはできない。不思議なことに、血液ではなくて自分の本質の注入が行われ、間違いなく彼女と結ばれたのだ。ここには絶対に断ち切れないものがある。

いつのまにか青年の顔に内なる自己の優しくほほ笑む表情が表れた。もうひとりの男らしい自分からほとばしり出た優しさと思いやりが夫人を包みこみ、励まし、安心させようとする。「考えるのはやめて、お眠りなさい」笑みを絶やさずに穏やかな口調で語りかけた。「話は明日にしましょう。もう夜も更けたので、なにもできませんからね。今夜は休まなくてはいけません」青年はくたくただったので、この話を一時中断できるのはうれしかった。だが、あくまでも一時的だというのは承知していた――この深い関わりから逃れることはできないのだ。

廊下に出たとたん、自分の責任を思い出して青年はまた疲れた表情を浮かべた。まだ家に帰るわけにはいかない。まだ助産婦に説明しなければならないことがある。助産婦を探しに行く途中、どこかからひそひそ話す声が聞こえてきた。どうやら使用人が戻ってきたらしい。永遠に自分の肩に重い責任がのしかかるような気がして、青年は使用人の自由な立場を羨ましく思った。だが、自ら進んでその重荷を背負ったのだ。ある意味では自分で決めたことだ。他人に無理強いされたなら、そんなことはしなかっただろう。

〝かわいそうに〟そう思いながら青年はベッドの脇にたたずみ、眠っている赤ん坊を見たあと、ぐったりと壁にもたれかかり、助産婦に必要なことを話しはじめた。

そのとき、とつじょ外で耳をつんざくような銃声が響いた。まるで夜の闇が爆発したかのようだ。たちまち部屋のなかは大騒ぎになった。驚いた助産婦は大声をあげ、赤ん坊は目を覚まして泣きはじめた。ふたたび空想の世界に戻ったような感覚に襲われながら、青年は窓から身を乗り出し、さらに体を伸ばして背後の騒々しい状況から逃れようとした。かれは目の前に城壁が立ちはだかっているのに気づいたが、瞬時のうちに想像力がはたらいて、周囲に広がる夜の田園風景を思い浮かべることができた。この風景の中心にある城は闇に包まれて黒い塔と化している。背の高い優美な塔は妖しげな雰囲気を漂わせて……。

あたりはすこし明るくなっていた。空の下のほうが青白くなっているので、雲の陰に月が昇っていることがわかる。そのぼんやりとした輝きを背にしてたたずむ、屋根の壊れた小さな東屋は、墓荒らしに遭った霊廟のようだ。青年医師は前にもこんなことがあったような気がした。これからどうなるのかわかっているが、わかりたくもない。危険な、ひどく気持ちを高ぶらせるものが急行列車のように突進してくる。しかし、またしても生まれたばかりの赤ん坊のか細い泣き声で頭がいっぱいになったので、それがなんなのか確かめるのはあと回しにした。

2　望まれぬままに

病室のいちばん端のベッドに若い女が寝ている。最初は壁のほうを向いていたが、ほかの患者と関わるまいと心に決めてどんどん体を傾けていくうち、うつぶせも同然の格好になった。目に入るものはつややかな黄色い床板だけ。長いあいだ見つめているうちに、木目や節が地図や人間の顔、ロープで吊された鵞鳥になった。今、そこに現れたのは履き古されて形が崩れたスリッパ、土色のフェルト地にはグリーンの格子縞の痕跡が残っている。スリッパは消毒液の強い臭いをお供にして、地図や顔の上を、雑巾やモップのあいだを動き回る。いつもより遅い時間に現れた雑役婦は焦っているために仕事がぞんざいになった。いちばん端のベッドを押してすこし斜めにしたにもかかわらず、元に戻すのを忘れてせっせと動き回り、ほかの患者とおしゃべりしている。雑役婦がいなくなると、緊張を解くことができたので、いちばん端のベッドに寝ている女はほっとした。その気持ちは苛立たしい風がやんだときの気持ちに似ている。

相変わらず彼女は床の同じ場所を見つめているが、今はベッドの下に置かれたスーツケースの角が見える——満室の病院は荷物置き場までいっぱいなのだ。スーツケースがかなりはみ出しているため、赤いラベルに印刷された〝船内持ちこみ無用〟という文字と、彼女が書いた〝モナ〟という文字が見える。モナは彼女のファーストネームで、そのあとに数カ月前、この南部地方に一緒に来た男の名前が続いている。予約の都合上、かれの妻として旅をするほうが面倒がなかったのだ。男が去ったあとも彼女はその名前で通し、ふたりで行ったことのないほかの場所に移るだけの元気もなかった。

あのころ、カレンダーは春の到来を告げていたが、北部はまだ冬だった。都会の人間はまだ厚着をし、体を縮めて動き回り、なんとか気力や体力を保とうとしたが、包囲攻撃のような長い冬が終わるころにはどの顔も苦しげにゆがみ、生き延びることさえむずかしくなるのだった。ただ、公園の植物のなかには硬い穂状花序や芽を出しているもののもわずかにあった――それを目にしても、そんな頼りない春の兆しを信じる者はなく、みな、身を切るような寒風のなかを足早に通り過ぎた。ほかの人たちと同様、モナも機械的に動きつづけたけれど、重い服を着ていたのでかならずしもきびきびと動いたわけではない。あたかも冬眠に入ったかのごとく、夢うつつの状態で日々を送り、仕事をし、眠り、遊ぶといった決まった行動を繰り返した。なにひとつ、現実のものとは思えなかったし、もちろんなにひとつ、重要ではなかった。だから、自分がなにげなく伝えた情報をあの男が深刻に受け止め、生理的なことを重大問題のように扱ったときには驚いた。すこし戸惑いながらも、もちろんかれのいうとおりだと納得した。すぐに処分しなければならない、と。そのためにはなにをすべきか考えはじめたとき、かれが南部にいる専門医のことや、その医師が完成させた簡単な空気注入法のことを話してくれた。「春まで待つなんていやだね」かれはいった。「一カ月休みを取って車でおまえをそこに連れていくから、日の光を浴びて、うまいものを食って、また楽しくやろう」この言葉がモナの冬眠状態を終わらせたのだ。かじかんでいた体が動きだした。にわかにその計画がおもしろくて楽しいものになった。頭に浮かぶのは初めて訪れるすてきな場所で恋人とふたりきりになることだけで、些細な悩みの種は影が薄くなった。

〝だいたい、あの人が最初に大事な問題を片づけさせなければいけなかったのよ〟今、モナは責任を転嫁してそう思ったが、筋違いな考えだというのは承知していた。とはいえ、トンネルを抜けたとたん、魔法にかかったのも事実だ。もう冷静に考えることができなくなり、この土地の魅力を存分に味わい、愛と歓びのためにつくられた不思議の国にいるような気分に浸りきった——まるで終わりのない休暇をとったようだった。トンネルは山の下を走っている。ふたりを乗せた車がそのなかに入ったときは冬だった。なにもかもがまだ北部の様相を呈し、固く凍りついていた。古今の戦争が引き起こす問題と緊張感が冷たい霧のようにあたりに立ちこめていた。ところが、トンネルを抜けると、そこは別世界だった。燦々と降り注ぐ南国の陽光、新葉をつけたオリーブの木、アネモネ、不思議な力をもつ春風。草むらで揺れる野生の真っ赤なチューリップは、鮮やかなシルクの旗のようだった。すぐさまモナは夢の世界に飛びこんだ。別のつまらない問題で貴重な時間を無駄にすることはできなかった。「はやく終わらせてしまったらどうだ?」男がいうと、モナはいつもこんなふうに答えた。「ええ、近いうちに」いつかはそうするつもりだったのだ。けれど、今日ではない。今日という日はあまりにも大切なものだ――たぶん明日、あるいは明後日には。しばらくして男がそのことを口にしなくなると、モナはかれも魔法にかかっていると信じているふりをした。時間はどんどん流れていったが、彼女は流れるに任せた。

すると、とつぜん夏になり、どこもかしこも観光客でごったがえした。ふたりが見つけたすてきな隠れ場所はもはやふたりだけのものではない。あっというまになにもかもが変わってしまった。モナは怖くなった。夢が指のあいだから滑り落ちていくような気がしたけれど、それを止めることはできなかった。目の前にいる男がしだいに気もそぞろになっていくの見ているしかなかった。かれが手紙を書いたり受け取ったりするのを、かれの思いが自分から離れて自分の知らない別の興味の対象に移っていくのを。そんな競争相手に嫉妬しつつも、人生は終わりのない休暇などではないことを認めようとはせず、今まで以上に必死に男にしがみついた。なぜなら彼女は気軽に人と心を通わせるタイプではなかったからだ。彼女にとって恋をするのは容易なことではなかった。心のどこかで自分の人格が完全さを失うような気がしたのだ。それなのに今、それほどまでに大きな犠牲を払って捧げたものがあっさりと打ち捨てられようとしている。もはや無用の長物なのだ。それを知ってモナは驚くのと同時に憎しみを覚えた。にもかかわらず、男を行かせたくなかった。ふたりは醜い言い争いに明け暮れするようになった。

簡単な空気注入法を行うにはもう遅かった。あまりにも長いあいだ、ほうっておいたからだ。「おれは無理強いするつもりはなかったんだ。おまえだって自分がなにをしているのかくらい、ちゃんとわかっているだろう」男は不愉快そうにいった。「よく考えてほしかったね。もちろんおれは金銭面で責任は果たすつもりだが、最終的な責任はとれないんだ。いつもそういっているじゃないか」

ええ、そのとおり。かれはいつも正直で率直だった。いつまでも夢を見つづけた——実際に終わったあともまだ見ようとした——わたしが悪いのだ。だからかれはそんな状態に飽き飽きして、わたしを退屈な女だと思ったのだ——あるいはもっとひどいものだと……モナはふたりの関係に終止符を打ったかれの言葉を思い出した。「おまえが赤ん坊を諦めないのは、これから先一生、おれを捕まえておくためだろう」彼女が名うてのゆすり屋のような言い草だった。そのあと、さすがのモナもこれ以上自分をだますことができなくなった。ふたりの関係が終わったことを認めないわけにはいかなかった。かれを行かせる言葉を口にしないわけにはいかなかったのだ。もう二度と、歓びのあまり世界がすばらしいものに変わるのを実感することはないだろう。幻滅感は容赦なく、彼女があの男と結びつくためにあんなにも苦労してつくりあげたもろい皮膜を切り裂いた。あとに残ったものは深い衝撃と、ずたずたに切り裂かれて血まみれになった外向的な感情だ。もう二度と、と彼女は思った。もう二度と……。

モナはまだ赤いラベルを見つめている。去っていった男のことも、苛酷な結末を迎えた魅惑的な夢のことも考えたくないので、ラベルに書かれた別の文字に目を移した。それは彼女の名前だ。モナ。これほどばかげた不愉快で不似合いな名前があるだろうか？ 学校では〝泣き虫《モーナ》〟と呼ばれていた。ほかの生徒よりも泣くことが多かったわけではなく、名前のせいだ。十六歳になり、ウクレレの練習をしていたときには、みなに〝モアナ〟と呼ばれたいと思った。けれど、たった一字の違いなのに、誰も覚えてくれなかった。どういうわけか受け入れてもらえないのだ。このことを思い出すと、頭のなかにほかの数えきれない失敗がよみがえり、目の奥に押し寄せてきて、けっして涸れることのない泉からゆっくりと涙があふれてきた。〝泣き虫《モーナ》〟のモナ——将来を予言する名前。もう何日、ここに横たわって泣きつづけているだろう？

三日……四日……？ いずれにしても長すぎる。もういいかげんに泣きやんでもいいころだ。ほかのことと同様、わたしの人生と同様、あまりにも長く続くと、涙も意味のない退屈なものになる。わたしの人生に残されたものは暑さと不快感と惨めな思いだけ。頭は痛いし、瞼は腫れて、目がひりひりする……こんな不愉快なことをわざとくよくよ考えて、この人生から抜け出す決意を固めると、モナはすこし体の向きを変えて仰向けになったが、ほかの患者に顔が見えるほどではない。太陽が窓の高さまで昇ってきた。これから病室はオーブンのように、耐えがたいほど暑くなる。患者用の寝間着を着たモナはすぐにまた泣きだすだろう。彼女は目を閉じてこのいやな世の中を見ないようにすると、できるだけはやい機会に抜け出すことだけを考えた。もう失敗してはならない。今度はしくじらない。

あの男が去ったあと、ショックのあまり茫然となり、ほかの町に行くこともほかのホテルに移ることもできなかった。あのころは夏の盛りでひどく暑く、海岸沿いに建つホテルはどこもいっぱいだった。そんな状況でどこに行けば部屋が見つかるだろう？　もうすこしして出産予定日が近づいたら、いい病院がある、内陸のもっと大きな町に行くつもりだった。けれど、予定日はまだ二カ月近く先だった。そこで、しばらくは同じホテルに滞在し、暑さでぐったりとなり、物思いにふけったり、ふさぎこんだりしながら、決断を一日延ばしにしていた。

すると、とつぜん具合が悪くなり、胎児はすでに死んでいると――心音が聞こえないと――いわれた。厄介な問題が二カ月もはやく片づきそうなので、モナはほっとした。このぶんだと、あの男が置いていった金も余りそうだ。ひょっとすると、それを元手になにか始めることができるかもしれない。「手紙、くれるか？」別れ際にかれはいった。「連絡をとるつもりなの？　わたしが変な真似をしないことくらいわかっているでしょう――自分の役割はきちんと果たすわ」モナは自分の状況を知らせると約束した。それでも、自分が手紙など書かないことはかれも承知しているような気がした。ひとつだけたしかなことがある――それは二度とかれと連絡はとらないということだ。あの男のこともふたりの関係もきれいさっぱり忘れたい。あんなことはなかったふりをしたかったのだ。そこで今度は通常の手術を受けるために入院するふりをした。なにはともあれ、そう思いこんでいた。今でもそんなふうにことが進めばよかったのにと思っている。そうすれば、あとで大きな腫瘍を摘出してもらったふりをしつづけることができただろう。ところが、子供が生きていたため、なにもかもだいなしになった。

「どうして死ななかったの？　先生も看護婦さんも死んでいるといっていたのに」つかのま、赤ん坊とふたりきりになると、モナは小声で腹立たしげに語りかけた。小さな赤いしわくちゃの恐ろしい生き物を見た瞬間、ひどいショックを受けた――とても忘れられるものではない。ぞっとするほどいやなものだ。けれど、間違いなく生きているし、人間の姿をしている。自分の体から取り出されたのは、錬金術師が作りあげたといわれる人造の小人のように恐ろしいものだ。それが生き延びる見込みは五分五分だといわれた。〝死ぬのよ！　死になさい！〟モナは一日中、心のなかで命じた。薬を服んで夢の世界をさまよっているときでも、残忍な言葉を吐きつづけた。翌日の夕方、赤ん坊は死んだ。モナは驚かなかった。あれほど強く命の火を消そうとする意志がはたらいているのに、赤ん坊が生き延びられるはずがない。だが、それによる悪影響は残った。せっかく立てはじめた計画をだいなしにされたモナは、赤ん坊が小さな悪魔ではないかと思った。もう忘れることはできないし、そんなものはいなかったふりをすることもできない。この目でぞっとするほどいやな姿を見たのだから。それでは足りないとばかりに、教会とか役所といった堅苦しい機関が首を突っ込んできた。要職にあるしかつめらしい大人が混乱状態をさらにかき回した。とはいえ、個人的にモナに関心をもつ者はひとりもいなかった。彼女がいわれたことをすべてやりおえ、支払いを済ませ、墓地を買ったとき、手持ちの金が底をついたけれど、そんなことを気にする者もいなかった。それでも、まだ完全に回復する前にモナを退院させることについては病院側も謝罪し、病院が混みあっていることやベッドが足りない状況を説明した。さらに、故郷に帰るなら二、三日休んでからにしたほうがいいともいった。

タクシーに乗りこんだとき、初めてモナはどうすべきか考えなくてはいけないことに気づいた。とつぜん自分のなかから飛び出した小さな赤い生き物を見てショックを受けたあと、頭が機能を停止したようだ。今でも本当に頭をはたらかせているわけではない。この状況ではほかにすることもないので、ぼんやりと思いを巡らせているだけだ。誰もわたしが生きつづけるとは思っていないだろう。モナは静かな海岸のはずれでタクシーを降りると、運転手に鞄をホテルに運んでくれるよう頼んだ。もう日暮れに近いが、浜辺にはまだたくさんの人がいる。モナは低い崖の上に生えている松の木立の下に横たわると、人びとが帰るのを待った。病室の暑さや臭いに悩まされていたので、ここは気持ちがいいし、松葉はやわらかくて心地よい。海から風も吹いてくる。すこし眠ったあと、満ちてきた潮が岩の切れ目やへこみを呑みこむ様子を眺めた。やがてみなが水遊びをする三日月型の砂浜が海水で覆われると、残っていた人びとも引きあげた。

モナはバッグからウイスキーのポケット瓶と睡眠薬を取り出し、瓶が空にならないうちにできるだけたくさん錠剤を呑みこんだ。やがてもう一錠も喉を通らなくなった。けれど、目的を達成するだけの量は呑んだはずだ。それでも念のため、今、座っているところから斜面を滑りおり、下を流れる深い水路に飛びこむつもりだった。運がよければ潮に運ばれていき、二度と人目にさらされることはないだろう。どこかに打ちあげられたとしても、ほかのごみと一緒に公費で埋められるだけのことだ。子供のためになけなしの金をはたいて購入した墓は母親を入れるほど大きくないのだから。なぜかこんなことをするのは楽しかった。モナは今やっていることをきちんとやり遂げることに一生懸命だったので、死についてはまったく考えていなかった。

ところが、けっきょくきちんとやり遂げることはできなかった。ぐずぐずしすぎたせいだろう。そうでなければ、体が弱っていたのでいつもよりはやく薬が効いたせいだ。いずれにせよ、モナは自分をコントロールできなくなり、つるつるする松葉の上を滑っていったものの、どこへ向かっているのかわからず、深い水に飛びこむこともできなかった。最後に覚えていたのは、温かい腰湯に浸かっているような心地よい感覚だった。

そして、いまいましい病院に逆戻り。地獄のようなところだと思っていたけれど、意識を取り戻すと、そこはまさに地獄だった。誰もかれもが怒り狂っていた。またしてもモナに貴重なベッドを奪われたからだ――どこを向いても、怒りに満ちた顔ばかり。浅い潮だまりから彼女を引っ張り出して病院に運びこんだお節介な愚か者をみなが呪っているようだ。モナも呪った。残念ながら赤ん坊よりも自分を殺すほうがむずかしい。みながモナのことであれこれ議論していた。追い出すべきだ、刑務所か精神病院に入れるべきだ、と。あまりにも惨めだったので、モナはどうなろうとかまわなかった。ベッドに横たわったままひたすら泣きつづけ、誰とも口をきこうとしなかった。

監獄だろうと精神病院だろうと、その気になればチャンスはある。相変わらずモナが絶対確実な自殺方法を考えていると、雑役夫がふたり、入ってきて、彼女が寝ているベッドを押して病室から出ていこうとした。「どこへ連れていくの？　わたしをどうするつもり？」とモナはききたかったが、三日間ずっと口をきかずにいたのが癖になり、言葉が出てこなかった。それは防衛機制がはたらいているせいでもあり、いまだに自分と生を隔てている溝を埋めることができないからでもある。ところが、あちこちから声がして、モナの代わりにきいてくれた。ほかの女性患者が全員ベッドの上で起きあがり、興味津々の目つきで見つめている。どのベッドからも質問が飛んできた。赤毛の若い雑役夫はにやりとして下品な冗談を飛ばしたが、もうひとりの年のいった不機嫌そうな男はなにもいわない。そのため、病室内にはさまざまな憶測が飛び交い、大騒ぎになった。〝あの人たちにとってわたしは天からの贈り物だったんだわ〟モナは思った。〝何時間も楽しむことができたんですもの……帽子を回して見物料を徴収しなくちゃ〟彼女はずっと目を閉じていたが、やがてベッドが止まり、雑役夫の足音が聞こえなくなった。

警戒しながら目を開けると、そこは埃をかぶったおかしな形の器具が並ぶ小さな部屋だった。壁には図表やグラフ、変形した手脚の術前術後の写真が貼られている。病院特有の埃っぽい臭いが漂っているものの、病室よりも涼しいし、モナのほかには誰もいない。どうしてここに連れてこられたのか考えようとせず、彼女はこの状況を受け入れた。幸運か不運かわからないけれど、これも思いがけない運命の巡りあわせで、入院生活ではよくあることなのだろう。そう思って彼女は涼しい部屋でひとりになれたことを喜んだ。壁に掛けられた大きな丸い時計がかちかちと時を刻んでいる。病院内のさまざまな音ははるか遠くから聞こえてくるような気がするけれど、ときおりエレベーターのドアが閉まる音が大きく響く。モナは自分が忘れ去られたと思った。しばらくは誰も思い出さないでくれるといいのだけれど……。

いきなりドアが開いたかと思うと、白衣姿の青年が飛びこんできてすばやくドアを閉めた。それが誰なのか、モナにはすぐにわかった。医学生が大勢で彼女のベッドを取り囲み、冗談や質問を浴びせて困らせていたとき、助け船を出してくれた人物だ。その青年医師が学生たちにそっとしておくよう注意してくれたことに感謝しているので、今、モナは気持ちを落ち着かせてかれの話を聞こうとした。

「あなたをここへ連れてくるよう命じたのはぼくなんですよ。誰にも邪魔されずに話ができる場所はこしかなかったものだから。でも、あまり時間がないから、前置きは省いてすぐに本題に入りますね」

青年の話し方はふつうで、ほかの人間に話しかけるときと変わらない。モナを精神異常者や非行少女扱いはしていない。またしても感謝の念が湧きあがり、彼女は今まで以上に分別のある行動をとろうと思った。そうすれば、かれが内緒話をする理由をきちんと説明してもらえるはずだ。

「どうぞ話を続けてください」何年も話していないかのように、口から妙な声が飛び出した。モナは恥ずかしそうに豊かな濃い茶色の髪に手をやり、頬に垂れているほつれ毛を耳に掛けた。

「これは極秘事項なんです」青年は両手をポケットに突っ込み、近くにある器具にもたれた。「ぼくではなくてほかの人たちに——かなり身分の高い人たちに——関わる問題なのです。ですから、あなたもぜひ秘密を守ってほしいのです……あなたは口の堅いかたのような気がするのですが……」

モナは神妙な面持ちでうなずきながら、たいていの南部人と違い、青年の目が黒くないことに気づいた。と同時に、そんな細かな点に気づいたことに驚いた。なぜなら今の彼女は話している相手の顔を見ないからだ――ほとんど目に入らないのだ。どうしてこの青年の平凡な顔がほかの顔よりも目についたのだろう？　モナは医学生を思い出したが、見ていないはずなのに、全体の印象がかなりはっきりしているのでまたしても驚いた。日焼けした黒髪のハンサムな若者たちは自信家で、ちょっとうぬぼれ屋で、自分に熱をあげて追いかけてくる女のことを自慢しあっていた。かれらはサディストではないけれど、甘やかされた若者だ。実のところ、人が苦しむのを見て喜ぶ人間ではない。わたしに対してもちょっとからかってみようと思っただけだ。わたしが熱をあげるタイプではないと気づいたからだろう。この青年医師は学生たちと二、三歳しか年が違わないけれど、かれらとの違いは、本当にわたしが見えたこと――からかいに耐えられなくなっているわたしに気づいたことだ。ところが、学生たちは自分と関連づけてわたしを見ていただけだ……ふいにずっと青年医師を見つめていたことに気づき、モナははっとしてすばやく動くと、シーツを引っ張りあげた。気まずそうに自分の手を見つめながら、薄汚れた白い布を折りたたみ、また折りたたんだ。ふたたび青年医師が口を開いたとき、モナはかれの語調に聞き覚えがあるような気がした。すぐにかれも自分と同じ北部出身者だとわかった。この人なら信用できる。自分の美形を鼻にかけ、いつも褒め称えられるのを待っている南部の見栄っ張り連中よりも信用できる。

「実は、お願いしたいことがあるのです」青年医師の話し方は自然で実務的なので、別におかしなことをいっているようには思えない。しかし、実際にいっているのはこんなことだ。「妙な話だと――専門外の話だと――思われるかもしれませんが……こんなお願いをするのはぼくにとって大事な問題だからで……先日、あんなことがあったからなんです。あなたは自分がどうなろうとあまり気にしないかただとお見受けしました。あることともうひとつのことがほとんど同じだとしたら、あなたはやってくださるのではないかと……」

青年医師がひと息つくと、モナはきいた。「なにをしてほしいのですか？」かれを見たあと、大きく見開いた目をほかに向けた。この数日間そうだったように、彼女の顔には不機嫌そうな硬い表情が浮かんでいる。けれど、硬さは徐々に消えていった。青年の親しみやすい打ちとけた態度がそれを溶かし、心の奥底まで見抜くようなまなざしがそれを打ち壊したのだ。モナは落ち着かなくなった。かれの前にいると、自分がさらし者になったような気がする。〝どんなにかみっともないことだろう〟初めてモナはそんなことを考えた。最近は自分がどのように見えるかということなどまったく気にしなかった。思い悩む日々が続いて、自分が見えなくなっていたのだ。モナは自分に注がれる視線を意識した。青年医師は目の前の女を信用すべきかどうか迷っているようだ。「わかるでしょう？ これは他言無用なんです——あなたはぼくたちが話していることを人に話したりしませんよね？」

にわかにモナの胸に怒りが込みあげた。侮辱されたような気がして、ベッドから飛びおりたいかのごとく、何度も体を左右に動かした。すると、ゆるくなった涙腺から涙があふれて腫れた瞼がひりひりしたので、慌てて顔をそむけて枕の下にあるハンカチを探し、声をつまらせながらいった。「誰とも話なんかしたくないわ……なにも話したくない——死にたいだけよ……」子供っぽくて弱々しい言い方に聞こえたが、どうすることもできなかった。

「それなら、ぼくのくだらない極秘事項で頭を悩ますことはありません」この言葉はモナの心のある部分を揺り動かした。彼女は驚いてハンカチを口に当てたまま、青年医師の顔を見つめた。「あなたがいやなら、手伝ってくれる必要はないんです。あなたがなにごとにも関心がないなら、引き受けてくれるのではないかと思っただけですから」相手の心が和むような優しい笑顔を見せながら話を続ける。「極秘にすることに関しては、ほかの人のためで……ぼくの秘密というわけではありません……だからこそ注意しなければならないのです。あの赤ん坊がぼくの子供だなんて思わないでください——ぼくはあの子を取りあげただけですから」

「赤ん坊……？」モナは小さな声でその言葉を繰り返した。青年医師が話したほかのことはまったく頭に入っていない。すでに青白い顔から完全に血の気が引いた。青年はモナを見つめているので、その変化に気づきそこなうことはないはずだ。それなのになぜか、彼女が見るからに動揺している様子にそ知らぬ顔をして実務的に話を進める。

「ええ。子供がいるのです。ここには置いておけないので、山地のほうへ連れていかなければなりません。できるだけはやく連れていってくれる人を見つけると、母親に約束したものですから。でも、おわかりでしょうが、適当な人を――赤ん坊の世話ができる口の堅い人を――見つけるのは容易ではありません。有能な保母はたくさんいるでしょうが、そのなかに秘密を厳守できる人間がどれだけいるでしょう？　正直なところ、困り果てていました。そうしたら昨夜、急に考えついたのです。あなたは自分がどうなろうとかまわないと思っているようなので、ひょっとしたら、引き受けてくれるかもしれないと……あなたの事情はわかりませんから、報酬の話はしません。ですが、この人たちは大変裕福なので、金は惜しみなく出してくれますよ。ぼくにいえるのはこれだけです。あなたは人の役に立つことをするのです。単なる親切ではありません。それに対して関係者は全員――ぼくも含めて――心から感謝するでしょう」

青年医師の口ぶりは日常のつまらない商取引の話をしているかのようだが、聞いているほうは恐ろしさのあまり大きく目を見開き、言葉を失い、愕然としていた。〝赤ん坊〟という言葉を耳にしたとたん、恐怖感に襲われ、なにも考えられなくなり、頭も心も混乱状態に陥った。はっきりとはわからないけれども、目の前にいる医師はあの小人を生き返らせるつもりのようだ……わたしのせいで死んだ小人を……。

そんなことに青年医師は気づいていないらしい。あるいは、モナにショックから立ち直る時間を与えているのだ。ときどきちらりとベッドを見ながら、治療器具のあいだを動き回り、スプリングの具合を試したり、鐙のようなものやペダルに足を乗せたり、締め具に手を入れたりした。その間ずっと、ひとりでとりとめのない話をしていたが、かならずしもそれはモナのためではない――むしろ、考えながらひとり言をいっているかのようだ。「ぼくは人口増加の推進論者ではありません……もうすでにこの世界は人口過剰なのだから。本人の意志に逆らってここに引き留めておくのは正しいことだとは思わない。出ていきたい人がいるなら出ていかせて、ほかの人のために場所を空けてもらい、幸運を祈る――それがぼくの考えです」

ベッドに横たわる女にはこの話がひと言も理解できず、うつろな表情で青年医師を見つめた。だが、かれが平然と話しながら器具をいじりつづけると、その漫然とした行動を見ているうち、しだいにモナの気持ちが落ち着き、危険はないと納得した。背後から聞こえてくる親しみのこもった声が彼女を慰め、恐怖心を一掃し、ふたたびきちんと考えられるようにしたのだった。

「取り返しのつかないことをする前に、それが正しいかどうか確かめたほうがいいですよ——死んでしまったら、考え直すこともできないし、戻ってきてもう一度やってみることもできないのだから。あなたは今、人生にはもううんざりだと思っていますね。たぶんそれは熟慮した上で出した結論でしょう。十分な理由があるから、出ていきたいと思うのでしょう……断言はできませんが……あなたのことはなにも知りませんからね。だが、今、結論を出せるほど元気ではないというのはわかります。今のあなたの判断力は当てにならない……どうして当てにならないのか、医学的な理由を知りたいなら、いくらでも調べることができますが……」

実際の言葉よりも言外の意味に引きつけられ、はるか遠いところに向けられていたモナの注意は、曖昧な境界線を越えて青年医師のほうに戻りはじめた。かれはなにひとつ見逃さない鋭敏な目でこの現象を捉え、今までよりも率直に話した。「二、三カ月様子を見て、今度のことはすべて忘れて……体を元に戻したらどうですか。そのときでもまだ死にたいと思うなら、ぼくは止めません……力を貸すこともするかもしれません……それまでのあいだ、あなたは大事な仕事をやり遂げ、ぼくを窮地から救い出してください」

今、モナは戻ってきた。思考力のある人間として自分の人生に復帰したのだ。青年医師のひとり言から興味を引かれる点を選び出し、こんな結論を出した。この人は頼みをきいてもらうことを条件にして――こうして提案を受け入れやすいものにして――わたしが俗世間と縁を切る手助けをするといってくれたのだ。この条件なら我慢して子供のことも考えられる。今は、あのいやな小人をよみがえらせるのではなく、あの恐ろしい小さな赤い幽霊を追い払うことになるかもしれないと思えてきた。「本気なんですか?」モナはきいたが、すでに九分どおり心は決まっていた。青年は自分の提案が正常な筋の通ったものだと思われるようあらためて説明し、さりげない口調で語りかけて悪夢のような出来事を忘れさせるのと同時に、彼女が健全な判断力を取り戻すように仕向けた。

「もちろん本気ですよ」青年医師が優しい笑みを浮かべると、平凡な顔が生き生きとして魅力的になった。「赤ん坊を引き受けてください――その子を連れて山地へ行って、三カ月間一緒に暮らしてください。ついでにあなたも健康を取り戻して、十分な報酬を受けてください。あなたがすっかり元気になったときに、まだ人生は生きる価値がないと思ったら、ぼくが力を貸せるかどうか考えてみます」ボタンを留めていない白衣の裾をなびかせながらベッドに近づくと、青年は片手を差し出した。

「これで話は決まりですね」

「ええ、決まりです」モナは答えた。もう二度とほほ笑むことなどないと思っていたのに、気がつくと、青年医師の笑顔に応えて口元がほころんだ。モナの手が温かさと力強さを秘めたかれの手を拒めないように、かれの優しい笑顔にも抵抗できなかったのだ。

こういうことをモナがじっくりと考えたのは、数日後、山岳地方へ向かう汽車のなかだった。かたわらでは古びた日本製のバスケットのなかで赤ん坊が眠っている。普通列車は村や小さな町のあいだを曲がりくねりながら進み、ときには何キロも反対方向に進んだが、かならず引き返して遠くにある丘陵地帯を目ざした。列車はのろのろと粘り強く前進していくけれど、丘陵は蜃気楼さながらにどんどん遠のいていくようで、なかなか近づくことができない。

青年医師は旅の手はずをすべて整えてくれた。急行列車ではなくて普通列車で行くことを決めたのもかれだった。急行列車のなかには、子連れのモナに気づいてあれこれ尋ねる人がいるかもしれないからだ。モナにはすこしばかげていると思えるこそこそした雰囲気を漂わせながら、青年は自ら車を運転して彼女と赤ん坊を駅まで送った。それは病院のある町の駅ではなく、海岸沿いにさらに進んだところにある駅だった。出発したのは早朝で、人びとが動きだす前、あたりの空気が暑く埃っぽくなる前、美しい風景に群がる害虫のようにあちこちで観光客がうごめきだす前のことだった。

この時刻には、晴れはじめた霧とともにまだ夜の爽やかさが残っている。なにもかもが洗い清められたようで、休日に繰り出した大勢の人が残していった空き瓶や空き缶、そのほか種々雑多なごみも見えない。道路の片側に目を向けると、絹地のような海が広がり、静かに波が岸に打ち寄せている。海面はほとんど色がなく、ほとんど動きがなく、不透明で、細かな波紋が刻まれている。反対側に目を向けると、淡い色彩に染まる丘や谷間の美しい風景がしわくちゃになった巨大な緞帳のように広がり、雲をいただく山脈の峰へと続いている。それを見てモナは失った夢を思い出した。この地に来て間もないころ、不思議な魅力をもつ風景が信じられないほどの美しさを――このうえなく神秘的な美しさを――見せていたことを。ふと目を移すと、丘の頂上に幻影のように城がたたずみ、夢のように美しい風景を見下ろしている。そのとき、モナは消えたと思っていた不思議な力をかいま見た。

失ったものをこんなにもまざまざと思い出すのは、なによりもつらいことだ。急に悲しくなり、思わずモナは隣にいる男を見た。彼女を生き返らせた男、彼女が頼るようになった男を。短時間ではあるものの、青年医師は毎日モナと一緒に過ごし、骨身を惜しまずに彼女を動かしつづけ、自分の元気と自信を気前よく分け与えて彼女を支えた。なんとかしてモナが外の世界と関わるように仕向け、自分が橋渡し役をつとめて彼女をふつうの生活に戻そうとした。青年に見つめられると、いつもモナはこう思ったものだ。この人は誰よりもわたしのことを理解してくれている。かれにはわたしの心に秘めた思いや欲求が見えるらしい。だから話をするとき、わたしの助けになることを的確にいえるのだ。自分でも気づかずにわたしが待っていることを。そのため、今、モナの無言の訴えに青年医師が応えそこなうと、彼女は不快感と驚きを感じた。かれは見つめられていることに気づかないらしい。道路から目を離したとしても、モナではなくて遠くの城を見ている。青年が彼女の欲求に気づかないか、関心がないかのように見えるのは初めてだ。初めて青年に見棄てられたことにモナはショックを受けた。自分がかれに依存していたことにも気づいてショックを受けた。

＊　＊　＊

駅に着くと、青年医師はかいがいしく動き回り、モナが国を横断する退屈な旅を快適に過ごせるよう取りはからってくれた。いかにも母親らしい雰囲気の女性と話をして協力を取りつけ、モナは具合が悪いので赤ん坊の世話をするときに手を貸してほしいとまでいってくれた。それでも、モナは青年医師に黙殺されたときのことをどうしても忘れられなかった。そのため、かれの心遣いも偽善的で不愉快なものに思えた。青年医師はモナと人間社会とをつなぐもろい橋をつくりあげたが、今はその橋も壊れてしまったようだ。モナは批判的な目つきでかれと話している女性を見つめた。南部人は抜け目がなく、十分に人目を意識しながら魅力を振りまくけれど、青年医師にはいかにも実直そうな自然な魅力がある。もうひとりの女性はためらうことなくその魅力に屈している。その様子を見ているうちに、モナは自分もその魅力にだまされたと思った。だまされて、したくもないことをさせられてしまったのだ。突拍子もない取り決めをじっくり考えもしないで、かれの自然な熱意に押し流されるままにして、かれの力に屈したのだ。今、その力が早々と引きはじめると、モナの心に疑念と不安が湧きあがった。にわかに他人の赤ん坊と一緒に見知らぬ土地に行くことなどできないような気がした。

そもそもこんな計画はばかげている。今すぐこの場から逃げ出したい。

しかし、もう手遅れだった。出発時間が迫り、青年医師はすでに汽車から降りている。慌ててモナが通路に飛び出したのと同時に、ふたりのあいだでドアが閉まり、二度と開こうとしなかった。彼女はその場に立ちつくし、必死に青年を見つめ、半狂乱になって窓越しに身ぶり手ぶりで訴えかけるしかなかった。それはグロテスクな恐怖映画の一場面のようだ。ふたりの目が合った。つかのま、モナはふたたびふたりの心が通いあったような気がした。かれは今まで以上にわたしの考えや気持ちをわかってくれている。不安に苛まれながら、モナは自分を救うためにかれがなにかしてくれるのを――ドアを開けてくれるか車掌を呼んでくれるのを――待った。時間があるうちになんとか外に連れ出してほしい。どうしてあの人は慌てないのかしら？　モナは絶望的なまなざしを青年に向けた。まさかわたしが伝えようとしていることを誤解したわけではないだろう？

「心配しないで……すべてうまくいきますから……手紙、書きます……」分厚いガラスを通して青年医師の声が妙に小さく聞こえた。実際より小さく見える顔にも、陽光を浴びてまぶしそうに細めている目にもぼんやりとした表情が浮かび、はやくもモナのことを忘れかけているらしい。彼女の心に恐怖ととても信じられないという思いが浮かんだ。あの人にはわたしを助けるつもりなどないのだ。わたしは自分からこの苦境に飛びこんだのだから、最後までやり通すしかないのだろう。

汽車が大きくカーブを描く線路の上を進んでいくと、すぐに駅は見えなくなった。モナは通路にたたずみ、絶望感と敗北感にとらわれていた。また同じことが起きた。そんな考えが混乱した頭のなかに浮かんだ。またしても誰も心配してくれない。誰も助けに来てくれない——どうしてそんなことを期待したのだろう？　人は他人のことなど心配しないものだ。去っていった恋人と同じように、あの青年医師も自分の目的のためにわたしを利用し、裏切った——わたしはだまされたのだ。またしてもだまされてしまった。なんという愚か者なのだろう。いつになったら誰も信用できないことを思い知るのかしら？　男と関わろうとすることなどすべきではなかった。自分には心の結びつきなど向いていないのだ。絶頂期にあっても、不安を感じながらやっとのことで始めた恋は、いくぶん自分に対する裏切りのような気がした。今、本当の自分が独立を主張し、恨みを晴らすよう要求している。

ふいにモナは恐怖を忘れた。その顔に浮かんでいた寂しげな表情は、心になにかを秘めたような硬い表情に変わった。彼女は窓についている手摺りを握り締め、男という生き物すべてに対して嫌悪感を抱いた。もともと彼女は社交的ではなかった。学校でも友達はあまりいなかった。そんな孤独な生活パターンから逸脱してはいけなかったのだ。これからは他人との関わりを断って生きていこう——自分だけのために生きよう。にわかに恋の記憶がいやなものになった——あれはみな、不愉快な間違いなのだ。甘ったるいロマンスの糸に絡まってしまったかと思うと、ぞっとする。

人と関わらないという意志があまりに強かったので、モナは同じ車室にいる乗客やその人たちの好奇の視線さえも避けた。見知らぬ人が優しい同情的な態度をとろうとしたり、興味ありげな目つきで見たり、劇的な出来事を期待したりしているような様子を見たとたん、うんざりした。そんな人たちに目を向けるつもりはないし、その人たちのことを考えるつもりもない――まして口をきくなど問題外だ。二度と誰にも胸の内は明かさない。モナは帽子を脱いで座席に腰をおろし、ほかの人たちから顔をそむけ、緊張しながら開いた窓の外に目を向けた。すると、暖かな風が入りこんで豊かな髪を舞いあがらせた。見知らぬ人びとのあいだでモナは孤立していた。ほかの乗客は無愛想な彼女に苛立った。この年齢の女にはふさわしくない表情や態度に困惑した。よそよそしい態度や、目に見えない〝立入禁止〟の看板に嫌けがさし、肩をすくめて乗客同士でひと言ふた言言葉を交わすと、それ以上彼女に関心をもつのはやめた。それこそモナが望んでいたことだ。たとえ人間社会で生きていかなければならないとしても、これからはひとりで生きていくと固く心に誓っていたのだった。

いうまでもなく、子供は悩みの種だ。たとえ条件のいいときでも、赤ん坊の扱いはあまり上手ではない。とくに今日はがたがた揺れる汽車のなかにいるので、いつもより手際が悪く、抱き方もぎこちない。不安を覚えた赤ん坊は、ミルクがほしくて泣いていたはずなのに、哺乳瓶を差し出されても受け取ろうとしない。泣き声はしだいに大きくなり、叫び声になった。赤ん坊は顔を真っ赤にして全身をこわばらせている。モナにはどうしたらいいのかわからなかった。これはすこしまえに確立した孤立主義にふさわしくない。自分が抱いている怒りのかたまりから離れることはできないのだ。なす術もなく腕のなかにいる小さな生き物を見たとき、あの小人に対する恐怖感がよみがえった。この身勝手なちびのなかにはこんなにも激しい活力の源があり、こんなにも確固たる生きようという意志があるのだ。ひたすら自分の欲求を満たそうとして、なにが起ころうとかまわずに容赦なく泣きつづけている。わたしが要求に添えなかったので、赤ん坊は反抗しているようだ。あまりにも激しい抵抗にモナはめんくらった。

母親らしい雰囲気をもつ女性はモナのよそよそしい態度を不快に感じていたので、彼女の狼狽ぶりをいくらか満足げに見ていた。けれど今はモナに、あるいは彼女が預かった子供のほうに同情したのだろう。救いの手を差し伸べてくれた。婦人に抱かれると、赤ん坊は腹立たしいほどすぐにミルクを飲みはじめた。干渉されたくないと思っていたにもかかわらず、ほかの人にこの場を任せることができたので、モナはほっとした。実のところ、この婦人の手際のよさには感心した。授乳が終わると、てきぱきと汚れを拭いて身繕いを整え、ふたたび赤ん坊をバスケットに入れて寝かしつけてくれたのだ。それでも、比較的大きな駅に着いて大勢の乗客が降りたとき、モナはほっとした。同じ車室にいたほかの乗客とともに母親らしい雰囲気の女性も降りていった。車室内にはモナと眠っている赤ん坊が残された。ようやく緊張をほぐすことができたので、彼女は座ったまま伸びをした。

けれど、孤立主義は崩され、すぐには回復しなかった。自分の意志に反して不愉快な記憶がよみがえってくるのだ。あのけたたましい泣き声……のたうち回る硬直した小さな体と棒のような腕……あの真っ赤な顔は、忘れたくてたまらないもうひとつの醜い真っ赤な顔にそっくりだ。今はおとなしく眠っている悪魔のようなちびのせいで、忌まわしい悪夢がよみがえった。病院のベッドに横たわりながら、何時間も自分の子供の死を願っていたときのことが。あの子は夕方に死んで、同じ日の夜にこ
の子が生まれた……そんな思いの裏に潜む、なにか因縁めいた、迷信的な考えにぼんやりと気づいたので、頭のなかからなにもかも追い出した。

モナは寒いという感覚をほとんど忘れていた。ふと気がつくと、薄いワンピース姿で震えている。むき出しの腕に鳥肌が立っているのを見て驚き、立ちあがって鞄からセーターを取り出した。物思いにふけっていたのでしばらく外を見ていなかった。今、窓外に目を向けると、驚いたことに、今まではるか遠くの地平線上に見えていた山脈が急に間近に迫っている。目を離している隙に山々が途方もなく大きな歩幅で歩いてきて、今はすぐそこにいるかのようだ。黒々とした樹木の茂る広大な斜面が空に向かってせり上がっている。そんな様子を眺めていると、モナの胸がかすかにときめいた。

汽車はトンネルに入り、冷え冷えとした薄暗がりのなかに出ていった。あたりは海底のように青々

としており、空は見えない。岩と樹木がひしめきあい、線路の間近まで迫っている。きらめく陽光を浴び、目の覚めるような風景に親しんだあとでは、森林は陰鬱で寒々しく、幽霊でも出そうな場所に思える。窓から身を乗り出して見上げると、むき出しの岩の絶壁が目に飛びこんできたので、胸の鼓動が速くなった。不気味な雰囲気を漂わせる巨大な断崖はところどころ雪に覆われ、淡いブルーの空高くそびえている。ふいにモナは山岳地方に来てよかったと思った。これは正しいこと、必然的なことなのだ。ここに来たことで心に秘めた願いをかなえられそうな気がする。

モナの故郷は海抜ゼロメートル地帯にあるので、南部地方に来るまで雪山は見たことがなかった。最初のうち、それはすばらしい夢の一部にすぎなかった。けれど、その後、恋人との関係がぎくしゃくしはじめたとき、ふと気がつくと、いつのまにか雪山を見つめていた。しかも、尋常ではない目つきで。そのせいで長いあいだ山のことが忘れられなかったのだ。とはいえ、山についてはっきりした考えをもっていたわけではない。急に思いついて見ずにいられなくなったのだ。心のなかでさまざまな感情が入り乱れて収拾がつかなくなったとき、はるか遠くで静かにたたずむ山々を見ると、気持ちが楽になったものだ。荒涼とした雄大な姿は、誰も触れることができないし、汚すこともできない。慌ただしい人間の世界がすべてではないことを——別の世界があることを——知り、なんとなくほっとした。その世界では心の動揺も感情の激発も困惑もないのだ。恋が熱病にかかったときに見る混沌とした夢のようなものになると、そのなかでころげ回り、幻を見て、怯え、惨めな気持ちになった。そんなとき、けっして変わることのない、冷たい美しさと安らぎをたたえる雪のなかへ逃げたいと思ったものだ。

そしてすべてが終わり、人間との縁も切れて、ごみや騒々しい機械で地球を汚染し破壊する人間すべてを嫌っている今、モナは喜んで人間が汚すことのできない荒涼とした地域のことを考えたのだった。砂漠、極地の氷原、とくに山のことを。山を貶めることはできない。山は誇り高く、崇高で、生まれたままの姿を留めている。そのとき急に、青年医師のばかげた取引に同意したのは山の魅力に引きつけられたからだと思えてきた。あのとき、山と一体化したいという漠然とした思いがあったのだ。今、山が呼んでいる――だから胸が高鳴っているのだ。

今までは遠くから外観を見ていただけなので、山のことはなにも知らなかった。けれど、今、急に知りたくなった。山の最深部を見たい。モナは寒々とした薄暗い森林に苛立ってきた。低い斜面に広がる森林はときおりとぎれるものの、どこまでも続いていくようだ。陽光は差しこまないし、生き物の姿も見えない。ときおり水中のような薄暗がりのなかを幽霊のような灰色の岩が見え隠れするだけだ。機関車は煙を吐きながらゆっくりと上っていき、ときおり甲高い音を発した。それ以外はあたりは静まり返っている。森にいる鳥のさえずりや動物の鳴き声もしないし、汽車のなかは話し声も聞こえない。

　モナは落ち着かなげに誰もいない通路に出ていき、おずおずと隣の車室をのぞいた――そこにも誰もいない。彼女は最後に残った乗客らしい。大勢の乗客が降りた駅が境界だったのか、今は人間社会から遠く離れてしまった。けれど、まだ山の世界にいるような気がしない。中途半端なところで止まり、昼とも夜ともつかない冷え冷えとした薄暗がりのなかで立ち往生しているかのようだ。

　ついに樹木の生え方がまばらになり、前方に明かりや日暮れ間近の陽光が見えた。ようやく汽車は森林を抜け出すと、前方にある草深い高原へ逃げこもうとするかのようにスピードを上げた。生い茂る葉に急勾配の斜面が隠れていたので、この高い台地を見てモナは驚いた。それは樹木限界線の上にあり、山頂の真下にある。相変わらず汽車は上っていき、ずんぐりした小山や隆起した岩、西日が当たって黄色く染まった草深い斜面、日差しを受けて輝きながら流れていく小川のあいだを走っていった。前方にはけっして通り抜けられない障壁のように、灰色の断崖がそびえ立っている。汽車は怒り狂った雄牛さながら、断崖めがけて突進していく。汽笛を鳴らしながら短いトンネルを走り抜けると、緑に覆われた浅い窪地に出た。こんな人里離れたところに小さな谷があるとは思いもよらず、モナは不思議な感覚に襲われた。まるでほかの惑星から最高峰の麓に落ちてきたような気分だ。

　ここを目ざして一日中、汽車は走りつづけていたのだ。今、汽車がスピードを落とすと、モナは円陣を組んでどっかりとしゃがみこんでいる山々の不格好な頂を見上げた。丸めた岩の背中には、あちこちに奇妙な幾何学模様の雪のタトゥーが入っている。太陽はこの一塊になった山々の陰に隠れようとしているが、今でも浅い窪地に黄金色の光を降り注いでいる。モナはそのまぶしい光を通して窪地を見た。そのとたん、体のなかをぞくぞくするような感覚が走り抜けた。それは気持ちの高ぶりを通り越した、もっと不吉な、恐怖に近い感覚だったが、彼女はどういうものなのかじっくりと考えなかった。今は本当に山の最深部を見ているのだ。それにしても、なんと荒涼としているのだろう！果てしなく続く森林を通り抜けてきたあとでは、草の生い茂る石ころだらけの谷はこの世の果てのように思える。天に向かってそびえ立つ恐ろしい峰の下に残された最後の土地のように。巨大な岩の塊はあまりにも近くにある。徒党を組んで頼りなげな浅い窪地に押し寄せ、そのまわりを取り囲むようにしてうずくまっている。今にも動きだして窪地を押しつぶしそうだ。モナはこの谷にも不可解な魅力があることに気づいた。荒々しい巨大な岩の塊の下には、この世のものとは思われない汚れなき静けさとはかなさがある。そのとき、太陽が姿を消した。たちまち谷間は清らかな青い夕闇に包まれたが、山々は今まで以上に攻撃的な様相を呈し、幽霊のようにそびえ立っている。巨大な頭部はまだ陽光を浴びて輝いているものの、恐ろしい岩の力は大地にのしかかってなにもかも押しつぶし、暗い闇のなかに閉じこめている。

汽車が止まった。モナは大空を背景に浮かびあがる、輝く巨大な山々からやっとのことで目を離すと、大小さまざまな岩がでたらめにころがっている一帯に視線を移して村を探した。この岩屑のなかに数軒の農家がある。不規則に広がった建物は、屋根の上に重い石がのせられているので、まわりの風景とほとんど区別がつかない。

モナが乗降口にたたずんでいると、ホームを歩いてきた男がドアを開けてからなにもいわずに先へ進んだ。高地の冷気を吸いこんだとたん、彼女は思わず喘いだ。まるで感電したかのような強い衝撃を受けた。汽車と別れるのがいやで、急に汽車が旧友のように思えて、モナはその場から動かなかった。汽車はわたしの知っている世界へ戻っていくのだろう。そこへ行けば、いずれ自分が慣れ親しんだ生活を取り戻すことができるかもしれない。汽車が走り去るのを黙って見ていたら、永遠にこの恐ろしい寒冷な荒れ地に留まるよう運命づけられ、二度と自分の人生には戻れないだろう。

けれど、世間とは――あるいは、世間のほうがわたしと――手を切ったはずでしょう？　もう生きる目的はなにもない――死ぬほうがいいのに、それもやめてしまった。山の世界は死を具現化しているようだ。モナは巨大な峰に視線を戻した。山々は神のようにすべてを達観し、超然とたたずんでいる。またしても彼女の体のなかを震えが走った。けれど、今度はそれとともにはっきりとした願いが湧きあがった。それは人間社会で自分が犯した過ちや失敗、意味のない行為と縁を切りたいという思いだった――まさに山がこっちに来るよう呼んでいたような気がする。寒さのせいで赤くなった頬がひりひりするものの、モナの目は輝きはじめた。激しい気持ちの高ぶりを感じながらぎこちない手つきで赤ん坊の入ったバスケットを抱え、車体の高い汽車から降りてよろよろしながらホームに立った。

とうとう着いた。こんな地の果てにある、わびしい村に来たことがいまだに信じられない。赤ん坊はなにも気づかずにすやすや眠っている。ショールと毛布にくるまれて気持ちよさそうに横たわる姿を見て、モナはあらためてしぶとい子供の身勝手さにあきれた。この生き物は自分の快適さがそこなわれないかぎり、なにが起ころうと、いっさいおかまいなしなのだ。彼女はバスケットをベンチに置いてその横にたたずみ、震えながら誰かが来てくれるのを待った。暖かな汽車のなかから出ると、寒さで頭がぼうっとするし、魔女に呪いをかけられたかのように息が切れ、体から力が抜けていく。高地にいるせいか、すこし気分が悪くなってきたので、ぼんやりとあたりを見回した。深まりゆく夕闇のなかで小さな駅は寂しげな雰囲気を漂わせている。どこかで弱々しいベルの音がした。緊迫した冷気のなかに響き渡る音は、人間が本能的に感じる悲しみを表しているようだ。汽車の最後部付近で数人が動き、ときおり耳障りなしわがれ声で叫んでいるが、モナには目もくれない。

徐々に山頂が見えなくなると、代わりに異様な灰色の影が現れ、身を切るような冷気を吐き出した。ずっと見上げているのは容易なことではない。このように高度の高いところにいると、体はひどく重く感じられる。モナはぼうっとしているのをやめて、ホームの端に密生している植物に目を向けた。どれも幹があり、枝がついていて、ミニチュアの樹木のようだ。彼女はすぐに気づいた。それはまさしく木だ。小さな樫の木だ。高度の影響で成長が妨げられ、薊《あざみ》の大きさになってしまったのだ。極小の樫の森は一メートルくらいの高さしかない。モナはこの奇妙な現象をじっくりと観察した。あれはこの土地特有の不気味さを示すいい例だ。広々とした肥沃な土地ではのびのびと育つことができるのに、どういう巡りあわせであの木はこんな不毛の地に根づくことになったのだろう？　ここで生き延びるにはあんな奇妙なゆがんだ形になるしかないのだ。彼女には今まで以上にここが不可思議な場所に思えた。言葉ではいい表せないほど気味の悪い場所に。

　背後で汽車が滑るように動きだし、元来たほうへ戻っていった。ここは単線の終着駅なのだ。思わずモナは振り返った。けれど、自分に鞭打って無理にその場にじっとたたずみ、走り去る汽車を見つめた。世の中とは縁を切ったのだ。もうじたばたするのはやめよう。そう思いつつも、汽車が見えなくなったとたん、永遠に人間社会から切り離されたような気がして怖くなった。絶望的な気持ちになりながら、モナは重い頭を上げて山を見つめ、自分を受け入れようとしている兆候はないか探した。もう人間社会の一員でいることはやめたのだから……混乱した頭のなかで彼女は考えた。山もわたしを拒絶し、汽車と同じように姿を消すのではないだろうか。あとに残されたわたしはふたつの世界のあいだで立ち往生するのではないだろうか。

そのとき、いきなりモナはなにかに胸の奥をわしづかみにされたような感覚に襲われた。驚いたことに、暗くなりかけた空を背景に山がぱっと燃えあがったのだ。ひとつ、またひとつと、山頂が落陽の最後の光を受けて華々しく輝くと、雪は薔薇色に染まり、岩肌はさまざまな色調の紫に塗りあげられ、ところどころに金色の輝きや濃い藍色の影が混じった。夕闇に包まれた世界の上で魔法の輪が厳粛に、壮麗に輝いている。思いがけない荘厳な美しさにモナは驚嘆した。不気味な岩や氷の巨大なかたまりは姿を変え、この世のものとは思われない魅力で輝いている――これはわたしを受け入れている証拠ではないだろうか。不思議な光輝を受けてモナの頬は真っ赤になり、異常なほど光る目はなおいっそうきらめいた。山はわたしを迎え入れてくれたのだ。ところが、現れたときと同様、宝石のような色彩はとつぜん消えて、冷然とした巨大な峰は幽霊のようにぼんやりとなり、引きさがっていった。

つかのま、モナはがっかりしたが、すぐに思い出した。そもそも、あの冷然とした近寄りがたいところに心を引かれたのだ。人間の営みにはまったく無関心なところが。あの魅力が消えてよかった。もう魅力とかそういうものとは関わりあいたくない。

あたりは今までよりも寒くなり、暗くなっている。モナは遠くからホームを歩いてくる人影に気づいた。その人は両方の手に彼女の鞄を持っている。中世の民話から躍り出たような変わった山高帽をかぶった男は、夜が更けるのと同じ速度で進み、闇を引きずっているふうに見える。モナは寒くて震えていた。だが、その男を見たとたん、身をこわばらせた。よそよそしい態度をとり、じっとその場にたたずみ、この寒冷地の天候に堂々と立ち向かった。人間社会とは手を切った。ここそわたしにふさわしい場所なのだ。

モナは今は抜け殻となった山頂を見上げた。暗い空に燐光のごとく青白く光る幽霊のような大きな影が浮かんでいる。その影の切れ目から闇が流れ出し、地上に冷気を吹きおろしている。彼女はわざと山の非情さや孤独と一体化した――人間社会とは別の世界にいる、恐ろしくて冷たい別の存在とひとつになったのだ。それを恐れるつもりはない。もうどんな感情も抱くつもりはない。彼女は山の怖さや恐ろしさや孤独を自分のなかに引き入れた。それが自分を凍りつかせて岩のようなものにしてくれるよう願った。けっして溶けない、けっして壊れない、石よりも硬く、氷よりも冷たいものにしてくれるよう。そうすれば、二度と誰もわたしを傷つけることはできないし、わたしに近づくこともできない。にわかにモナは孤独感とともに心の安らぎを覚え、すべてを超越した気分になった。あたかも山のごとく、けっして打ち破ることのできない、完全無欠な存在になったかのように。彼女はホームにたたずみ、鞄を持った男が近づいてくるのを待った。と同時に、どこか遠く離れたところから、容易には到達できない高みからその男を見ていた。そこで恐ろしい非情な山のように、なにものにも汚されることなく、たったひとりで超然とたたずんでいたのだった。

　澄みきった冷気のなかに亡霊のような小さな雲が現れたが、ほとんど透き通っているので、冷たい輝きを放つ星がひとつ、ふたつ、顔をのぞかせている。なにかを思い出させる穏やかな忠告のように、空から夏の雪がくるくる回りながら落ちてきた。ようやく目を覚ました赤ん坊は、慌てることもなく、ためらうこともなく、ひらひらと舞い落ちる雪を見つめている。

3　なにかが足りない

両親は古くから南部地方に住む貴族で、王族の血を引いているといわれている。それは現存する貴族のなかでもまれな例だ。そのため、娘にリジャイナ《女王》という名前を与えたのだが、そのほかに与えたものはほとんどなかった。ふたりとも、並はずれて気位が高く超然としていたので、わが子に対して愛情を抱いていたかもしれないが、それを態度で示すことはなかった。この手の人間は周囲から孤立しているため、しだいに世の中から消えつつあるようだ。創造主はもっと気前がよく、この少女にふさわしい〝女王《リーガル》のよう〟な容姿と背丈を与えた。一般的な概念からすれば、身長が高すぎるけれども、彼女は美しい娘に成長した。体形は非の打ちどころがなく、しみひとつない乳白色の肌は滑らかで、赤褐色の髪はつややかに輝いていた。

子供のころでもリジャイナは自分の体が美しいことを十分に認識していたので、想像力をはたらかせてそれを特別なものにした。愛情を傾ける対象として夢想の世界の中心にしたのだ。少女時代は厳しく抑圧的な環境で育ったため、本来ならふつうの愛の対象に向けられるはずの感情は、もっぱら自分の肉体に照準を合わせた。その結果、すばらしい体は貴重な所有物というだけではなく、細心の注意を払って育てられ、油断なく守られなければならない、大切なお気に入りの奴隷のようなものだと考えたのだ。ふつうの孤独な子供なら空想の世界で遊び友達をつくり出すだろうが、彼女の場合は違っていた。成長するにつれて、こうした思いはかならずしもふつうとはいえないものになっていった。秘密の恋人に対する執念といったものに。

学校を卒業したあと、リジャイナは親が決めた爵位をもつ資産家と結婚したが、自分だけの宝物であり、喜びの源でもある美しい体を蹂躙されて、とうぜんのごとく怒り狂った。そもそも性行為は不愉快きわまりないことなので、夫に体を求められるたびに強姦されているような思いに襲われた。やがて妊娠してほっそりした体の線がくずれると、愛しいわが身を汚した男を憎みはじめた。しかし、きちんとした躾を受けて黙って耐えることを学んでいたため、表面的にはそんなそぶりは見せなかった。

夫は妻を心から愛していた。ところが、女たちから崇拝されることに慣れていたので、若い花嫁に愛を捧げると、やるべきことはすべてやったと思いこんだ。妻の気持ちを理解しようとは考えもしなかった。不快の極みである出産が近づき、ついに妻が沈黙を破ったとき、思いもよらない憎しみを抱いていることが明らかになり、夫はめんくらった。妻の歯に衣着せぬ痛烈な言葉を耳にすると、彼女がまた夫に触れられるくらいなら死んだほうがましだと思っていることを信じざるをえなかった。そのため、男性優位というもうひとつの頑丈な鎧にも穴を開けられ、許しがたい侮辱という致命傷を負ったのだ。かれは十分に男の機能を果たす自分が拒絶されたことに耐えられなかった。妻が女の子を生んだことはさらなる侮辱であり、夫を軽蔑する気持ちの表れに思われた。そのため、かれは自らの命を絶ってしまったのだ。

夫が自殺したことを知り、リジャイナは心底ほっとした。銃声を聞いてその意味を理解したとき、心が軽くなったような気がしたが、それはすこし前に体のなかから重荷が取り出されたときと同じ感覚だった。この頭を撃ち抜いた男のせいでずっとつらい思いをしてきたのだ。長いあいだ拷問のような苦しみに耐え、わが身を汚された屈辱感に苛まれていたことを考えれば、死をもって償ってもらうのがとうぜんなのだ。

リジャイナは驚くほど冷静に、子供のごとく、なにくわぬ顔でその出来事を乗り切った。妖精や人魚といった性別のない生き物と同様、人間の感情をもつことを免除されたかのように。それでも赤ん坊を見るのは耐えられなかった。どこか遠いところへ追い払わなければならない。けれど、悪意のこもった噂が広まらないよう、うまくことを運ぶのは容易ではなかった。赤ん坊の父親はこの地方では名士だったのだ。口が堅くてきちんと子供の世話ができる人間を見つけるのはとうてい無理だと諦めかけたところに、思いがけない幸運が舞いこんだ。出産に立ち会った若い医師が彼女の魅力の虜になり、自分が勤務する病院で適当な人物を見つけてくれたのだ。よそ者で、もともと孤独が好きで、身よりもないらしい若い女は、遠く離れた山村に赤ん坊を連れていくことに同意した。医師は世間体を取り繕うため、赤ん坊が子供の病気治療を専門とする鉱泉保養地に移されたという噂を流した。

こうして、リジャイナは完璧な自分を取り戻すことに専念できるようになった。毎日、細長い鏡の前にたたずんで自分の裸身を詳細に調べ、冷静に、手順よく欠点を取り除いた。彼女はまだ二十歳《はたち》にもなっていない。回復力のある若い体はすぐにしなやかな細さと乙女のような美しさを取り戻し、妊娠した形跡はほとんど残らなかった。

にもかかわらず、今でもどことなくおかしいような、なにかが欠けているような気がしてならなかった。そのために落ち着かず、不満足で、まるで自分のなかで内輪もめが起こっているような感じだった。美しい体は傷つくことなく試練を乗り越えた。ところが、ふたたびほぼ完璧に近い状態になったというのに、以前と同じようには愛せない。いや、体のほうが愛させようとしない――彼女と体が仲たがいしているのだ。あるとき、ふいにどこからともなく「なにか足りない」という声が聞こえてきて、リジャイナを悩ませはじめた。朝晩、きちんと百回ブラシで髪をとかしているとき、そのささやき声が耳に忍びこんだ。「なにかが足りない……た、り、な、い……」片方の耳に五十回、もう片方の耳に五十回。

青年医師はリジャイナに夢中だったので、当初、身分の格差ゆえに感じていたためらいを克服し、今は、なにがあっても彼女と結婚したい――全力を尽くして彼女を幸せにしたい――と思った。かれはリジャイナがどことなく落ち着かず、不満げなことに気づいた。ときおりひどく取り乱した様子を見せることも。リジャイナにはまともに相手の顔を見ない妙な癖があり、かれを通り越して実際には存在しない、自分だけの現実の世界を見つめている。ときにはひどく苛立たしげな雰囲気を漂わせ、かれを責めているのではないかと思えることもあった。それでも、いつも青年は仕事が終わると、すぐにリジャイナのもとへ飛んでいき、彼女にすべてを与えたい、自分が持っているものはなにもかも――わが身をも――捧げたいと意気込んでいたのだった。青年は彼女のなにがおかしいのか確かめようとした。しかし、リジャイナにはそんな個人的な問題を話しあうつもりはなく、ひたすら沈黙、我慢、自制という信条を守っていた。

実のところ、どんなに青年医師から愛を捧げられても、もうリジャイナは満足しなかった。体調が悪く気弱になっていたころとは事情が違うのだ。今、彼女が求めているのは別のものだった。それがなんなのかよくわからないものの、青年がそれを与えられないことに腹を立てた。医師は体と心のはたらきについてきちんとした知識をもっているのだから、どうすればわたしの内輪もめを解決できるかわかっているはずだ、と彼女は思った。

青年医師もすこし自信を失いかけていた。あちこちに義理立てしなければならないことが負担になってきた。いつも全力を尽くして厄介な仕事を片づけ、いつもリジャイナのもとに駆けつけたにもかかわらず、いつも彼女が不満そうなので、はたして彼女を幸せにすることができるのか疑問をもちはじめた。それでも、リジャイナには少女のようなあどけなさと哀愁を漂わせた美しさという魅力があり、それがかれの心を引きつけてやまないのだ。たまにそれをかいま見るだけで、青年はなおいっそう尽くしたい気持ちにさせられた――彼女を失うと思っただけで耐えられなかったのだ。

青年医師は自分の力がおよぶ現実の問題をもち出して、リジャイナの曖昧な不満を明らかにしようとした。すくなくともその点でふたりの考えは同じだった。彼女も自分の漠然とした思いと外界の事象との関連性を見きわめたかったのだ。

結婚生活に関する話になると、リジャイナがひどく興奮するので、青年は子供のことには触れたくなかった。とはいえ、若い女が赤ん坊を連れていってから数カ月が過ぎたし、この取決めも一時的なものだ。近いうちに変更しなければならない。青年はおずおずと、子供はずっとほかの土地に住まわせたほうがいいのかと尋ねた。すると、はっきりした返事が――「ええ、もちろん」という確信に満ちた返事が――返ってきたのでほっとした。

リジャイナは、気持ちが落ち着かないのは赤ん坊の将来を心配しているからだという考えに飛びついた。ただちにこれでなにもかも元どおりになると確信した。青年医師がそんな提案をしてくれたことに感謝し、返礼として魅惑的な笑顔を見せた。すると、たちまちかれは心を奪われ、うっとりとして、永遠に彼女を慈しみたいと思うのだった。

季節は秋に変わり、いろいろな方向から冷たい風が城壁に吹きつけている。ふいにささやくような声が聞こえたので、リジャイナの物思いは中断した。「た、り、な、い……」窓の外で乾いた蔦がざわざわと揺れた。彼女はすぐさま自分の姿を見た——どの部屋にいても、窓ガラスに映る自分が見える場所に腰かけているのだ。今、窓ガラスに映る自分の目はその声を聞いたと語っている。不気味なささやき声……彼女は苛立ちはじめた……子供の問題が片づけばその声も聞こえなくなるにちがいない。とつじょ、心のなかに激しい願望が湧きあがり、リジャイナはなんでもする——結婚もする——望みはなんでもかなえると約束した——ただしこの問題に決着をつけてくれるなら、と。兄が妹にするごとく、青年医師がリジャイナの頬に軽くキスしたとき、彼女は懸命に身を引かないようにした。夫の死後、他人が最愛の体に触れたのは初めてだ。彼女は心のなかで自分の宝物に謝り、この男は特別で、優しくおとなしい人間なのだと説明した。ほかの男のように横暴で高圧的な態度はとったことがない——この男なら支配できる、と。青年は礼儀正しく、忠実で、信頼できる。いろいろな意味でリジャイナには男が必要だった。彼女のような身分や立場の女性は、夫がいないとなにかと都合が悪いのだ。青年はいろいろと役に立つから、夫という資格を与えてもいい。かれはまず子供を引き受ける家庭を見つけてくれるだろう。つぎに、いやな思い出が残るこの土地を出てほかの場所で新生活を始める手助けをしてくれるだろう。

もうひとつ、リジャイナが青年医師に感謝していることがあった。それは彼女を壊れ物を扱うように丁寧に扱ってくれることだ。彼女は青年を好きになれそうな気がした。だが、正直なところ、かれは目的を達成するための手段にすぎないのだ。青年は恋人でもないし、夫でもない。どれくらい役に立つか、自分のためになにができるかという点を考えると、ひとり立ちした人間というよりも自分の所有物なのだ。これはあくまでもかれを受け入れることを自分に納得させるための条件だった。

たとえどんな条件を出されようと、青年医師はリジャイナを自分のものにするつもりだった。そうせずにいられなかったのだ。かれにとって、かれの人生にとって、リジャイナは絶対に必要なのだ。それは渇望にも近い思いだった。このうえなく美しい女性の自然な、初々しい、あどけない笑顔を見るためなら、地の果てまでも行ったことだろう。

丸一日休みをとることができたので、青年医師はただちに古びた車を運転して山岳地方へ向かった。あの女がずっと子供を育ててくれるのを期待するのはひどすぎるだろうか。だが、せめて説得するくらいはいいだろう。リジャイナを想う気持ちがあまりにも強かったため、その前ではどんな障害も溶けて消えそうな気がした。ちょうど大雪で閉鎖されていた道路が魔法の力で開通したかのように――おかげでずっとチェーンなしで走ることができた。これは吉兆だ。運転中、青年はずっと自分の恋についてあれこれ考えたり、夢想したりしていた。目的地が近づくと、ようやく物思いにふけるのをやめて、あのよく知らない女のことを考えはじめた。かれが関わったために彼女の人生は百八十度変わってしまったのだ。

健康を取り戻して本来の姿に戻ったので、彼女は以前にもまして知らない人間に見えた。青年医師がかろうじて覚えているのは、目鼻立ちの整った落ち着いた女だということだ。彼女は戸惑ったような目つきでかれを見る癖がある。相手の姿は目に入っていないらしい。若い顔にはもっと年上の人間が浮かべるような表情が刻みこまれている。世の中でつらい目に遭ったために隠棲し、もう世人とは関わるまいと決意しているかのような表情が。彼女はつねに礼儀正しい、超然とした、よそよそしい態度をとりつづけた。目にも冷ややかな表情が浮かんでいる。あたかもどこか遠くの山の上から地上を見下ろし、関わりあいになるのを拒んでいるかのようだ。

心優しい青年はなんとなく落ち着かなくなった。実際、かれはすこしもはしゃいでいたわけではない。しかし、大きな部屋のなかでとりつく島もない、超然とした女性と向かいあって座っていると、自分がばか騒ぎしている大きな犬になったような気がした。ぎこちなく飛び跳ね、尻尾を振りながら遊びにやってきた犬になったような。

彼女のよそよそしさとくらべると、青年医師には自分の自然な優しい感情は無用なもので、いたずらに感傷的なものに思えた。はるばるここまでやってきたが、骨折り損だったのだ。すでにきくべきことはきいたので、かれは無駄にした休みとガソリンのことを考えていた——今度休みがとれるのは数週間先かもしれない。それは困ったことだ。だが、別の点を考えればそれほど困ったことでもない。なぜなら一刻もはやく自分を気まずい思いにさせる女から逃げ出したいからだ。彼女がこの話を断ってくれたら、すぐに立ち去ることができる。

彼女は青年医師の話に興味を示していないし、ほとんど聞いていないふうに見えた。ところが、かれが提案しようとしていたことを見越して、すでにその件についてよく考えているといった。さらにいくつか条件を挙げ、その条件なら責任をもって子供を育てる覚悟があると穏やかな口調で話した——妥当な条件なので異議を唱える余地はない。青年は呆気にとられて彼女を見つめたが、心のなかでは相反する感情が渦巻いていた。これほど簡単に目的を果たせるとは思ってもいなかった。だが、かれは大喜びするどころか、むしろ疑念を抱いた。彼女が本気でいっているとは信じられない。彼女を見たとき、あの冷ややかな虚ろな目を見たとき、なんとなく妙な感じがした。

ところが、彼女はまったく本気らしい。彼女の手際のよさと慎重さに青年医師は舌を巻いた。彼女は契約書を正副二部作成し、下働きの男をふたり呼んで署名する際の証人にしたのだ。青年がしっかりとした黒い文字で書かれたモナ・アンダーソンという名前から目を上げると、証人は退室した。この恐ろしい女と取り残されるかと思うと怖くなり、青年はふたりの男を呼び戻したくなった。

すぐに立ち去るのは失礼だと思い、しばらく青年はその場に留まっていたが、とくに話すことも思い浮かばないので、ただこういった。「ずいぶんてきぱきしているのですね」この言葉にモナから返事は返ってこなかった。開けっぴろげで衝動的な性格の青年は打算的な人間を信用できなかった。そんな不信感が声に表れていたにちがいない――かれの言葉は思っていたほど誉め言葉には聞こえなかった。慌ててもっと和やかな雰囲気をつくろうと、彼女が山村でどのような暮らしをしているのかきいてみた。しかし、話はまったく進まない。どうやっても相手のけんもほろろな態度を突きくずすことができないのだ。ついに青年は黙りこんだ。かれがいることにも気づいていないのか、モナは縫物を抱えあげて窓辺に置かれた椅子に腰をおろした。自分が見られていることもわかっていないらしい。モナがリズミカルな動きで白い生地に針を通していると、雪に反射した陽光が彼女の肩を流れて、生地の襞《ひだ》のあいだに入りこんだあと、冷たい輝きをまき散らしながら足もとに光の海をつくった。

窓の高さまで吹き積もった雪はどこまでも果てしなく広がっているようだ。雪面に当たって反射した光が部屋に入りこみ、あちこちで奇妙な形の幻影が揺らめくと、氷水のように――まるで生き物のように——動く光に赤ん坊は引きつけられた。ベビーベッドから手を伸ばし、壁の表面で波立つ光を捕まえようとしている。感じやすい無力な幼子をこんなにも冷淡で薄情な女の手に委ねたかと思うと、青年はひどく不安になった。無数の氷の結晶から生まれた揺らめく光に刺激されて、モナは冬の伝説から抜け出した生き物のようにかれの想像の世界に現れた。一瞬、彼女は虹色に輝く霜のローブをまとった雪の女王に見えた。絶えず変化するオーロラの輝きの下、彼女は永遠に凍りつき、汚れを知らず、なにものをも寄せつけないのだ。こんな極北の幻想が浮かんだかと思うと、あっというまに消えて、あとには冷え冷えとした感覚が残った。それはモナの内部にある氷の芯から——けっして溶けることのない氷の脊椎のようなものから——にじみ出しているようだ。人を愛する優しい気持ちをもつ青年医師には、彼女の魅力的な若い体がすこし恐ろしいものに思われた。

「どうしてこんなことを引き受けてくれるのですか?」青年はいきなりきいた。ずっと心の奥にあった問いがつい口をついて出たのだ。

うわの空状態だったモナははっとわれに返り、針を持つ手を浮かせたまま、青年医師を見た。「そうですね……」彼女は思いをめぐらしているようだ。「ありふれた理由からでしょう」体をひねってベビーベッドにいる赤ん坊を見つめると、この問題に注意を集中しているかのように眉をひそめた。どうやら真剣に考えているらしい。

ところが、また例のおかしな目つきをしているので、見つめてはいるものの、赤ん坊はまったく目に入っていないらしい——この問題だけを見ているのだ。赤ん坊が彼女の関心事だというのはあくまでも理論上のことなのだ。一個の生命をもつ、ふつうのかわいらしい赤ん坊はガーダという名前だった。目や髪や肌の色は父親と同じで、薄い白金色の髪は綿毛のようにふわふわしている。不思議なことに、その子はまわりで起こっていることに気づいていないらしい。青年医師にはそれが理解できなかった。そのとき、想像力の乏しい開業医はもち合わせていない、青年医師独得の霊感がはたらいて、たくましく、勇ましい、勝ち気なモナが抱いている挫折感を見抜いた。彼女なら新時代の勇敢な冒険家のよきパートナーになり、力を合わせて新たな超人の種族、新たな世界の秩序、宇宙探険家たちをつくりあげることもできただろう。そんな英雄にふさわしい夫が現われなかったため、彼女は身を切られるような失望感を味わい、自分自身を嫌い、自分のなかにある生命力を否定し、その源泉を凍りつかせ、自分を氷に変えてしまったのだ。

青年医師はそんなことを信じたくなかった。モナは死んだ子供の母親だったのだから、母性愛をもうひとりの赤ん坊に転嫁したと思いたい。こうして青年は彼女の行動にもっともらしい説明をつけた。「ありふれた理由とはどういう意味ですか?」かれはきかずにいられなかった。モナが愛しているから子供を引き受けたといってくれたら、どんなにいいだろう!

もちろん彼女はそんなことはいわなかった。重大問題を思案しているのか、例の考えこむようなしかつめらしい表情を浮かべ、赤ん坊から青年医師に視線を移した。にもかかわらず、目の前にいるかれにはほとんど注意を払っていない。モナは青年までも抽象概念に変えてしまったのだ。頭のなかにある問題に。

「お金のため……自立するためです……」モナは青年医師の顔をまともに見た。ところが、かれの目をのぞきこんでいるのに、妙に目つきがぼんやりしている。彼女が見ているのは青年が提示している問題だけなのだ。

「でも、あなたならもっといい仕事が——もっと夢のある仕事が——もっと将来性のある仕事が——見つかるでしょう」青年の話し方はすこしぎこちなかった。正直、モナにどうしてほしいのかわからないのだ。

「職業訓練は受けていませんから」モナの口から出てきた冷たい言葉は、山頂から投げられた凍った岩のようだ。

急にリジャイナのところに戻りたくなり、青年医師は時計を見てそろそろ引きあげるときだと判断した。ところが、かれが立ちあがったのと同時に赤ん坊が泣きだしたので、なんとなく気がとがめて思い直した。赤ん坊の泣き声は言葉にならない抗議のようだ。青年は断固として自分の恋愛問題を頭のなかから追い出すと、ふたたび椅子に腰をおろし、子供を抱いているモナを見た。まだ手遅れではないから、契約書を破ることもできる。なにか理由が見つかったらそうしよう、と青年は決心した。

しかし、赤ん坊にミルクを飲ませてベッドに入れる準備をしているモナを見ているうち、彼女が有能で信頼できる人物だと確信した。ただし、青年医師に対する態度と同様、彼女の赤ん坊に対する態度はつねに人間味がない――なぜか赤ん坊はそれを大目に見ているようだ。今はそんなことはどうでもいい、と青年は自分にいい聞かせた。子供はまだ幼いから愛情が欠けていることもわからない。肉体的な満足感がなによりも大事なのだ。それでも、青年は恥ずかしさと不安を覚えた――今までわざと良心の声を抑えこんだことはないので、苦しくて仕方なかった。

モナはすでに寝入っている赤ん坊をベッドに運んでいった。疑うことを知らない幼子は彼女の腕のなかで無防備な格好で横たわり、冷たい扶養者に絶対的な信頼をおいている。青年医師は冷たい表情をたたえたモナの目を見たが、とても人間の目とは思えないので、無力な赤子を奪い取りたい衝動に駆られた。このとき、赤ん坊の瞼がぴくぴくと動いて開いた。長く黒い睫毛に縁どられた菫色の目が青年の目をのぞきこんだ。かれを信頼しきっているかのように。青年は罪の意識に苛まれた。自分のしたことにぞっとした。この子供を連れ去るべきだというのは――契約を破棄すべきだというのは――わかっている。

だが、リジャイナがいる。自分の恋と将来を考えなければならない。ふいに青年医師はどうしようもなく疲れていることに気がついた。あまりにも疲れているからこんなことは続けられないし、新たな困難や問題に立ち向かうこともできない。急に慌てふためいた青年は勢いよく椅子から立ちあがり、罪悪感を覚えながらすぐに帰らなければならないといい、慌ただしく別れを告げた。モナは遠くから、たったひとりで暮らしている極寒の地から、青年を見ている。そこには誰ひとり近づくことを許されないし、そこでは誰ひとり現実のものになることを許されない。そこに存在する人間は抽象概念でしかないので、彼女が気づくことはほとんどないのだ。

青年医師は夕方の山地の身を切るような冷気のなかに飛び出した。モナが漂わせていた冷たい雰囲気にくらべると、そこは暖かく感じられるので、高揚感が罪悪感に取って代わった。すぐにリジャイナが自分のもとに来て幸せになるかと思うと、喜ぶしかなかった。それでも、ときおり置き去りにしたふたりのことが思い出されてぞっとした。無力な子供にこんな恐ろしいことをしてしまったのだ。だが、リジャイナのためならできる。彼女のためならどんなことでもできるだろう。青年は意識のなかからモナと赤ん坊の問題を追い出した。自分の恋と新たな人生のことだけを考えようとした。にもかかわらず、帰りの車中、いやな問題を思い出そうとしなかったせいでときどき気が重くなった。

車を止めて食事をすることもなく、青年医師は結果を報告するためにまっすぐ城に向かった。リジャイナは上階にいるといわれた。ひとりでいるときに使う小さな居間にいると。そこで、近ごろはいつもそうしているように、取り次ぎの案内も待たず、一刻もはやく彼女に会おうと階段を駆けあがった。

小さな部屋に入ったとき、最初、なかには誰もいないように見えた。寒々とした暗い闇のなか、ひたすら車を走らせてきたので、暖炉の火はとても温かく感じられる。ぱちぱちと音を立てて勢いよく燃えあがる炎はあたりに強い芳香をまき散らし、そこかしこに置かれた古風なランプよりも明るい光を放っている。壁に掛けられているのは色あせたタペストリー、堅苦しい服装で悲しげな表情をしている子供たちの古びた肖像画、光沢を失った精巧な作りの枠にはめられた巨大な鏡。その鏡の前にリジャイナが立っている。彼女が身動きひとつしなかったため、青年は気づかなかったのだ。今、とつぜんリジャイナの姿が目に飛びこんできた。彼女は鏡に映る自分の姿をくい入るように見つめ、すっかり夢中になり、青年がいることにはまったく気づいていない――かれが部屋に入ってきたときの足音さえ聞こえなかったようだ。

リジャイナはかなり透き通ったネグリジェのようなものを着ている。薄衣の下に見えるほっそりとした白い裸体に、たちまち青年は惹きつけられた。今までは仕事という目隠しをしていたので、その体を男の目で見たことはなかった。今、彼女の美しさを目の当たりにして、かれの心臓は狂ったように鼓動しはじめた。リジャイナはなんと美しいのだろう。そう思いながらも、彼女の様子を見るうちに青年は戸惑いを覚えた。リジャイナはいつもと違うような気がする。どうしてぼくに気づかないのだろう？　自分の場合、なにかに夢中になっているときでも、他人の存在にまったく気づかないことなどありえない。こんなふうに完全に黙殺するのは相手の人格を侮辱しているように思える。

　青年が今にも声をかけようとしたとき、リジャイナの腕が動き、その拍子に身に着けていた唯一の衣類が滑り落ちた。若い娘が恋人に見せるようなはじらいと熱い想いが混ざった表情を浮かべ、彼女は鏡のほうに身を乗り出した。鏡のなかにいる長身の女性は前に進み出て、長い茎のようにほっそりした青白い体と出合った。彼女の顔は大きな白い花の蕾のようで、それを包みこむ萼《がく》代わりの黒っぽい髪が鏡面を漂っている。青年はくい入るようにリジャイナを見た。その美しさはかれのなかに熱い欲望をかき立てた。だが、彼女の顔に浮かぶ表情に気づいたとたん、驚き、困惑した。まさに異様な表情なのだ。まわりの状況もまったく尋常ではない。何百年間もちこたえてきた、すこし荒れ果てた大きな城は、夜の闇に包まれて寂しげにたたずみ、狼人間や魔女の時代の名残を留めているかのように見える。しかも、そのなかではこの人けのない薄暗い部屋で裸の女性が鏡のなかの自分と向かいあい、呪いに夢中になっている魔女よろしく、ほかのことにはまったく気づいていないのだ。

　ゆったりと垂らした髪に隠れているリジャイナの顔はしだいに変わっていく。だんだん小さく、白く、謎めいたものになり、なんともいいようのない官能的な表情をたたえ、かすかに笑みを浮かべ、わずかに退廃的な雰囲気を漂わせている。不思議なことに彼女はまったく手の届かないところにいる。鏡の前にぼんやりとたたずみ、自己愛に満ちた心の表情を見せているが、それはもはや子供の空想遊びのように無邪気なものではない。彼女の表情を見るうち、青年は魅了されるのと同時に不快感を覚えた。さらに強い欲望が相まって全身に震えが走ったので、かれは愕然とした。

たちまちリジャイナが別人に見えた。穏やかな愛情を抱く青年の目には、彼女が魔女さながらに映った。彼女のことはなにもわかっておらず、誤解していたような気がした。リジャイナに気づいてもらえなかったため、青年の優しい心はすでに痛烈な打撃を受けていた。そして今度は、彼女が醸し出す異様な雰囲気に新たな衝撃を受けた。青年は途方に暮れながら、鏡の前でうっとりとたたずむリジャイナを見つめた。

にわかに青年はこの場から逃げ出したい衝動に駆られた――今、リジャイナと顔を合わすことはできない。疲れきっていた――混乱していたのだ。かれは疑うことを知らない幼子の目に漂っていた哀感がどうしても忘れられなかった。最愛の人と入れ替わったこの魔女のためにあの子供を犠牲にしたのだから、自分の罪は千倍も重くなった。意気消沈した青年は忍び足で部屋から出ると、逃げるように城を飛び出した。見送りに出てきた使用人はかれを見て驚き、打ちひしがれたような青白い顔を見つめた。

青年は興奮していたし、動揺してもいたので、なにを考えたらいいのかわからなかった。それでも、恐ろしい夜が明けると、気を取り直して、あの恐ろしい冷酷なモナから子供を引き離そうと決心した。それを実行したら、たぶん恋は終わるだろう。そう思うと、胸が引き裂かれるようだった。しかし、どんなにつらくても、魔女のようなリジャイナとは縁を切りたい。鏡の前に一糸まとわぬ姿でぼんやりと立ちつくしていた彼女を思い出すたびに、背筋がぞくぞくした。あの光景は不気味だった。彼女は本当にすこし気がふれているのだろうか?

ところが、翌日、青年医師が城に行くと、そこにいたのはかれが愛する無垢な娘で、胸に染み入るような優しい笑顔を見せてくれた。リジャイナがあまりにも美しく、屈託がなく、清らかで、魅力的なので、昨夜、目にしたものが信じられなかった。青年は頭がおかしくなりそうだった。どうして自分の想像力はあのようないたずらをしたのだろう? あれは疲労と薄明りに呼び覚まされた妄想にちがいない。なぜか山の上でたたずむモナのイメージとリジャイナを混同したのだ。あれは思い違いだ。青年は簡単に納得すると、リジャイナに悪いことをしたような気がして、今度はすまなそうに、そしてほれぼれと彼女を見た。彼女を恋いこがれる気持ちがよみがえり、以前にもまして強くなった。そのため、またしても犠牲になった赤ん坊のことを意識下に押しこめた。

「結婚してくださいーーできるだけはやいうちに」緊張のあまり青ざめた顔にぎこちない笑みを浮かべ、青年医師は訴えた。今、リジャイナに棄てられたら生きてはいけない。

リジャイナは少女のように大きく目を見開き、不思議そうに青年医師を見た。かれを思いどおりに操ることができるかどうか考えていたのだ。かれとの結婚にはすこし危険が伴うことを承知しながらも、「ええ、準備が整いしだい結婚しましょう」と答えた。絶えずささやき声が聞こえる陰鬱な城にいるのはいやになったーー一刻もはやく逃げ出したかったのだ。

リジャイナの言葉を真に受けて有頂天になった青年は、自分を抑えきれなくなって彼女を抱き締めると、熱狂的にキスした。だが、すこししてから、出産の日にリジャイナが怒りを爆発させたことを思い出し、自制すべきだったと気づいた。彼女は抵抗しようとしなかった。その場にたたずんだまま頭を下げ、青年の腕のなかで激しく震えていた。かれはリジャイナが泣いていると思い、すぐさまリジャイナを放したが、彼女は泣いていたわけではない。だが、その顔はひどく青ざめ、苦しそうな表情が浮かんでいる。

「どうしたのです？　具合でも悪いのですか？」青年は気遣わしげにきいた。

しかし、リジャイナは「なんでもないの……心配しないで……わたしはばかな女です……気にしないで……」といった。青年のもとを離れていくと、かれに背を向けたまま窓辺にたたずみ、両手を固く握り締めながら外の景色を眺めた。青年は彼女の期待どおりの反応を示し、自分の思慮のなさと無器用さをののしった。もちろんリジャイナと愛しあうのはまだはやい。ゆっくりとことを進めてすこしずつ彼女の信頼を勝ちとり、世の中にいるのは不快な男ばかりでないことを証明しなくてはならない。

自分が与えた暗示が奏功したことを確信したリジャイナは、おずおずとほほ笑みながら振り返り、窓辺に置かれた幅の広い椅子に腰をおろして優美な長い脚を前に伸ばした。その姿は女学生のようで、十五歳くらいにしか見えない。青年はあらためてリジャイナを見直し、本当の姿を見たような気がした。彼女はまだ若いし、心から愛されたことも無私無欲の愛を捧げられたこともないため、愛し方がわからないのだ——そんな彼女を愛し守るのは自分の役目だ。リジャイナを想う気持ちがあまりにも強くなり、かれの目に涙が込みあげてきた。

青年医師はリジャイナに近づくと、思わず彼女の前に跪き、両手にキスして許しを乞うた。〝愛を知らない少女〟という新しいリジャイナ像が生まれたのと同時に、魔女は消え失せた。リジャイナは美しく、優しく、穏やかだ。青年は彼女の膝に頭を乗せた。リジャイナはかれの髪を撫でながらささやきかける。「辛抱してくれますね？」

「いつまでも待ちます」青年医師は約束した。「あなたが望むときまで、あんなふうには触れません」あたかもガラハッドになったかのごとく、かれが神妙な面持ちで誓うと、リジャイナは優しく礼をいいながら髪を撫でた。

その後、青年医師はリジャイナと並んで椅子に座り、彼女の手を握り締めながら高揚感に浸っていた。彼女のためならどんなことでもするつもりだ。彼女が幸せな生涯を送ることができるよう全身全霊を捧げる、と青年は心に誓った。ばかな真似をしているという考えは浮かばなかった。自分でも信じられないくらいに深く彼女を愛していたのだ。ところが、情欲をかき立てられることはなかった。とつぜん性衝動が眠りについたかのようだ。結婚してリジャイナの愛を勝ちとるまでそれを起こすつもりはない。彼女が自分を愛し、信頼し、最初の結婚を忘れる日を夢見るだけでかまわなかった。彼女が自分のものになったら、すぐに忘れさせることができるだろう。そのときこそ、ようやく彼女の恋人に、夫になるのだ。今は急ぐつもりはないし、どんなことも無理強いするつもりはない。

青年の愛はあまりにも強く深いので、けっして尽きることはなく、永遠に続いていくように思われた。かれは待つことも平気だった。あらゆる欲望が消えても不思議だと思わなかった。そのため、結婚したあとでもリジャイナと愛しあう気にはならなかった。彼女が自ら進んで恐れずに自分のもとに来てくれたら、どんなにかすばらしいだろう。ゆくゆくは来てくれるはずだ、と青年は信じていた。彼女は妻なのだから、最終的には夫を受け入れなければならない。そのときが来るのを心待ちにしながら、青年は優しくリジャイナを守り、つねに穏やかで控えめな態度をとり、あれやこれやと気を配り、彼女のあらゆる要望に従ったのだった。

リジャイナは自分名義の財産を持っていた。莫大な額ではないが、ふたりで気ままに旅をするのには十分だった。青年医師は仕事を続けたかった。それなのに無期限の休暇をとることを承知したのはリジャイナに望まれたからで、旅に出れば彼女が過去を忘れるのではないかと期待したからだ。それには予想以上に時間がかかった。だが、かれは焦らなかった。性欲を抑えようとするうちに心身ともに妙に不活発になった。まるで心と体が一時的に休眠状態に入り、花嫁が自分のもとにやってくる日を待っているかのようだ。そのときが来たら、ふたたび男としての人生が始まるのだ。満ち足りた完璧な人生が待ちつづけた時間を埋めあわせてくれるだろう。あっというまに数週間が過ぎた。もうじき彼女はやってくるはずだ。

いうまでもなく、リジャイナにはそんなことをする気は毛頭なかった。自分に対する忠誠心と愛着は絶対的なものだったのだ。もう二度とどんな男にも身を委ねはしない、大切な宝物は汚れのないままにしておく、と固く心に誓っていた。彼女にとって幸運だったのは、とても従順で、喜んで自然な欲望を抑える夫を見つけたことだ。

今、リジャイナの望みはすべてかなった。子供は追い払った。過去のしがらみを断ち切って故郷を離れ、遠くから彼女を崇めるだけでけっして迷惑をかけない男と一緒に暮らしている。それなのに、まだ幸せではなかった。毎日ダンスに興じ、日光浴を楽しみ、乗馬に出かけ、楽しい時間を過ごし、どこに行っても男たちの称賛の的になっている。けれど、男たちが自分に惹かれるのはあたりまえだと思っているので、崇拝者たちにはほとんど注意を払わなかった。かれらの称賛は最愛の体に対する貢物で、その体は遠くから敬愛されなければならないのだ。そんな日々を過ごしながらも、リジャイナは相変わらず不満を抱き、自分のなかで内輪もめが続いているような気がした。実のところ、自分では気づいていないが、すこし退屈していたのだ。

数カ月が過ぎると、ふたたびささやき声が聞こえはじめた。浜辺で陽光を浴びながらまどろんでいるとき、リジャイナははっとして跳び起きた。耳を澄ますと、聞こえるのは打ち寄せる波の音だけだが、それはこういっているようだ。「た、り、な、い……」と。

またしてもそれが気に障りはじめた。脅されてしたくないことをさせられている感じがしたが、最初はそれがなんなのか突き止めようともしなかった。時間が経つにつれて、無意識の倦怠感が増大すると、内部闘争が起きているという感覚はますます強くなった。この、いつのまにか聞こえてくるささやき声に駆りたてられ、リジャイナはつぎからつぎへと新しいものに飛びついた。さらなる探求、さらなる試み、さらなる究明を重ねて、なにが足りないのか突き止めようとした。絶えず新たな経験を——新たな男を——追い求めた。今は前よりも注意して崇拝者たちを見るようになったが、それはかれらに興味を抱いたり、惹きつけられたりしたからではなく、この内的衝動のせいだった。

そのことがわかりかけたとき、リジャイナは怖くなった。いざというときになると、自分の言いなりになる夫を本気で棄てたいとは思わなかった。かれは優しく、善良で、なにも望まず、ひたすら妻を慈しんでくれる。つぎはこんな幸運には恵まれないかもしれない。かれがいるおかげで、俗悪な厳しい世の中と関わらずにすんだ。下品でがさつな世間の人びとと関わりたくない。とくに乱暴に扱われたり、傷つけられたりするのは絶対に我慢できない。ところが、絶えずささやき声が聞こえると、自分がふたつに引き裂かれたような気持ちになるのだった。

リジャイナは夫に守ってもらいたかった。けれど、なにから守ってほしいのかよくわからないし、もちろんそんなことをかれにいうわけにもいかない。夫がおやすみをいうためにリジャイナの部屋に来たとき、彼女はけがをしたのにどこが痛いのか説明できない子供のように、ただ哀願するような目つきで見つめるしかなかった。もちろん夫はリジャイナが本当に求めているものを理解するべきだったのだ。いつも彼女を救い、守りたいと思っていたし、女性的ともいえる鋭い直感力をはたらかせて、彼女の精神状態や心と体が必要としているものを把握していたのだから。

ところが、リジャイナがそんなにも助けと保護を必要としているのに、夫は今までと違い、自分の殻に閉じこもっているふうだった。自分のことに夢中になっていた彼女は夫の変化に気づかなかった。かれが男の性的能力に押しつけていた深い眠りが存在全体に広がり、人格そのものが妙に鈍化してしまった。仕事から得る刺激も失ったため、もはや相手に感情移入することも共感することもできず、細やかな神経と優しい気持ちをもつこともできなくなった。そんな気持ちがあったからこそ、かつてはすぐに彼女の状態を見抜くことができたのだ。今はどの部分も完全に目覚めていないかのようだ。あまりにも長いあいだ、リジャイナが自分のもとにやってくるのを、新しい人生が始まるのを待ちつづけていた。そのときが来たら、ふたたび目を覚まして完全な自分に戻るつもりだったのだ。

妻の不安げな様子を見て、夫は思い悩みながらもひとつの結論を導き出した。リジャイナは自分に身を任せようとしているのだが、最後の一歩を踏み出せずにいるのだ。彼女にしてみればむずかしい一歩なのだろう。しかし、そのむずかしさは深刻なものではない。そのあとに得られる歓びとくらべたら取るに足りないものだ。今、かれは夢心地だった。ついにリジャイナが自分のもとにやってくる！　そう思うと、愛の喜びに打ち震えたが、その愛は神聖なものに思われた。妻だけでなく、聖体をも拝領するかのようだ。忍耐力を試すごとく——昔の騎士のごとく——長いあいだ待ちつづけた結果、自分の愛は浄化されたのだ。かれは九分どおりやり遂げたと思った。だが、まだ約束を守らなければならない。最後まで。今でも彼女を急かすつもりはない。

夫はそっとリジャイナの手を取って自分の胸に押し当て、優しいまなざしを向けた。その目は輝いているが、妙な青緑色の皮膜に覆われ、完全に目覚めていないかのようだ。「心配しないで、愛しい人」かれは穏やかな口調で語りかけたが、その声はすこし弱々しい。「怖がることはないのですからね」

相手のいおうとしていることが理解できず、落胆したリジャイナは訝しげに夫を見つめた。以前の夫は妻のことをすべてわかっていた。今は優しいまなざしで見つめるものの、彼女の精神状態を的確に捉える、かれ独特の力はなくなっている。その優しさにはなんの意味もなく、虚ろな目も本当に彼女の姿や苦境が見えていないのだ。

たしかに青年にはリジャイナの内部分裂を見抜くことができなかった。それでも自分がなにかを求められていることには気づいたので、すこし妙な口調で語りかけた。「心が決まれば、なにもかもうまくいきますよ」うやうやしくキスしたあと、すぐさま戸口に向かい、自分のあとからついてくる視線には気づかなかった。

あれはどういう意味なのだろう――〝心が決まれば〟とはどういうことなのかしら？　夫があのようなことをいうのはおかしい。わたしがなにに駆りたてられて、どこへ行こうとしているのかわかっているかのようだ。それなのに引き留めるどころか、自分のことは自分で決めさせようとしている。それは無礼な態度だ。リジャイナはそう解釈した。わたしが出ていっても、夫にはさほど気にならないらしい。夫の言葉に彼女を引き留める効果はなく、かえって逆の結果をもたらした。迷信深いリジャイナにはその言葉が〝進め〟の合図に思えたのだ。心が決まればなにもかもうまくいくのだろう。よろしい。それならあのことを決めよう――もちろんあのことはもう決まっている。あのささやき声を消すために、あの声がわたしにさせたいことをしよう。そうすればようやく幸せになるだろうし、自分と仲直りするだろう――新しい男と新しい生活を始めれば。

前途に待ち受けている試練を思い、リジャイナは不安に身を震わせた。夫と別れたら、世間に身をさらすことになる。多数の見知らぬ人間と関わったり、新しい男をつくったりしたら、かならずもめごとが起こるはずだ。それでも、鏡に映る自分の姿を見て彼女は元気づけられた。鏡のなかのリジャイナはふたたび魔女になり、ぐるになっている仲間に向けるような笑顔を見せている。結婚しているあいだは愛の衝立に取り囲まれ、世の中から守られてきた。その衝立を失うのは怖いけれど、守られた生活というのも単調で、おもしろみがなく、退屈だ。冒険はあまり危ないものでないかぎり、かえって刺激になる――財力があれば、本当に危険な目に遭うことはない。十分な収入はいつも逃げ道を作り、最後のよりどころになってくれるだろう。

夫はきちんと自分の役割を果たし、リジャイナを家族や寂しい少女時代、伝統といったしがらみから解き放ち、世の中に送り出してくれた。しかし、その有用性も限界に達しているので、もうリジャイナはかれを必要としていなかった。そこで、迷信深い彼女はこう自分にいい聞かせた。あの言葉を口にしたのは夫だ——かれがそういったのだ。悪いのはかれなのだ。

＊　＊　＊

その後まもなく、リジャイナは夫のもとを去り、多くの崇拝者のなかからいちばん扱いやすい、中年になってもいまだに魅力的なアメリカ人資産家と姿を消した。夫は——冷静に考えられるようになると——彼女と同じ見方をした。リジャイナが去ったことで大きな衝撃を受け、休眠状態にいたかれは乱暴にたたき起こされた。眠っているあいだに何者かに斧で自分の一部を切り落とされたような気がした。醜い傷口から目に見えない血液があふれ出した結果、干からびて粉々に砕け散ったような感じだ。

青年は愛のためにすべてを——あの赤ん坊を、仕事を、なにもかも——犠牲にした。それなのに、ようやく願いが成就しそうだと思った矢先にこの恐ろしい一撃をくらったのだった。にもかかわらず、このような苦しみや屈辱感を味わわされても憎悪の念は抱かなかった。たぶん悪いのはリジャイナだけではないだろう。ガラハッド気どりでばかげた約束をしたり、純潔の誓いを立てたりした自分も悪いのだ。正常な状態に戻った今、自分の言動を思い出して青年は身もだえした。ああ、どうしてあのようなとんでもない愚か者に——まじめくさった大ばか者に——なることができるのだろう？

青年は正常な人間に戻ったことに感謝したが、今でもリジャイナを愛しているのかどうかよくわからなかった。実際、彼女のことは考えたくもなかった。彼女のことも、ほかのどんなことも考える余裕はなかったのだ。蓄えもないため、すぐに生計を立てることに専念しなければならない。それは容易ではなかった。かれのように名前の知られた人間を雇うところはなかったのだ。かといって、かれがとくに恥ずべきことをしたわけではない。ところが、なぜかリジャイナとの顚末は新聞に載り、記者が創作した扇情的な話が盛りこまれておもしろいものになっていた。そもそもこの出来事にはある種のセンセーショナルな雰囲気が漂っていたのだ。最初の夫の自殺、子供の神隠し、性急で人目を忍ぶ再婚、そして今度はリジャイナの新たな逃避行。青年が仕事を探しに行くと、かならずまた噂が広まるのだった。数カ月間、かれはその日暮らしの生活を続けていたが、生きるだけで精いっぱいだったので、破綻した結婚生活のことやリジャイナの子供に関する道義的な問題を考える余裕はなかった。

つらく不快な時期だった。もっと年上の人間なら、あるいは、かれほど分別のある人間でなかったら、挫けてしまったかもしれない。しかし、青年には精神力と勤勉さと粘り強さがあった。やがて冷静な判断力とユーモアを解する心を取り戻し、なんとしても仕事で成功すると心に決めた。さいわいそれ以上世間の衆目を集めることもなく、不完全な結婚は解消された。徐々に噂も消えていった。田舎町の小さな病院からあまり重要でない職の口がかかると、かれは喜んで承諾し、リジャイナと結婚したときに踏みはずした人生の階段をふたたび上りはじめた。仕事に没頭してあの不幸な出来事を忘れようとしたのだ。

それでも、あの子供のことを忘れるわけにはいかず、自分の虚しい恋の犠牲になった、なんの罪もない幼子に償いをしようと決心した。どのようにしたらいいのかはっきりとわかっているわけではない。だが、いつもモナ・アンダーソンの居所はつかんでおくよう注意していた。しばらくその病院で働いているうちに、丸一日休みが取れたので、すぐさまモナが赤ん坊とともに引っ越した海辺の町へ向かった。頭の片隅には漠然とした考えがあったが、計画と呼ぶにはあまりにもぼんやりしている。それはそのままにしておき、いざというときには霊感に頼ることにした。かれはとっさの思いつきで行動するのがいいと信じている人間なのだ。

今までモナには手紙を書いたことがないし、今回も書かなかった。目的地に着き、数カ月前に彼女が出ていった話を聞いたとき、書いておけばよかったと後悔した。彼女は八十キロほど内陸に入った町に引っ越したとのことなので、また汽車に乗ってそこまで行くしかなかった。その町に着いたときにはもう日が暮れていた。青年は疲れていたうえに空腹で、一日中あちこち動きまわったために意気消沈していた。この一、二時間は〝とっさの思いつきで行動する〟手法も信用できなくなった。明日の午前十時にはまた勤務につかなくてはならない。なにがあっても勝手に休日を延長してはならないし、面倒を起こすわけにはいかない。今は地域社会の一員としてふたたび受け入れられているところなのだから。あちこちきいて回った末、あと一時間しかここにいられないことに気づいた。しかも、予想外に町が大きいので、ここまで来たのは無駄足のように思えてきた。ひょっとすると、彼女の居所さえ突き止められないのではないだろうか。

ところが、モナはそれほど遠くないところに住んでいるらしい。親切な人がそこへ行く道を教えてくれたので、青年医師は難なく大きな建物の入口にたどり着いた。砂利が敷かれた車寄せと黒っぽい葉をつけた植込みの向こうに建物が見え、窓から明かりが漏れている。どこでモナを待ったらいいのかわからないまま、敷地のなかに入ったが、急に激しい空腹感に襲われた――朝から食べたものといえばサンドイッチだけだ。帰りは夜になるから、汽車のなかでなにも食べられないだろう。モナを町のレストランに誘うには遅すぎるだろうか？　青年がそんなことを考えていると、かれの名前を呼ぶ聞き覚えのある声が耳に飛びこんできた。

そこに立っていたのはモナだ。きりっとした顔立ち、よそよそしく冷ややかな表情はこの前会ったときと変わらない。この人はこんなところでなにをしているのだろう？　モナが知りたかったのはそれだけだ。しかし、青年には前触れもなくやってきたことが子供っぽい無責任な衝動に駆られた行為に思えた。モナはなんでもてきぱきとこなす落ち着いた人間に見える。彼女なら夕方見知らぬ町に腹をすかして到着し、一時間以内にまた汽車に乗ることなどしないだろう。青年は初めてモナと会ったときのことを思い出した。あのときの彼女は見かけほどしっかりしていなかった。それでも、自分がどうしようもない間抜けと思われているような気がして、青年は口を開いた。「あなたに会いたかったんです……話したいことがあって……」

「でも、ここで話はできないでしょう」モナは相変わらずそっけない口ぶりで答え、冷たくぼんやりとした目つきで青年を見た。「わたしの部屋に来ていただいたほうがよさそうですね」モナがさっと向きを変えて案内しようとしたので、青年は彼女の袖をつかんで引き留めた。

「ねえ、夕食はもう済んだのでしょう。だけど、ぼくは腹ぺこなんです――どこかでなにか食べませんか？　ただし近くでないと困るのです。すぐに帰りの汽車に乗らなくてはならないので」

青年の頭がおかしくなったと思ったのか、モナはかれの顔を見たあと、自分の袖をつかんでいる手に視線を移した。かれは慌てて袖を放したが、同時に胃が妙な音を立てた。モナにも聞こえたのかもしれない。いずれにしろ、急に彼女は今までよりも人間らしい雰囲気を漂わせ、口もとにこわばった笑みを浮かべた。青年の無能ぶりとばかばかしい様子を目の当たりにして、山頂からすこし下りてきたようだ。

「簡易食堂が閉まるまでにまだすこし時間があるでしょう」――モナはちらりと腕時計を見た――「でも、急がないと――」

ふたりは話もできないほどの早足で歩き、さまざまな通路を通り抜けたあと、いったん外に出てから別棟へ向かった。途中、大勢の若者とすれ違ったが、空腹と疲労でぼうっとしていた青年は気にも留めなかった。ふと気がつくと、テーブルクロスが掛かっていないテーブルをはさんでモナと向かいあい、コーヒーを飲み、ソーセージをはさんだ三十センチほどの長さのパンにかぶりついていた。そのがらんとした大きな部屋がなんなのかよくわからない。壁のあちこちにポスターが貼られ、部屋の片隅では若い娘が寄り集まって騒いでいる。部屋のなかには機能重視の簡素な雰囲気といくらか排他的な空気が漂っているので、誰もよそよそしい態度は見せないのに、青年は自分が部外者だという思いを強くした。隅に集まっている娘たちはかれを見つめたり、顔を見合わせて笑ったりしている。青年とモナはほかの人たちよりもすこし年上のようだ。そのことに気づいてかれはモナに尋ねた。

「簡易食堂といったでしょう」青年が相変わらずぽかんとしているので、モナはさらに付け加える。

「もちろんちゃんとした食堂もありますけど、こんな遅い時間には開いていません。ここに入ることができただけでも運がいいのではないかしら。こんな時間に食堂が開いているのはカレッジくらいですもの」

「カレッジ?」驚いた青年医師はその言葉を繰り返した。

「ええ、ここが中等教育カレッジだというのはご存じでしょう?」

青年は食べかけのパンを握ったまま、きょとんとしてモナを見つめたが、夢を見ているような――とんちんかんな問答遊びで完敗しているような――気分だった。「それで、あなたはここでなにを?」ようやく青年はきいた。

「あら、学生ではありません」モナはこわばった笑みを浮かべた。彼女も問答遊びに興じているようだが、青年の問いやその裏にある動機を誤解しているらしい。「ここで働いているのです――教授の秘書をして」

「でも、子供はどうしたのですか?」モナの説明を聞いてますますわからなくなり、青年医師は困り果てたような顔をした。すると、またしても部屋の隅で笑い声があがった。実のところ、青年のおかしな表情が笑いを引き起こしているのだが、かれもモナもそのことには気づかなかった。今は彼女も青年に負けないくらい驚き、語勢を強めていった。

「ガーダのこと、ご存じなかったの? お母さまがやってきてあの子を連れていったことも聞いていないのですか? もう何カ月も前の話ですよ――たしかアメリカへ行くという話でしたけど」

ガーダか? それが赤ん坊の名前だったことを青年医師はぼんやりと思い出した。それでも、今、聞いた話が理解できなかった。「リジャイナがあの子をアメリカへ連れていったのですか?」自分の言い方が信じられないほどばかげているような気がした。償いをしたいという思いは長いあいだ胸に秘めていたもので、かれの生活にとって欠くことのできないものになっていたのだ。だが、もうそれもできそうにない。罪滅ぼしをしたいという願いもかなわない。その現実にすこしずつ順応していくしかないのだ。こんなところまで来る必要はなかった。長時間汽車に揺られ、あちこち捜し回ったこともすべて無駄になってしまったのだ。

モナは不思議そうに青年医師を見つめていた。かれの動揺し、困り果て、無念そうな顔を見るうち、彼女の表情は和らいだ。どうして青年が衝動的な行動をとったのか理解できないけれど、かれの熱意が尋常ではないので、一時的に超然とした態度がくずれたのだ。「はるばるこんなところまでやってきたのは――わたしを捜し出したのは――あの子に会いたかったからなのですか?」今まで見せていた冷たさやよそよそしさがなくなり、興味ありげな話し方や態度に代わり、相手の気持ちは理解していないものの、優しさも表しはじめた。だが、自分のことばかり考えていた青年はそれに気づかず、暗い表情でうなずいた。

「ええ。あのかわいそうな子供になにかしたかった――幸せになる機会を与えたかったのです」

「それで、どうするつもりでしたの?」思わずモナはいつもの自分に戻り、皮肉っぽい口調できいた。この人は幸福がチョコレートやバナナのように店で買うことができて、誰にでも分け与えられるもののような言い方をしているけれど、そんなことはばかげている。

「あの子を引き取りたかったのです——もちろんあなたも」青年はあっさりといったが、頭の片隅にあった不完全な計画がこんなにはっきりした形になったことに驚いた。「そうすれば、あの子にはもっといい機会を——もっとまともなふつうの生育環境を——与えられるでしょう。そうすれば、あの子も成長期に支えてくれる人がいないとか、父親やきょうだいのいるほかの子供たちとは違うと思うこともないでしょう」

「でも、まさか——」モナは口を開いたが、心のなかで相反する感情が渦巻いているので、それ以上なにもいえなくなった。なによりも驚いたのは、二度と恋愛はしないと決意したにもかかわらず、そんな用心深さや慎重さは男性特有の気質だと考えるようになったことだ。けれど、すぐに期待されている反応を示してはいけないことを思い出した。というのも、その用心深い気質があまりに大きな愛、あまりに深い愛を避けようとしたからだ。それにしても、わたしを子供の添え物にするのはひどすぎる。しかも、この人はとんでもなく世間知らずで単純だ。現実の生活というものがわかっていないらしい——まったくわかっていないのではないだろうか……「それはむずかしかったのではないでしょうか?」モナは興味ありげに尋ねた。「つまり、あなたのお仕事のことやしきたりというのもありますし——まわりの人たちはわたしたちが一緒に暮らすと思ったでしょう? あなたは病院を辞めさせられる羽目になったのではないかしら?」冷ややかなまなざしで青年を見つめながら、闇のなかから自分のもとに泳いできたおかしな魚に興味をそそられていた。

「ああ、もちろんあなたはぼくと結婚しなければならなかったでしょうね」そんなことはわかりきっているといわんばかりに、青年医師はあっさりと答え、パンにかぶりついた。モナは呆気にとられてかれを見た。

「あなたと結婚ですって?」いくら世間知らずのうすのろに見えるにしても、青年の口からこんな突拍子もない提案が出てくるとはモナも予想していなかった。しかも、当然のことのようにぶっきらぼうな口調で語られたのだ。ふたりが出会ったときの状況や、かれが悲惨な結婚生活から抜け出したことを考えると、とても信じられない。本当に……モナはまたしても言葉を失った。そのとき、ブザーが鳴り、大きな声が響いた。「みなさん、お帰りください!」

青年は立ちあがってカップに残っているコーヒーを飲み干したあと、パンの端をつかんでむしゃむしゃ食べながら、モナのあとについて開いたドアのほうに歩いていった。頭上はるか高いところで時計が鳴っている。ふたりは冷たくじっとりとした夜気のなかに出ていった。外は霧雨が降ってかすんでいるが、建物と建物のあいだに吊された白熱灯に照らされているところは横なぐりの雨が降っているように見える。

ふいに寒けと憂鬱感を覚え、モナはぶるぶると身を震わせて腕を組んだ。こういうときに彼女は人生の虚しさと哀しさを感じるようだ。失った恋人のことは考えまいとしている。ついさっき、あの男の用心深い責任回避を思い出したのはあくまでも偶然なのだ。だからなんの反応も示さなかったし、なにもいわなかった。けっきょく、それが自分の幸せに通じるのだから。あの過ぎた日の哀しみが、今、まったく別の男との別れとまぜこぜになっているようだ。この青年は夜の闇のなかからぶらりと姿を現わし、ふたたびそのなかに消えていこうとしている。人間とはなんと不可思議なものなのだろう。理解できない行動を通してやっと知ることができる（というよりは、知ることができない）。その結果、この男についてわかったのは、わたしと結婚しようとしていたこと。そして、今まさに永遠にわたしの人生から出ていこうとしているということだ。

時計の音が鳴りやんだのと同時に、モナの物思いも終わった。青年医師はパンの残りを口に放りこんだあと、ハンカチで指を拭いている。これから手を差し出して別れを告げようとしているのだ。そのとき、背後で明りがついた。思わずふたりは振り返って明るい窓を見た。窓にはさまざまな衣類や学生の身の回り品が掛かっている——まるで荷物預り所のような光景だ。きつく締めすぎたバネのごとく、モナの無理やり抑えつけていた感情がいきなり弾けた。抗しがたい衝動に突き動かされ、最後の瞬間まで連れの男にしがみつきたいと思った——もうひとりの男が去ったときのように、この男が立ち去るのをそのままほうっておいてはいけない。

「ちょっとここで待っていてくれませんか？」そういったあと、モナは一目散に走っていき、どう見ても彼女のものではないコートを持って戻ってくると、もがくようにしてコートを着た。いかにも休む間がなかったかのように、息を切らしながらいう。「近道を教えて差しあげます」自分がなにをしているのか考えないことにした。

「だけど……雨も降っているし……その必要はありませんよ」相手のとつぜんの不可解な変化が理解できず、青年医師は異議を唱えた。モナも理解できないので苛立ちながら答えた。「ええ、必要ないのはわかっています。でも、わたしについてこられたら困るとはおっしゃらないでしょう？」

ふたりは緊張しながら無言のまま、表門まで歩いていった。そこでモナが引き返すものと思い、青年医師はふたたび足を止めた。「いろいろありがとう」かれの話し方も態度もぎこちない。「もう迷う心配はありません――この先は一本道ですからね」

またしても青年が握手しようとしていることに気づき、またしてもそうさせまいと、モナは慌てていった。「でも、よかったら、駅まで一緒に行きたいのですが……」雨混じりの闇が紅潮した顔を隠してくれることに感謝しながら――自分が真っ赤になっていることを気づかれないようにと必死に願いながら――ひるむ様子もなく、断固として相手の目を見返した。

「まあ、あなたがずぶ濡れになりたいというなら、ぼくはかまいませんけどね」青年医師は疲れてすこし不機嫌になり、モナのしつこさに辟易していた。そこで説得するのは諦めて風に吹きさらされる濡れた通りへ飛び出したが、そこには人っ子ひとりいなかった。町は静まり返り、まったく活気がない。ふたりが歩いていくと、無情な冷たい雨が顔にたたきつけた。

駅の明りが見えてきたとき、青年医師はモナが帰るかどうか考えた。しかし、モナの頑固さに気づきはじめていたので、彼女がホームまでついてきてもなにもいわなかった。実のところ、どうして彼女が自分につきまとうのか知りたかったのだ。軽食堂は閉まっているし、この時刻では待合室も鍵が掛かっている。汽車が到着するまでのあいだ、ふたりは雨に濡れた線路の脇に延びている、人けのないホームを行ったり来たりするしかなかった。強烈な白色光に照らされると、闇に囲まれ、雨風にさらされたホームはいっそうわびしく見える。赤と緑の信号が不気味な目のように光るだけで、それ以外に生きているものがいる気配はまったくない。こんな幽霊でも出そうな場所に汽車が停まるとはとても信じられない。だが、なにはともあれ、ここには雨をさえぎる屋根がある。

青年医師は粘り強い連れの女に目を向けた。モナならたとえずぶ濡れになっても顔色ひとつ変えないだろう。彼女を見ていると、風に向かって身を乗り出している船首像を思い出す。突き出した胸の形がくっきりと浮かびあがり、波間から姿を現したかのように、彫りの深い顔は雨の滴で光っている。初めて青年はモナに全神経を集中させた。彼女は強情そうな雰囲気を漂わせてはいるものの、もう以前のような雪の女王には見えない。相変わらず山頂にひとりたたずみ、冷たくよそよそしい態度をとっているが、どうやら下りてきたい気持ちになっているようだ。モナをそこに押しあげた辛苦の波はすでに引き、今、山頂に取り残された彼女はそこに留まりたいのかも、どうすれば下りることができるのかもわからないのだ――いつか下りることができるのだろうか？

青年医師は輝くアーク灯の下で足を止め、あらためて一心にモナを見つめたが、相手も同じように強い関心を寄せて見ていることには気づかなかった。どぎつい光のせいで雨に濡れた彼女の顔は冷たい彫像のように見える。それればかりか、モナの年齢ではあるはずのない疲労感が漂い、あたかも高地の希薄な空気が彼女の神経に作用をおよぼしたかのようだ。ふたりは誰もいないホームにたたずみ、なにもいわずに見つめあっていた。青年は本当にモナが以前より人間的になったのか確かめようとした。打ち壊せないと思いこんでいた氷の芯が溶けはじめたのだろうか？　モナのほうはかれの表情や顔立ちを記憶に留めることに全力を注いでいた。ぎらぎら光る明りのおかげで細かい部分まで見えるので、頭のなかにかれのイメージを刻みこもうとした。そうすれば、これから先もこの不思議な男の顔を思い出せるだろう。ガーダの母親の気まぐれがなかったら、この男はわたしが運命づけられた永遠の孤独から救い出してくれたかもしれないのだ。青年の顔の印象はモナの頭のなかに取りこまれ、表面ではなくて奥深い場所に、絶対に忘れる可能性のないところに収められた。すると、もう黙ってその場にたたずんでいることができなくなり、彼女はずっと続いていた沈黙を破った。

「子供が好きなのですね？」モナはいった。「こんなに大変なことを引き受けて……ご自分の子供をつくったらどうですか？」

青年医師が見つめている冷ややかな彫像の口から出てきたのは妙な質問だ。そんな立ち入ったことをきかれたら、腹を立てる者もいるだろうが、青年はさりげない優しさや親しみがあふれる笑みを浮かべただけだ。「まあ、それには妻がいないと。だけど、結婚にはうんざりしているのです」

「でも、あの子が今でもわたしと一緒にいたら、あなたはわたしと結婚するつもりだったのでしょう？」

「ええ。だけど、それは特別な場合です。ぼくはずっとあの子に強い責任を感じていたのです――たぶんあの子を取りあげたからでしょう。リジャイナが去ったあと、ぼくはあの子をなんとかしなければならないと思っていました。あの子を救うには引き取るしかないような気がしたのです。そのためには金を稼がなくてはならないし、家庭をつくらなくてはならない――もう一度世の中の人に受け入れてもらわなければなりません。それも大変なことでした。あの件は世間に知られ、噂の的になっていましたから。ぼくはできるだけはやくやってきたつもりなのに……もう手遅れで……せっかくの努力も水の泡になってしまった……本当にがっかりだ……」最終的に青年の話はひとり言になった。モナのことも、駅のことも、乗らなければならない汽車のことも、なにもかも忘れていた。もう償いたいという願いもかなわないのだ。そのとき、はっきりした冷ややかな声がかれの物思いを中断させた。「わたしもとってもがっかりしています」彼女の言葉の意味が理解できず、青年はぼんやりといった。「えっ……?」

心臓が早鐘を打っているけれど、モナは冷静に今、口にした言葉を繰り返した。「わたしもとってもがっかりしています」相変わらず青年を一心に見つめている。

モナのいったことは理解したものの、青年医師にはその言葉の含意が信じられなかった。疑わしげにどういう意味なのか尋ねた。

「あなたが思っていらっしゃるとおりの意味です」モナの口元にこわばった笑みが浮かんだ。そのとき、待っていた汽車が近づいてくる音が聞こえた。その音に急かされて彼女は話しつづけたが、どんどん早口になり、しどろもどろになった。しだいに大きくなる汽車の音と必死に競争しているかのように。「ささやかなご親切に――こんなふうに会いに来てくださったことに――感謝しなければいけないのでしょうね――またあなたに会えるなんて思ってもいませんでしたもの。そもそもあなたと出会ったのは信じられないくらい幸運なことでした。あの病院であなたと会ったとき、わたしは死んだも同然の状態でした。人生は終ったと思っていたのです。けれど、あなたはわたしが生きつづけたいと思うようにしてくれました。もちろんわたしに個人的な感情をもっていたからではなく、子供を引き受けてくれる人間がほしかっただけというのは、今はわかっています。でも、あのときはあまりにも惨めだったし……親切にしてくれたのはあなただけだったし……薬かなにかのせいですこし頭が混乱していたのでしょう……あなたがわたしにすこしは興味をもっているのではないかと思いました……あら、あなたを責めているわけではありません——そうだったらいいのにと勝手に思っていただけですから。でも、あとで思い違いだと気づいたときはひどいショックを受けました……今まで経験したことがないくらいに……でも、あなたのおかげで生まれ変わったような気持ちになりました……もっと人間らしくなったような……わたしは誰にも自分の人生をだいなしにさせないと決めていたのです……ひとりで生きていこうと……自分だけのために。もう誰とも個人的な関係はもたないつもりでした……誰もかれも憎み、ひとりになりたいと思っていたのです。だからガーダの世話をする仕事を引き受けたかったのです——それは誰とも関わらずにひとりで生きていけるということですから……でも、やっぱりいいことは長続きしませんね……」モナはホームの端から、近づいてくる巨大な機関車から離れて、青年に一歩近づいた。ふたりはもうもうと上がる蒸気に包みこまれた。蒸気は消散するどころか、湿っぽい空気のなかに低く垂れこめている。青年とモナは山の霧のような、不可思議な白い煙のなかで立ちつくしていた。「あなたのことを忘れようとしたけれど……できないのです——よくないことですね……あなたと結婚していたかもしれないと思うなんて……もうすこしで実現しそうだったのに、けっきょくはだめでした……」汽車が停止したとき、車体が激しく揺れながら大きな音を立てたので、モナのぎこちない笑い声はかき消された。

今まで人けがなく、雨風にさらされ、闇に包まれていたホームがにわかに活気づき、騒々しくなり、人があふれ出した。汽車のドアが開くと、乗客が先を争って乗り降りし、枕を積んだ手押し車が通り過ぎ、荷物が飛び交った。この騒ぎにも負けずに機械的な声が訳のわからないことをがなり立てている。その変化にも青年医師はほとんど気づかなかった。この大混乱はほかの国の、自分の意識の外の出来事に思えた。関心があるのは、今まで気づかなかったモナの気持ちを明らかにすることだけだ。他人が自分の反応に気づかなかったら、誰でもいやな気持ちになるものだ。自分がそんな過ちを犯したかと思うと、青年は落ち着かなくなった。いろいろなときに口にしたモナを傷つける言葉を思い出して、恥ずかしくなり、気がとがめた。この不幸な出来事のなかに明るい面があるとしたら、この過ちがあがなえることだ。それがもうひとつの罪滅ぼしの代わりになりそうな気がする。やはり償いができるかもしれない。ところが、青年が償い方を考える間もなく、はやく汽車に乗って席を確保したほうがいいとモナに急かされ、開いているドアのほうに押された。まだ償いのことで頭がいっぱいだった青年は、自分がなにをしているのかほとんどわからず、促されるまま汽車に乗りこんだ。ただちにドアが閉まり、駅員の手で錠が掛けられた。

モナと離れ離れになったことに気づいたとき、ふいに青年は目覚めたような気分になった。急いで窓を開けると、ごったがえすホームにモナの姿を捜しながら、訳もなく慌てている自分に戸惑いを覚えた。彼女はもういなくなったのではないだろうか？　そう思ったとき、すぐ下から「ここです」というはっきりした声が聞こえた。穏やかな顔が表情のない青年の顔を見上げている。かれには今しがたモナのいったことが信じられなかった。あれはみな、自分の空想の産物のような気がする。あるいは、彼女がからかっていた――かついでいたのだ。リジャイナが去ってからひやかしにはかなり疑い深くなっているのだ。

「もちろんさっきの話は本心じゃないのでしょう？」青年医師はきいた。今までもそうだが、落着きはらったモナを前にすると、自分が不利な立場に置かれた気がする。かれの疑念の正しさを証明しようとしているのか、機関車が蒸気を吐き出し、長々と大きな音を立てはじめた。あたかも大観衆が青年とかれの所業を嘲笑っているかのように。途方もなく大きな音に青年の声がかき消されたため、モナはなす術もなく首を振った。「本気であんなことといったのですか？」どうしても返事を聞こうと、青年は声をかぎりに叫び、通りすがりの人びとが驚いて顔を上げても気にも留めなかった。ふいにその問いがなによりも大事なものになり、答えを明らかにせずにいられなかったのだ。

今度はモナもきちんとかれの言葉を聞き取った。はっきりとうなずいたあと、大きな声でいう。

「でも、気にしないで」

またしても青年医師は彼女のこわばった笑顔に気づいた。すると、なんともいいようのない気持ちが――もしかすると、敬慕の念のようなものが――湧きあがり、かれはモナに惹かれた。自分の人生にはなにかが足りないが、彼女ならそれを補うことができるだろう――なぜかそれは償いの意志と堅く結びついているようだ。青年はこれから危険な戦いに挑もうとしているかのような気持ちの高ぶりを覚えた。その戦いで大いなる名声と信望を勝ちとるかもしれないし、たたきのめされるかもしれない――勝ち目は五分五分だ。「それなら、ぼくと結婚しませんか?」青年は躍起になって叫んだ。だが、しだいに険しくよそよそしくなっていくモナの顔を見て、そんなことをいったのは間違いだと気づいた。

「せっかくですけど、お断りします。同情されるのはまっぴらです」蒸気を吐き出す音が弱くなってきたので、モナの声は難なく聞きとることができた。「同情なんかしてわたしを侮辱しないで」冷ややかな口調できっぱりといい、青年の顔をまともに見た。

「同情ですって? どうして同情しているなどと思ったのですか? 同情なら、むしろあっちのほうにするでしょうね……」人目を忍ぶように別の線路をのっそりと進んでいる巨大な機関車を指さしながら青年医師は考えた。モナを見ていると、なにがあっても動じない堂々とした大きな自動車を思い出す。威圧感を漂わせるパワフルな流線型の自動車を。駅のざわめきのなかでもそんな彼女の厳しい一面に気づき、正直なところかれは怖かった。にもかかわらず、モナの異常なまでのかたくななところや、恐ろしいほどてきぱきしたところを受け入れようとしたのは、いくぶんは彼女を山から下ろしたかったからだし、いくぶんは近ごろはけ口がなかった自分の愛を受け入れてほしかったからだ。あの子供のためにとっておいた温情をすべてモナに注ぐつもりだ。そうすれば償いもできる。今は彼女のなかに完全に氷になりきっていない心があることがわかった。自分の務めはそれに温かな血を通わせることなのだろう。むずかしい症例に出遭ったときのようなやり甲斐を感じ、青年は胸を踊らせた。これは新たな冒険の始まりなのだ。

「それにしても、どうして急にわたしと結婚したいと思ったのですか？　訳がわかりません」青年医師は同情という考えを強く否定したが、モナはそれを疑うことができなかった。相手をうれしがらせるようなことはいわずに機関車を引きあいに出したほうが、巧妙な否定の仕方よりも説得力がある。そのため今は、厳めしくよそよそしい雰囲気を出さずに青年を見ることができた。それでも、表情はまだ疑わしげだった。なにもかも信じるのは無理というものだ。

すぐさま青年医師は答えた。「あなたが必要なのです――たった今、わかったところですが」世間の人に気が変になったと思われるだろう。やっとひとりの女の魔の手から逃れたというのに、はやくも別の女の気を引こうとしているのだから。しかし、そうせずにはいられなかった。そんな正気の沙汰とは思えぬ行為こそがやる気を増大させ、特別の感動を与えてくれるのだ。「ぼくはロマンチックな恋愛をしているわけではないのです――そんなものはもうたくさんだ。それでも、あなたと一緒になりたい。ぼくたちはかなり思慮分別のある人間です。それを活用してもいいじゃないですか」ふいに新たな冒険に乗り出したくてたまらなくなり、青年は顔を真っ赤にしてモナを見つめた。どぎつい光を受けて大きく見開いた目はきらきら輝いている。

青年医師の目を見てモナの心に驚きが広がった。今まで出会った人間のほとんどの顔には不信感と警戒心を漂わせた冷たい目がついていたけれど、この人の目はまったく違う。結婚生活で苦汁を飲まされたにもかかわらず、その目に憎しみも幻滅感も浮かんでいないのは――恨みも怒りもまったくないのは――奇跡といってもいいくらいだ。そこにあるのはこちらも引きこまれそうな熱意だけれど、それは控えめでもあり、また大胆でもある。男らしくてがむしゃらなところは好感がもてるし、とても魅力的だ。

「ぼくと一緒になってくれるなら、結婚生活がうまくいくよう最善を尽くします」青年医師はいったものの、今度はすこし不安を覚えた。というのも、時間が経つにつれて、モナを求める気持ちがやむにやまれぬほど強くなってきたからだ。「いいでしょう?」

機関車が意地悪く甲高い音を立てたのと同時に、車体が大きく揺れた。その拍子に青年医師はよろめいて立っていた場所から動き、モナの言葉がはっきり聞きとれなかった――「あなたは勇敢なかたですね」といったようだ。つかのま、青年はあの日、山のなかで考えたことを思い出した。ぼくはあのとき想像した勇敢な冒険家の代わりになるのだろう。つまり、モナと一緒になった場合の話だが。「結婚してくれませんか?」かれはもう一度せっつくようにいった。三十分前なら、社会的慣習として仕方なくした結婚がすぐに大切なものに変わるといわれても、信じなかっただろう。どうしてモナは返事をしないのか? 時間はほとんど残っていない。汽車はゆっくりとではあるけれど、はやくも動きはじめている。モナはその動きに合わせて汽車の横を歩いているが、思案しているかのようにうつむいているので、青年には彼女の表情を見ることもできない。

「〝はい〟か〝いいえ〟かいってください――返事をしないまま、ぼくを行かせないで……」それ以上ついていけなくなったモナが立ち止まると、たちまちその場に置き去りにされた。「答えるんだ!」あっというまに彼女が遠ざかったので、青年はやけになって叫んだ。速度を増す汽車に運び去られるままなす術もなく、窓から大きく身を乗り出して、ふたたび人けのなくなったホームにひとり立ちつくすモナの姿を見失うまいとした。

吹きつける雨混じりの風にも負けず、青年医師はモナの顔を、今ははっきりしない顔立ちを見きわめようと目を凝らしながら大声で叫んだ。「結婚してくれ！」かれの口から飛び出した言葉は闇のなかを疾走した。それでも、返事は返ってこない。モナの耳に届いたのだろうか？ 青年にはよくわからなかった。汽車は動いているし、雨も降っているし、ふたりのあいだの距離は広がっていくばかりだ。そのとき、彼女がうなずいているような、あたかも承諾しているような印象を受けた。今はこれで満足しなければならない。汽車は嘲笑うような甲高い音を立てて地下に潜っていった。雨が降りしきる闇のなかにふたたび汽車が姿を現わしたとき、駅ははるか遠く離れていた。

4　月光

その朝いちばんにガーダが母親から命じられたのは、この階担当のボーイが怠慢だとホテルの支配人に苦情をいうことだった。けれど、ひどく気分が悪かったし、支配人と会うのもいやで仕方なかったので、夕方になって食事の時間が近づいても、なかなか腰を上げられなかった。今、無事にその役目を終えて支配人室の外に出たというのに、まだ震えが止まらなかった。とはいえ、支配人が不愉快な態度をとったわけではない。このとき、支配人も自分にこういい聞かせていた。あの家族はこのホテルで多額の金を遣ってくれる大切な客だから、失礼なことをしてはならない。それでも、母親が苦情をいいに来てくれたほうがよかった。あるいは、あのような子供ではなく、まともに話のできる者を寄こしてほしかった。あの少女は十五歳というよりも五歳といったほうがいいほど幼く見える。しかも、口ごもりながら訳のわからないことをいい、つねに困ったことが起きるのを警戒しているような、おどおどした目つきで見つめるのだ。

もちろんあの少女はすこし不愉快だったのだろう。支配人はそう思った。というのも、苛立ちを抑えられなくなり、いくらかぶっきらぼうな話し方をしてしまったからだ。かれはつねづね心理学に通じていることを自慢しているが、書物を読んで勉強したのではなく、生身の人間との関わりあいから学んだのだった。長年、多くの客を観察してきた結果、あのように優しく、不安げで、機嫌をとろうとする表情が人びとの内に潜む加虐性を引き出すことに気づいた。あのおとなしくて神経質な少女は、理不尽な厳しい世の中で虐げられることを運命づけられた犠牲者なのだ。

ガーダの暮らしぶりを詳しく知れば、彼女が不運な低能児だという見方は間違っていないことがわかるだろう。学校が休みになると、彼女は家族が定宿にしている豪華なホテルに戻ってくるのだが、そのたびにこのようなつらい役目を押しつけられた。けれど、彼女は平気を装い、誠意をもって、勉強のひとつとして受け入れた。そんなことをさせられるのは母親が自分でしたくないからだとは思いもしなかった。母親が俗世間と関わることを嫌い、ひたすら称賛の的でありつづけたがっているとも考えなかった。

やはり支配人に会わなければよかった。ガーダは後悔した。ひどく気分が悪いので、このことを隠す気力がほしい――病気は母親がなによりも蔑み、忌み嫌い、絶対に許そうとしないものなのだ。支配人と会ったとき、いつもほどはっきりとものがいえず、ばかみたいな態度をとってしまった。支配人が謝罪の言葉を託してすぐに帰らせてくれてよかった。それなのに今でも体が震えている。

あたりには誰もいない。明るい照明がともる、壁に鏡が張られた廊下が、アコーディオンのように広がったり狭まったりしはじめた。明りがガーダ目がけてきらめく光の矢を放つと、その矢は意地悪く、からかうように瞼の奥に突き刺さった。どうして床は妙な具合に傾いているのだろう？　まるで船の甲板に立っているようだ。失神の症状がどのようなものかよく知らないので、ガーダは妙な現象を他人事のように感じながらも驚いた。倒れる寸前、廊下に置かれた調度品につかまり、サテンが張られた椅子にどっかりと腰をおろし、応急手当の授業で教わったように上体を前に倒した。

完全に気を失ったらどんなにいいだろう。そんなふうに考えている自分がいた。けれど、もうひとりの自分はその結果を考えるよう注意している。母親の怒り、痛烈な嫌味、蔑みを。母親がつくりあげる非難に満ちた排他的な雰囲気は何日も続くのだ。失神などする価値はない。こんな結論を出したとき、頭のなかに大きくてどっしりした体格の、騒々しいふたりの男の姿がぼんやりと浮かんだ。それは義父と義兄だ。義兄のジェフはガーダよりだいぶ年上なので、見た目は大人っぽいが、ときには意地悪な小学生のように彼女をからかい、困らせ、大人の知恵を使って彼女の傷つきやすい部分を見つけ出すのだった。

少女は震えながら長いため息をつくと、背筋を伸ばし、落ち着かなげにあたりを見回した。ふたたび廊下は動かなくなった。家族専用の居間に行かなくては。母親たちが報告を待っている。そう自分にいい聞かせながらも、動けないことは承知していた。すでに重苦しい倦怠感が体にのしかかっているのだ。目に見えない羽布団のような、途方もなく大きく、やわらかい、ずっしりとした感覚が、近ごろはちょっと気を緩めると、きまって襲いかかってくる——不愉快な鬱陶しいかたまりは彼女を麻痺させようと決意しているのだ。そんな状態から逃れようと、ガーダはいたずらにもがいた。体は動くことを拒否している。ほどなく彼女は虚しい努力をやめ、椅子に座ったままぐったりとうなだれた。顔の両側に垂れる長くまっすぐな、ほとんど白に近い色の髪に頭を引きさげられているかのように。

そのあいだもずっと、明りはガーダに向かって危険な冷たい矢を放ちつづけ、目を眩ませ、物の様相を変え……やがてあらゆるものが夢想と同化しはじめた。目の前にきらめく鎖が張り巡らされた広大な空間が見える。あちこちに魅惑的で異国的な雰囲気を漂わせる、輝く房が垂れさがっている。氷でできた葡萄の実は透き通り、ひと粒ひと粒のなかで虹色に輝く心臓が拍動している。ガーダはそれに魅了された。好きになることもできただろう……鋭い光線がそんなにもすばやく、そんなにも激しくなければ。燃える氷の矢が何度も彼女の目を突き刺し、その奥にある脳を貫くと、気分が悪いという考えは極北の光に呑みこまれた。壮麗なオーロラはゆっくりと巨大な扇を開いたり閉じたりして、あちこちに岩が露出した雪の斜面や岩山の頂上、雲、城塞に冷たい光を降り注ぐ……幻影はしだいに消えていき……ふたたび変化して……舞い落ちる白い布きれになった。粉雪のようにやわらかな白い薄片がくるくる回りながら落ちてくる……降る雪を見たことがない彼女の前に……（妙なとんがり帽子をかぶったおかしな老人が夢想の端を通り過ぎた）……いつも雪はもっと激しく降り……あたりは暗くなり……彼女はほかの場所にいて……心のなかにこんな疑問が浮かぶのだ。冬のことはなにも知らないのに、どうしてこんな冬の幻想を抱くのかしら？

答は出ないまま、その疑問は遠くで演奏されているオーケストラの音のように小さくなり、数カ月が経過する。今はクリスマス、ガーダへのプレゼントは金色のサンダルだ。彼女が持っていたどんなものよりも美しい……その美しさには魔法の力があり、彼女を別人に変えた。サンダルを履いているあいだはおどおどすることもなく、陽気に振る舞い、人にも好かれた……それがわかると、ダンスをしたくなった。舞踏場は不思議な輝きを放っている。この美しい靴を履いていたら、誰もが好きになってくれるだろう。ところが、ほかの若者はみな、舞踏場に行ったのに、彼女は許してもらえなかった……ひとりで自分の部屋にいると、音楽が聞こえてきた……けっして入ることのできない、手の届かない世界の音楽が……明るく華やかな楽しい世界、そこから彼女は永遠に締め出されているのだった……。

妙に弱々しかった心臓の鼓動が活発になると、ガーダは夢想の世界から飛び出した。長くつらい旅が終ったかのように、廊下でふたたび目を開いた。自分がこんな場所にいること、人目につくような場所で病的な夢想に浸っていたことに気づいた衝撃のせいで、ついに魔力のような倦怠感を打ち破り、立ちあがることができた。しかし、体はまだ麻痺したように重く、足はもう自分のものとも思えない。視線を下げると、はるか下のほうで動いている足が見えたが、まるで果てしなく流れる色鮮やかなモザイク模様の川を進む二艘のボートのようだ。彼女は延々と続く長い廊下をやっとのことで歩いていった――いつか終点にたどり着けるのだろうか？

またしても金色のサンダルが脳裏によみがえった。そのサンダルを贈ろうと考えたのは義父だったにちがいない。母親は美しいものなど買ってくれたことがない。こんなふうに考えても怒りは湧きあがらなかった。もともとガーダは辛抱強い性格だし、若いために物事を知らなかったので、十五年間も惨めな生活を送りながら、ほとんどそのことに気づいていなかった。ほかの子供たちがもっているものを――家庭や愛情や友達を――与えられず、なんの相談もないままあちこちの土地へ、あちこちの学校へ、犬同然に引きずりまわされた。おとなしくて人を信じやすい彼女がそんな状況を受け入れたのは、これ以上よい状況を知らなかったからだし、自分に罪があると思いこんでいたからでもある。以前ガーダがひどく腹を立てたとき、母親はこういったものだ。「だいたいあなたはここにいるべきではなかったのよ」この言葉にガーダは肝をつぶした。幼いながらも想像力をはたらかせて、今は忘れているけれど、自分は過去に罪を犯したのだと思った。その罰としてこれから先一生、従属的な立場に甘んじ、ほかの家族がいやがったり避けたりする仕事を片づけなければならないのだ、と。

ふと気がつくと、目ざしていた部屋の前にいるのでガーダは驚いた。ドアを開けて独得の匂いが充満する部屋に入った。その匂いのなかで彼女は暮らしているのだ。エジプト煙草、芳しい香りの花、母親が使っている甘さの少ないスパイシーな香水が混ざりあった匂い。これがガーダの生活の匂いだ。この匂いが彼女の服にまとわりついて離れなかった。ふだんは気づいていないが、今はその匂いのせいでふたたび気が遠くなった。一瞬、目の前にいる人びとがぼやけて、ふたつの角張った黒い影と、そのあいだにはさまれた細長い影になり……典型的な活人画になった。それは王族の一団のように見える。黒の夜会服を着た大柄な男性ふたりが、真んなかにいるすらりと背の高い上品な女性を引き立てている。中央にいる女性はふたりの廷臣にはさまれて女王という重要な地位に就いているのだ。

見慣れた活人画が出来上がっている部屋に入ったとたん、ガーダはほかの三人との距離を感じ、自分が部外者と気づいた。ほかの理由がないとしたら、このことで大人たちは結束して彼女に対抗しているようだ。ガーダが距離を置いていることを批判と受け取って憤慨しているらしい。だが、ガーダにしてみれば、それがなによりもつらいことなのだ——彼女はけっして悠然と構えていたわけではないのだから。つかのま、三人は無言のままガーダを見つめたが、ほほ笑むことも温かな言葉をかけることもしなかった——実のところ、そんなことをされたら、ガーダは喜ぶどころか、めんくらうだろう。彼女の前ではあたりまえの礼儀作法も守られないのだ。三人が支配人との話しあいの報告を待っているのはガーダもわかっていた。三人は彼女の気持ちを無視して無理やり支配人のところへ行かせたのだ。しかも、話しあいの仕方について助言を与えたほうがいいのではないかとか、その結果の責任まで負わせるのはよくないのではないかといったことは、三人もガーダも考えなかった。

それでも、義父は心の優しい人物だった。強健な大きな体はのんきそうで鷹揚な雰囲気を漂わせているが、そのせいで見た目が悪くなるどころか、かえって押し出しがよくなっている。ちょうど極上の荷馬車馬の場合と同じだ。どっしりとした体といい、ウェーブのかかった豊かな銀髪といい、まさに品評会で優勝した堂々たるペルシュロン馬を思わせる。胸につけた赤いカーネーションは、賞を取った馬に贈られる赤い薔薇飾りのようだ。そもそも、他人に預けられていた子供を引き取るようリジャイナを説得し、追い払われていたガーダを呼び戻させたのはかれだったのだ。今、ガーダをどう思うかときかれたら、無愛想で気むずかしい彼女には失望していると答えるだろう。しかし、それはガーダが物静かで内気だということで、若者にはふさわしいと思えるばか騒ぎができないということでもあるのだ。

「さて、やっとこさ勇気を振り絞ったというわけか?」最初に声をかけてきたのはジェフだ。大きな声で父親の威張りちらすような口調を真似したが、三人のあいだではユーモアとして通っている軽口をたたくような言い方になったため、威張りちらしているのとは違っていた。

筋骨たくましく端正な顔立ちをした青年は、顔を真っ赤にしながら見えすいたやり方で父親のように貫禄のある態度をとろうとしているが、堂々としたところや自信に裏づけられた余裕というものがない。かれの自信はうぬぼれへと低下しているのだ。あたかも種馬の血統が退化して低級な種に戻っていくかのように。父親はひどく鈍感でも悪気はないが、息子のほうはすこし変質者的な、機嫌の悪い獣のような凶暴さを見せて、無防備な少女を苦しめていた。それでもふたりの男にはよく似たところがある。体ばかりでなく、性格にも類似点があり、根本的な弱さ、能力不足、未熟さのため、ふたりとも荷馬車馬のような隷属的な立場に甘んじているのだ。それを支配し、指揮しているのがリジャイナで、このふたりの人生だけでなく、この世のあらゆるものを支配しているのだった。父親と息子は喜んで従うだけでなく、場合によっては悪用されたり、間違った方向へ導かれたりしたかもしれない鈍重な自分たちの力を活用してもらったことを感謝した。

ガーダから見れば、大人三人は固い絆で結ばれたひとつの単位、頑丈なかたまりだった。彼女はそれから離れ、ひとりでなす術もなくたたずんでいた。吐き気とめまいを覚えて口をきくこともできず、裁判官の前に立つ被告のような気分になりながら、義兄の問いにうなずいた。かれは冷たい目つきで、ただでさえ弱いガーダの弱点を見つけ出そうとしている。

「この子を見てごらんなさい——まだ青い顔をしていますよ！　支配人になにかされるのではないか

とびくびくしていたのか――噛みつかれるのではないかと？　噛まれたのなら、狂犬病にかかるかもしれないぞ……」静まり返った部屋のなかでジェフの大きな笑い声が虚ろに響き、ほかのふたりからけしかけるような声はかからなかった。片方は寛容な人間なので、もう片方は気むずかしい人間なので、完全にはジェフに同調しなかったのだ。

ガーダも義兄のあからさまな嘲笑には慣れているので、ふだんはほとんど気にしなかった。けれど、今日はかれの言葉に我慢できなくなった。自分を守るために何年もかけて築きあげた無関心という外壁がいきなり崩壊し、目に涙が込みあげてきた。慌てて自分を悩ませている男の、嘲笑が浮かぶ端整な顔から目をそむけた。けれど、どこに目を向けようと、個性のない、型にはまった、贅沢なホテルの部屋には、彼女を慰め勇気づけてくれるものなどないのだ。ふいにガーダの全身に染みこんでいる無意識の不安が自分の運命の裁定者たちと結びついた。今までは、子供が安定した環境で愛情を受ける基本的権利を認めない三人の薄情さに気づかなかった。どれだけ自分が傷つけられたかもわからなかった。生まれつき控えめな性質は歪められて根深い劣等感になり、内気な性質は極度に人間を恐れる気持ちに変わり、そこから自分は愛を与えるにも受けるにも値しない人間だという確信が生まれたのだ。ガーダにわかるのは、目の前にいる大人たちよりも、三人と自分を隔てる距離のほうが恐ろしいということだった。三人とのあいだにはけっして埋めることのできない溝がある。この世にはわたしを必要とする人はいないし、わたしの話を聞いてくれる人もいない、わたしが認められる場所もわたしが所属する場所もないのだ。今でも完全に気づいているわけではないが、初めてガーダは家族の理解しがたい冷淡さを実感した。がさつな男ふたりはいつもうわの空だし、母親は病的なほど身勝手なので、娘の若さと優しい性質から自然に開花する穏やかな、理屈抜きの、信じやすい愛情に気づくことができなかった。この深い悲しみの瞬間、ガーダが生まれてから、いや、生まれる前からずっと続いていた愛の欠如は、彼女の心のなかに一度でいいから抱き締められたい、慰められたいという子供じみた願望を生み出した。

無意識のうちにガーダは哀願するような表情で母親のほうを向いた。それと同時に、母親はさりげない口調で尋ねる。「支配人はなんといっていたの?」娘の顔を見ずに開いた左手を見ているが、その指には大きな四角いエメラルドが輝いている。支配人室で起こったことにも、今、この場で起こっていることにも関心を示さず、ひたすら宝石を見つめて、致命的欠陥をもつ連れの男ふたりよりも、むしろ完全無欠な冷たい輝きと一体化しているようだ。彼女が手を振るたびにエメラルドは冷たい鉱物の光を放つ。ガーダがおどおどしながら支配人の言葉を伝えようとすると、リジャイナは相変わらず指輪に焦点を定めたまま、娘の言葉をさえぎった。

「サービスが改善されないなら出ていきます、といってやったの?」

リジャイナの口調には辛抱強さと焦れったさが混ざりあっている。なにひとつまともできない召使いを相手にしているかのような話し方だ。ガーダにとってそれはあまりにもつらいことなので、慰めを求めても無駄なような気がした。訳もわからず恥ずかしくなり、またしても涙が込みあげてきた。目がかすみ、部屋のなかのあらゆるものがぼんやりとして、離れていく。目の前にたたずむ三人はしだいに遠のいていき、現実のものではなくなった。ガーダがはるかかなたから三人を見ていると、非現実性が巨大な鞘のように、実体のないやわらかな触手を五感に当て、今、起こっていることから彼女を切り離した。

頭がくらくらしはじめた。いつまでこの部屋と関わりつづけていられるだろう。ガーダはぼんやりと考えた。誰かが煙草に火をつけると、むかつくような臭いが押し寄せてきた。煙は霧のように部屋中に立ちこめた。そのため、まわりにあるものがほとんど見えないし、息をすることもできない。母親でさえしだいにかすんでいき、非現実的な存在になった。

そのことに気づいたのか、リジャイナは鋭い目つきでガーダを見つめながら手を振って煙を払った。その際、少女の表情が変わったような気がしたが、それがなんなのか確かめようとはせず、自分の支配力にとって邪魔になるものがあると思っただけだ。そんなことは許されない。この娘は夢見るような虚ろな表情でぼんやりと立っていてはいけないのだ。

「ガーダ！」

夢想していた少女ははっとし、急いでこの理解できない状況に戻ってきた。ここではなにが起こっているのだろう？　ぼんやりしながら部屋のなかを見ると、そこは幻影がうごめく非現実の世界だ。妖しい魔女の小さな白い顔、冷ややかな目、威嚇するようにすぼめた口。先ほど煙のなかを不思議な緑の閃光が走り抜けるのを見た。今、またしてもとぐろを巻いていた細く白い蛇のようなものが体を伸ばすと、エメラルドの光輝が厚く垂れこめる煙を突き破った。ガーダはうっとりした。まるで本物の魔術を目撃したかのようだ。

ふいにそれが母親だと気づき、ガーダは自分の考えにぞっとした。母親を魔女だと思うなんて、とても信じられない——すぐさま恐ろしい考えを頭のなかから追い出した。しかし、潜在意識下ではいつも、魅惑的な光を放つ蛇のような腕、悪意に満ちた薄い唇を思い出すのだった。心の奥では真実を見たことがわかっていたのだ。

「いったいどうしたというの？」

リジャイナの厳しい語調に気づき、少女は懸命に正常な自分に戻ろうとした。正常な目で見て、正常な頭で考えようと。ガーダはやっとのことでこういった。「別に」これ以上言葉は出てきそうにない。どんなに頑張っても、執拗につかみかかる目に見えない触手から逃れることができないのだ。蜘蜘蛛の巣のようにやわらかく粘着性のある触手は、ひとつの感覚にとりつくや、こっそりと別の感覚をべたつく網に絡ませていく……すると、目の前の世界はかすんでいき、彼女とは無関係なものになっていくのだ。

「ねえ、かまわないほうがいいですよ――この子がふてくされたいなら、そうさせておきましょう」ジェフの声は遠くから聞こえる不愉快な雑音にすぎないので、それに対してなにもする必要はない。ところが、ふいに義父が鼻にかかった声でとがめるようにこういった。「急いで着替えをしたほうがいいのではないのかね」その言葉にふたたびガーダは注意を引き戻された。いたずらに目を凝らして立ちこめる煙越しに義父の顔を捜し、かれが夕食のために階下に行くことについてなにかいっているのを聞いた。しかし、はっきり見えたのは、黒い皮膚のように皺のよった黒い生地に包まれた巨大な尻と……直角に曲げられた太い腕だけ……そんな力の象徴はもはやガーダの弱さと関係はないが、もうひとつの抽象的な権威の象徴はそうともいえない……今、厳格で冷淡で薄情な幻影がほっそりとした優美な姿態をひけらかしながら、ふたりの大きな護衛を従えて動いている……むせ返るような香りと衣擦れの音が近づいてくると、ガーダは邪魔にならないよう引きさがり、弱々しくドアの側柱にしがみついた。

三人が去ったあと、ガーダは考えることも動くこともできなかった。ドアにつかまったまま、しばらく目を閉じて頭がはっきりしてくれるよう祈った。たちまち彼女はすばらしい旅に出ていった。月世界にまで連れていかれたようだ。慌てた彼女は必死に戻ってきたが、今でも思考は懸命に離れていき、ふたたびあの狂気の月の競技場へ逃げていこうとしている。

行かせてはならない。夕食のために着替えをしなければならないのだ。しっかりとつかまえておくのは容易ではなかった。ガーダは絶えず自分の部屋に向かっていることを思い出さなければならなかった。ゆっくりと廊下を進み、曲がり角に出くわすたびに立ち止まり、ドアについている番号をひとつひとつ苦労して読んだ。忘れるのではないかと心配で、自分の部屋の番号を繰り返しつぶやいた。こんなふうに懸命に集中して周囲の状況と繋がっているのだが、ときにはどんなに頑張っても、いつのまにかまわりのものが非現実の世界に入りこんでしまうのだ。

今は夕方で誰もが階下にいるため、上階には人けがない。どれも同じ迷路のような廊下は暖かく、照明が輝き、赤い絨毯が敷かれている。両側に番号のついたドアが並んでいるけれど、どれも閉まっていてまったく同じだ。このとき、今まで持続していた集中力がとぎれたので、しばらくガーダは当てもなくさまよった。吐き気を覚え、ぼうっとして、途方に暮れながら、ひとりで赤い腸のような廊下を歩きつづけた。生きている怪物が発する異常な熱を受けて体はほてっている——震えるどころか、今は燃えるように熱い。「ここはどこかしら?」ガーダはつぶやいた。見覚えのある数字の形、先端が曲がっている9と7を見て思い出した――そう、ここはわたしの部屋だ。ようやくたどり着いた。思考がどこへも行かないようしっかりと捕まえると、注意を集中して慎重に、機械的にひとつひとつの動作をこなした。ドアの取っ手を回し、部屋のなかに入り、ふたたびドアを閉めた。

自分の部屋に入り、あたりに散らばるわずかな身の回り品を見ると、すこし正常な世界に戻った。窓が開いているけれど、ずいぶん前から開いていたようだ。ガーダが開けっ放しにしていたにちがいない。廊下が暑かったので、外から入りこむ風が心地よい。ところが、すぐに寒くなった。またしても体が震えはじめた。あまりにも激しく震えるので、ベッドにつかまらなければならなかった。物欲しそうな目つきでベッドを見つめ、今すぐ横になれたらどんなにいいだろうと思いながらも、今、しなければならないのは着替えて食事に行くことだと繰り返しつぶやいた。食べ物のことを考えたとたん、また吐き気をもよおした。けれど、行かなくてはならないことはわかっているし、言いつけに背くことなど考えもしなかった。なにがあっても頑張ってやり遂げなければならない。服を脱ぎ、別の服を着て、階下に行き、見知らぬ人びとに囲まれ、家族の嘲るような、非難するような冷たい視線を浴びながら、無理に食べなければならないのだ。ガーダはまだ若く、友達もいないし、体調も悪いので、そんな惨めな状況を想像しただけで茫然となり、涙がこぼれ落ちたことにも気づかなかった。涙は羽布団を濡らしたが、黒っぽいしみもしだいに消えていった。

涙の跡が消えたころには震える指で服のボタンをはずした。頭の上まで服を引きあげるのは無理なので、ぎこちない手つきで引きさげると、服は足もとに落ちた。細長い鏡に映る自分の姿を見たとたん、ガーダは目を丸くした。どうしようもない不安に駆られて胸に両手を当てた。信じられない思いで自分の姿を見つめたが、肩紐のあいだの肌が赤く染まっている。ガーダは荒々しくスリップの上部を引きおろした。見慣れた胸には薄い皮膚を通して細かな青い血管が浮きあがっている。その上に広がる醜い赤はあまりに不釣りあいで衝撃的なものだ。ガーダはぞっとした。まるでむき出しの内臓を見ているようだ。知らぬまに入りこんでいた幻想の世界は、今度は肉体を侵略しているらしい。なにをしているのかほとんどわからないまま、ガーダは肌に広がる赤みをタオルでこすり落とそうとした。だが、どうしても発疹が消えないので、スリップを引きあげて胸を覆い、その上に両手を当てた――誰にも見られてはならない、誰にも知られてはならない。

けれど、知られてしまうだろう。ガーダは慌てふためいた。母親の耳に入れないわけにはいかない。母親はどんな病気も忌み嫌っている。どんなにか怒り狂うことだろう。少女の胸の動悸が速くなった。母親の怒りが心臓の鼓動になり、激しく脈打っているかのようだ。今、あらためて胸に目を向けると、なにか恥ずかしいものを見ている気がした。今までの人生で犯した罪を表すものとして、赤い烙印が押されているのではないだろうか。それが目に見えない重りとなり、ガーダは息をすることもままならなかった。

それでも、しだいに慣れていった。最初に受けた衝撃は、きわめて抽象的な恐怖は、徐々に消えていった。けっきょくのところ、ただの発疹なのだ。一生烙印を押されたままということはないだろう。朝には消えているかもしれない。本気でそう思いこんでいたわけではないものの、すこし元気が出た。朝まで母親にいう必要はないし、朝になったらなにもいうことがなくなるかもしれない。それまでのあいだ、ひと休みしてのんびりしよう。ようやくベッドに横になって、もがき苦しむのをやめることができる。今は誰もわたしが病気だというのを否定できないし、誰もこれ以上わたしに要求することはできない――やっと休むことができる。奇跡的に、すこし前まではなにがあってもやり遂げなければならないと思っていたことから免れた。

のんびりできそうだとなると、はやくも思考はどんどん離れていった。紐に繫がれた猟犬のようにじりじりしながら、狂乱の仲間と自由に競いあえる熱い世界へ逃げ出そうと懸命になっている。しかし、ガーダは規律遵守の精神を受け継ぎ、確実に自分のものにしていた。そのため、なにをするにもつねに決った方法で、正しい方法で、きちんと行わないと気がすまないのだ。ぞんざいにしたり、手抜きしたりするのは我慢できなかった。今も、のんびりする前に寝間着に着替えてベッドに入らなければならないのだった。

ガーダは絶えずなにをしようとしているのか忘れてしまうので、ボタンがなかなかはずれないことや手の動きがぎこちないことに驚いた。吐き気はするし、体はだるいし、頭も痛いので、注意が散漫になっていたのだ。それでも着替えるという決意は消えなかった。ガーダと体は別々のものになった。思考もふたたび離れていき、今にも紐をはずして、手の届かないところに逃げていきそうだ。こんなふうにばらばらのものを相手にするのは、いくつものボールを使って曲芸をするようなものだ。ひとつをつかみそこねたら、全部が落ちてしまう——それに気づいたのは、もがきながら寝間着を着ようとして、長い裾に足を引っかけて体のバランスを失い、ベッドに倒れこんだときだった。それでも諦めず、寝間着をきちんと着て毛布を掛けるまで目は閉じない、と固く心に決めていた。ところが、ベッドに横たわったとたん、どうしようもないほどけだるい感覚に襲われ、思考はものすごい速さで遠のいた。ガーダが激しく身を震わせるためにベッドが揺れた。開け放した窓の下でなにも掛けずに横たわっているのでひどく寒い。けれど、そのことには気がつかなかった。四方八方に飛び散った思考を追いかけるのに夢中になっていたからだ。

あるとき、ガーダはふたたび目を開けた。輝く目のような照明器具が見つめ、半分だけ寝間着を着た格好でベッドに倒れている彼女にどぎつい光を投げかけている。この明かりは——夜の闇のなかで煌々と輝き、吐き気と悪寒と熱で朦朧としている彼女を照らす明りは——とても現実のものとは思えないので、もう一度正気に返ろうとした。けれど、正常な状態へ戻ろうとあがくうちに、思考がふたたび遠ざかりはじめたので、必死に追いかけなければならなかった。

ガーダが姿を現さなくても家族は気にも留めなかった。そのため、最初にガーダの病気を知ったのは、翌朝、部屋に入ったメイドだった。

ガーダはまわりでなにが起こっているのかほとんどわからず、頭のなかで起こっている熱狂的な出来事にのめりこんでいた。幽霊のような影が出たり、消えたりした。あるとき、恐怖におののくと、そこには怒りの表情を浮かべた母親の白い顔があり、氷のように冷たい声が聞こえた。誰にも知られないよう、宿泊客が昼食をとっているあいだにガーダは急いでホテルから運び出された。担架はこっそりと裏の通路を通り、荷物用のエレベーターを使い、従業員用宿舎を抜けて、木立のあいだに待機している救急車まで運ばれた。これはみな、ひと晩中続いていた譫妄状態のなかで目にしたおかしな出来事と同様、現実とは思えなかった。

このような緊急事態に対処するためにホテルに雇われていた医師は、目立たない方法でいちばん近くにある大きな町の熱病専門病院にガーダを入院させ、大事な客にできるだけ迷惑をかけたくないと思っている支配人に協力した。リジャイナが夏のあいだ近くに家を借りようと考えていたので、問題は簡単になった。彼女は契約書にサインをしてすぐに移り住めばいいだけだった。

さいわい、ほかの者には感染しなかった。しかし、一時的にせよ、娘から体を醜くするような病気を移される危険性があったのだから、今まではそうでなかったとしても、母親が娘を疎んじる気持ちは決定的なものになったことだろう。

リジャイナが自分の体に限りない愛情を注ぎながらわが子を敵視するのは、それなりの理由があったからだ。子供はなにもしなくても、存在するだけで彼女を傷つけるし、老いという惨事を近づかせる時の流れを思い知らせるのだ。また、憤慨しているときにかぎって心の奥で意識することがあった。それは、あの娘が悪夢のような出産や最初の結婚のいやな記憶をよみがえらせて自分を傷つけようとしているのではないかということだ。リジャイナはガーダを快適な私立の療養所に入れる代わりに公立病院へ送りこみ、ひたすら嫌悪の気持ちを抱きつづけた。その気持ちの表れとして、たとえわずかでも娘のために金を遣うことをいやがった。母親はいつも有名デザイナーの服を身に着けているのに、子供はほかの子供たちが着るようなかわいらしい服は与えられず、一流の学校に送りこまれ、いつも金のかかる厄介者のように扱われた。あたかも娘を野蛮人のように裸のままにさせず、ちゃんと衣服を与えて教育を受けさせていることが気前のよさを表す行為でもあるかのように。

治療が遅れたため、しばらくのあいだガーダの容態は深刻だった。娘が重態のあいだは、リジャイナも電話で問いあわせたり、夫や義理の息子を見舞いに行かせたりして体裁をつくろった。一度だけ、本人が病院に顔を見せたこともある。だが、そのときにはもう患者は回復に向かっていた。そうなると、これ以上母親が気遣っているふうに見せる必要もないようだ。あからさまに娘の死を願いはしないが、もちろんそうなればいいと思っていたのだ。そのため、今、リジャイナはがっかりし、だまされたような気持ちになった。ガーダにはこんなふうに人の心をかき乱しておいて最後には全快する権利などない。自分をよく見せたくてまことしやかな嘘を並べ、自分を注目の的にしたようなものだ。けっきょくのところ、空騒ぎだった。とうぶんガーダの話は聞きたくない。

やがてガーダが退院できるという話を聞いたとき、リジャイナはぞっとし、またしても憤慨した。もう退院するの？　そんなにはやく戻ってこなければならないの？　彼女は心配しているふりをしながら、完全に回復するまで娘を入院させてくれるよう頼みこんだ。

ところが、今回相手にしなければならない医師は、出産に立ち会った医師ほど協力的ではなかった。リジャイナが富裕階級だということなど気にも留めないし、彼女に取り入る必要もなかった。そっけない口調で熱病専門病院はあくまでも熱病患者のためにあるのだと答えた。かれなら回復期患者のための療養所にガーダを入れることもできただろうが、その必要性を認めなかった。家族の住む家のほうがガーダも落ち着いて療養できるだろうし、彼女の家族はとても贅沢な暮らしをしていることで有名だったからだ。医師はさらに話を続け、今、ガーダに必要なのは安らぎと特別な配慮だといった。しばらくすれば病気は治るが、もともと彼女は体が強いほうではなく、しかも絶えず緊張状態にあったようだ、と。

　医師が非難の気持ちを隠さずに、今まで母親が娘を大事にしてこなかったことや、これからもないがしろにしそうだということをほのめかしたので、リジャイナは腹を立てた。堂々と批判する医師に激怒した。さらに、ガーダに対してなおいっそう激しい憤りを覚えた。あの子が不満を漏らしたにちがいない。リジャイナは夫にはっきりとそういった――とはいえ、本気でそう思っているのかどうか自分でもよくわからなかった。どう見ても娘は不満を漏らすことなどできないし、その原因が母親にあると考えることもできない。けれど、娘が自分に背いたといって責めるほうが好都合だったのだ。こんなふうにリジャイナが自分の消極的な態度を正当化すると、夫は独得の鷹揚な口調でいう。「まあ、退院させてやりなさい――家は十分に広いのだから。あの子がいてもたいして邪魔にはならんだろう」

　リジャイナにしてみれば、ガーダを療養所に入れる費用を負担するのは、家族として迎え入れるのと同様、不愉快なことだった。特別に配慮すること――それはとうてい我慢できない。自分が、自分だけがつねに注目の的でなければならないのだ。もうひとつ大事な点は、ジェフが義妹にとってあれほど大変だった役目を何倍も手際よく片づけていることだった。しかし、医師はガーダを退院させるべきだといい張った。さらに今度は婦長までが手紙を寄こし、これ以上入院させておくのはよくないといってきた。今、ガーダに必要なのはすこし甘やかされること、気ままに暮らすことだ、と。

甘やかされる！　この言葉はさらに母親の怒りをかき立てた。リジャイナは前々からこう思っていたのだ。母親のわたしが抑圧的な躾を受けてさまざまな喜びを奪われたというのに、娘のガーダがそれを享受する権利などない、と。リジャイナがとくに腹を立てたのは、ガーダは罰を受けるのが当然なのに、婦長が楽しませたほうがいいなどと進言してきたことだ。それでも、これ以上問題を先延ばしにするわけにもいかないので、いかにもリジャイナらしい身勝手な子供じみた方法を考え出し、娘を引き取りに行く日にちを決めた。その日が来ると、急遽予定を変更して迎えに行く日を延期した。そんな作戦を何度も繰り返し、病院側も元患者を通りに放り出すはずがないと高を括っていた。

リジャイナは極端に自己中心的な人間なので、この作戦のせいであちこちに迷惑がかかっても、そ知らぬ顔をすることができた。ガーダはひたすらみなに謝り、懸命に弁解した。大きな目にはすぐに込みあげてくる涙があふれ、相手の非難を和らげるような傷ついた表情が浮かんだ。その表情には本人も気づいていない痛切な渇望が表れていた。

あちこちの寄宿学校にいたとき、ガーダは同じような経験をしたことがある。学期末が近づくと、ほかの生徒は浮かれているのに、彼女は不安に駆られていた。休暇を母親と一緒に過ごすのか、このまま学校に残るのか、決定が届くのを待っていたのだ。けれど、今はあのころと違う。どんな学校でも残りたいとは思わなかった。ガーダは気が弱いうえにしょっちゅう転校させられるので、親友などできたためしがない。事情が事情だから別に驚くことではないが、自分はのけ者で誰からも愛される人間ではないという思いが強くなったのはそのせいでもあるのだ。

しかし、それとは矛盾するけれども、今でもガーダには子供っぽい無邪気なところがあり、人の行いと物事の成行きとの関連性を信じていた。しばらく夢中になっていたおとぎ話をもとにして、現実とはまったく違う人生を思い描いた。そこでは子供の素直さや慎み深さ、あらゆる美徳は高く評価され、運命や巡りあわせの協力を得て、最後はそれをもつ者に幸せがもたらされるのだ。

実際には、運命が悪意をもってガーダを苛酷な境遇に追いこんだようだ。そこでは彼女が望むささやかな幸せですら手に入れることができなかった。ところが、今、信じられないことに、彼女の子供っぽい信念は正しかったことが証明された。運命は熱病専門病院という望みのない環境にガーダを送りこむことによって、彼女が絶えず虚しく求めていた愛を入手可能なものにしたのだ。混濁した意識のなかでガーダは狂ったように、切羽詰まったようにそれを探し求め、ずっとほしいと願っていたもの、渇望していたものを追いかけた。その間、熱のせいで思考はばらばらになっていた。ときには頭のなかが真っ白になり、なにもわからなくなった。そうかと思うと、熱狂的な競争が続き、その途中にドアが開いたり閉じたりするように、断続的に現実がかいま見えた。恐ろしいことに、ときどき真っ白な顔の魔女が悪意のこもった冷たいまなざしを向けた。ガーダは訳のわからない追跡を続けながら、ねじ曲げられた不吉な意味をもつ現実の断片を解読しようとした——熱のせいでなにもかもが歪み、溶けて幻になっている。やがてついに、今まではるかかなたにあったものが近づいてくることに気づいた。長いあいだそれを目ざして旅を続け、いくつもの山、砂漠、嵐の海を越えてきた。ときには薄暗い都会の通りで迷い、ときには目に見えない太鼓の音が訳のわからない脅威を知らせる密林ではぐれた。またときには暗い空の下、炎熱の空の下、エメラルド色の閃光に切り裂かれた空の下をさまよい歩いた。とつぜんガーダは目的地に向かって走っているような気がした。かつては遠く離れていた目的地が急に間近に迫っている。ついに彼女は意識を取り戻し、正気に返った——現実の世界に目を向けていたのだ。

頭上がざわざわと騒がしくなりはじめた。目を開けると、なにかが突き刺さるような痛みが走った。強烈な閃光を見て目がくらみ、世界中が炎上しているのではないかと思った。けれど、細くて黒い棒が数本、その恐ろしい白熱光を支えている。強烈な輝きが目を溶かし、溶けたものが頬を伝って流れ落ちた。手はどこなのだろう？　見つからない。手がないのだ。しかし、記憶よりもずっと以前から備わっている反射能力のおかげで、ぎらぎら輝く光から顔をそむけることができた。そのとき、青い服を着て頭に白いものをつけた女が手を伸ばすと、ありがたいことにあたりは暗くなった。明りは消えた。ふたたびガーダは人事不省に陥った。

このあと、譫妄状態のなかを絶えず現実が通り抜けた。すこしのあいだ、現実の世界は彼女のまわりに留まっていた。明るすぎる昼の光のなかに、静まり返った虚ろな夜の闇のなかに、いくつものベッドがぼんやりと浮かびあがり、おぼろげな怪物の群れが静かに餌を食べ、蚯蚓《みみず》のような弱々しい光がちらちらした。けれど、ガーダは疲れきっていたので、そんなことは気にも留めなかった。疲労感は粘り強く現実の世界に抵抗し、現実の世界も同じように粘ってはみたが、首尾よく正真正銘の現実にはなりきれなかった。青い服の女がいなかったら、ガーダはいつまでも抵抗しつづけていたかもしれない。その人はいつもそばにいて、必要なことを行い、ブラインドを下ろし、飲み物を飲ませてくれた。ガーダがなにを求めているのか、本人よりもよくわかっていたのだ。

この看護婦の名前はジーン。まだ若いが――帽子を取っていつも静電気を帯びた豊かな髪を振り広げると、ガーダと同い年くらいに見えるが――自分の仕事を天職だと考え、ありあまる活力を患者に喜んで分け与えるつもりだった。最初からジーンはガーダのことが気になり、同情していた。ガーダはそれほど哀れなよるべない子どものように見えたのだ。意識はあるものの、今でもじっとベッドに横たわったままで、大きな目がなにかを探しているかのように動くだけだ。看護婦は脈をとるためにベッドに近づき、力のない手を持ちあげてガーダの胸の上に置いた。そうすれば、同時に呼吸の状態も調べることができる。今は以前よりも呼吸が規則正しくなり、脈拍も遅くしっかりしてきた。どの点から見てもガーダはよくなっているはずだ。それなのに、なにかが回復を妨げているようで、今でも夕方になると熱が上がる。非現実的な熱の世界に長居しすぎたために帰り道がわからなくなったかのようだ。

看護婦としてジーンは困惑したが、心優しいひとりの人間としては、そんなガーダを救いたいと思った。不気味な夢うつつの世界から連れ出して豊かな楽しい現実の世界に戻してやりたい、と。ジーンは手をつかんだときから絶えず動いていたガーダの目が止まったことに気づき、指で軽く手首をはさんだまま語りかけた。「はやくよくなってくださいね。そうすれば、外に出ることもできますから」はやくも酷暑の時期が始まり、病室のなかは非常に暑いので、十分に回復した患者はベランダにベッドを出していた。ベランダからは病院の建物に囲まれた、まばらな芝生が広がる中庭が見渡せる。

ガーダの大きな目は話しかけている相手に向けられた。不思議な色の目、まさに萎れかけた菫の色だ。その目は生きているだけで、そこにあるべきものがない。今、その菫色の空洞にジーンの言葉に対する答えが表れた。心の奥底から浮かびあがってきたような拒絶の表情は、そっとしておいてほしいと答えている――意識ある世界には戻りたくない、と。

看護婦はショックを受けるのと同時に驚いた。ジーンは人生を楽しむことばかり考えているので、裕福な親をもつかわいらしい少女が生きたくないと思っていることが信じられなかった。けれど、それは事実だ。自分の目で答えを見たのだから間違いない。無言の答えに漂う哀感に気づき、ジーンは心から同情した。ベッドのほうに身を乗り出し、大きく見開いた目にほほ笑みかけながら、ガーダの顔に掛かる薄い色の髪を払いのけた。「はやくよくなってくださいね」ジーンは子供をあやすようにいった。「あたしを喜ばせるためにも——いいでしょう?」その言葉の意味も、そんなことをいった理由もよく考えず、思いつくままにいったのだった。

ガーダは相変わらずジーンを見上げていたが、今まで以上に大きく目を開いていた。自分の目にしているものが現実だとは信じられなかったのだ。本当に今まで探し求めていたものが見つかったのだろうか? あまりにもうまくいきすぎて信じられない。それでも、今でも彼女のなかでは非現実的なおとぎ話の論法が生きていて、自分が信じていたことの正しさを証明しようとしている。ガーダはそれを受け入れ、看護婦の顔に浮かんでいるものに——欲得とは関係ない興味ありげな表情、個人的な愛情を注いでくれそうな表情に——心が屈するのをそのままほうっておいた。ガーダは声を出さずに口を動かして「ええ」というと、唇を曲げてめずらしく魅力的な笑みを浮かべた。と同時に、涙で濡れているかのように大きな目が輝き、胸のなかに優しい気持ちがあふれた。

ジーンのおかげでガーダは徐々に回復しはじめた。青い目を大きく見開いて一心に見つめるジーンは、ガーダのためにやってきてくれた初めての人だった。ガーダが好きで、力になりたいと思い、彼女が必要としているものに気づいたからという以外に理由はなかった。その効果はめざましかった。体調がよくなるにつれ、ガーダはすこしずつ自分のまわりに築かれた壁を打ち破った。あまりにも長いあいだ、望まれることも愛されることもなく生きてきたため、その壁は人間のあらゆる優しさを遮断しはじめていたのだ。運命が幸福をもたらしてくれることを信じる気持ちは、ジーンがそれを裏づけるために現われたころにはほぼ消えかけていた。今はジーンという友達ができたので、ガーダは徐々に恥ずかしさを克服して、ほかの患者や看護婦ともすこし話したり、おどおどしながらもしだいに自信をもってほほ笑みかけたりするようになった。神経質で臆病な小動物がすこしずつ飼いならされていくように。ガーダは模範的な患者だった。医師や看護婦の言いつけを守り、なにごとにも感謝し、起きあがれるようになったらほかの患者の役に立ちたいと願っていた。しかし、彼女が同年代の少女のように笑ったりしゃべったりするのは、ジーンと一緒にいるときだけだった。

ガーダの症状がすこし悪化したのは、母親が見舞いに来たときだった。病院中が大騒ぎになるような出来事だった。病院はこの町のなかでも貧しい人びとが住む地域にあるため、身なりのいいよそ者は目立つし、めずらしかったのだ。ガーダのベッドは窓際に置かれていた。中庭に現われたすらりと背の高い人物に気づいたとたん、ガーダが窓から身を乗り出そうとしたので、万が一の場合に備えてそばに立っていたジーンは慌てて彼女をつかまえた。ガーダはまだベッドから出ることを許されていないし、今でも体がひどく震えるのだ。

その日は暑く、母親は鍔《つば》の広い帽子をかぶっていた。帽子の陰になっているものの、顔は真珠のように輝き、頬はほんのりと薔薇色に染まり、謎めいた美しさを見せていた。このように暑く薄汚い場所にいても、埃っぽくむっとする都会の空気のなかにいても、薔薇の模様のワンピースに身を包んだ母親は、なにものにも心を動かされない、冷ややかな、平然とした表情を浮かべていた。彼女は白っぽい手袋をはめた手を上げ、娘に向かって振った。だが、そんな魅力的な仕草も個人に向けられたものではないし、伝わってくるものはなにもないので、ガーダは喉まで出かかった言葉を呑みこんだ。あの人目に立つ美しさが自分のためのものではなく、自分とは関係ないものだということをガーダは痛感した。あんなふうにほほ笑んでいるのも、観衆の――ベランダに群がり、ささやきあいながらじろじろ見ている人びとの――ためであって、娘のためではないのだった。

つかのまリジャイナはその場にたたずみ、うんざりしたような目つきであたりを見回すと、急いで立ち去った。一刻もはやく気が重くなるほどいやなものから、病気が感染する危険性から逃れようとした。薄気味悪い煉瓦の建物が恐ろしくなった。さらに、自分を取り囲む病気や貧困に打ちひしがれる人びとを恐れ、かれらの感染力と醜悪さを恐れたのだ。こんなところに閉じこめられたら死んでしまう――どうしてガーダは耐えられるのかしら？　こんなことからもリジャイナは娘に対して筋の通らない軽蔑の気持ちを抱いた。

その後、少女は本も読まず、話もせずに暑い一日を過ごした。先ほどの見舞いのことについては誰にもなにも話そうとせず、何時間も横になったまま、淡い菫色の目を大きく開いて空《くう》を見つめていた。母親の冷淡さと近寄りがたさをかいま見たために、以前の生活のわびしさや虚しさを思い出すのと同時に、以前は気づかなかったことに気づいた。今は人と親しくすることや愛することを知ってしまった。けれど、今の幸せは一時的なものにすぎず、つらく虚しい生活に戻るのは確実なので、優しい表情を浮かべるジーンがはるかかなたの世界からほほ笑みかけているように思えた。やはりあの世界には入りこめないのだ。

リジャイナの見舞いの影響はしだいに薄らいだ。ガーダは意識的にあのときのことを忘れた。けれど、心の奥にはどうしても消えない傷が残っていた。運命は自分の味方をしていつか幸せにしてくれると軽信する気持ちは消え、最終的には疎外感と喪失感が取って代わった。それでも、外見上はしだいに回復に向かい、周囲の人びととの付きあいを、とくにジーンとの親交を楽しんでいた。だが、家族のことはジーンにさえ話そうとしなかった。

入院生活に退屈している患者たちは、自分たちと違うこの資産家一家に興味津々で、最初はしょっちゅうガーダを質問攻めにした。しかし、そのたびに彼女が黙りこくり、みなの詮索に悩んでいることがわかると、それ以上きくのは諦め、彼女の前で家族の話をするのはやめた。

リジャイナのたった一度の劇的な見舞いは、本当に女王が病院を訪れたかのような強烈な印象を与え、最初からみながガーダの親に対して抱いていた興味を大いに刺激した。娘を立派な私立の療養所へ入れずにこんなところに送りこんだのはどういう人間なのか、誰もが知りたがっていた。病院の職員も患者も厳しく外界から隔離されているので、妙に現実離れした生き方をかいま見て胸を踊らせた。そもそもみなにとってこの出来事はいわば芝居のようなもので、ふつうは映画でしか見ることのない神秘的な世界に関わっているという錯覚を起こしたのだ。ガーダの家族に関する噂話は果てしなく続いた。とくに母親のこと、娘をないがしろにしていることについて。彼女の非人間的な振る舞いについてさまざまな憶測が飛び交った。ガーダ自身はけっして不満を漏らさなかったが、彼女に代わって囂々《ごうごう》たる非難の声が上がった。退院の日が来ても、母親がガーダを病院に置き去りにしたまま、その場しのぎの言い訳で迎えに行かないことをごまかしていると、隔絶された社会にいる人びとのなかに強い同情心が生まれた。この話題は今まで経験したことのない心地よい興奮を引き起こすので、誰もが楽しんでいたが、どう見ても自分の境遇に苦しんでいる、なんの罪もない犠牲者だけは別だった。ガーダが病院で厄介者になっていることをひどく気にしたり、できるだけ目立たないようにしたりしている様子を見て、婦長までもが同情し、病棟内を自由に動き回ることを許可してくれた。さらに、固定的な日常業務に融通をきかせることまでしてくれたので、ジーンは毎日すこしの時間、ガーダと一緒に過ごすことができた。

周囲から受け入れられていることを実感したとたん、少女は今まで感じたことのない幸福感を味わった。それを知ったら、ガーダに同情した人びとは驚いたかもしれない。ところどころすり切れた芝生が広がる中庭とそれを囲むとてつもなく大きな病院の建物は、彼女にとってほかのどんな場所よりもわが家のように思えた。今の幸せな生活のなかにひとつ欠点があるとしたら、日々新たになる退院の恐怖だ。それを忘れるために長時間、真剣に、無言のまま、この年齢になっても卒業していない〝ごっこ遊び〟にふけり、家族は自分を忘れてしまったので、これから先一生ここにいて、病院の養子になるのだと思った。さもなければ、ジーンがなんとかして連れ去られないようにしてくれるだろう、と。

ガーダとジーンのあいだにはさまざまな違いがあるけれど、ふたりはいい友達になった。ガーダはジーンの母性本能に訴えかけ、ひたむきに彼女を慕い、感謝し、幸福感を味わった。ジーンと一緒にいるときのガーダは別人のようで、驚きを感じつつ、初めて青春を謳歌し、声をあげて笑い、家族の話以外はありとあらゆることを語りあった。ある日の夕方、めずらしく黙りこんで意気消沈しているガーダを見て、すぐさまジーンはどうかしたのかと尋ねた。

ふたりは人けのないベランダの手摺に寄りかかっていた。うだるような暑い一日は終り、ほかのベッドは病室に戻っている。まだ薄明るい空に黒い雲が現れ、ときおり稲妻が走った。ガーダは元気のない声で答える。「明日の朝には迎えが来るわ」

「そんなことはありませんよ――いつものようにまた引き延ばすに決まっていますす」

「今度は違うわ。今度こそわたしを連れていくつもりなのよ。わかっているの」

ガーダの口調には強い確信があり、絶望感がみなぎっている。驚いたジーンはガーダを見たが、顔を見ることはできなかった。

「まあ、そうなったとしても、いいじゃありませんか」ジーンはわざと明るくいい、訳のわからない重苦しい気分を払いのけようとした。だが、ガーダが惨めな思いで幸せの終焉を見つめていたことには気がつかなかった。ジーンの思考はまったく別の方向に進んでいたので、いきなり腹立たしげに叫んだ。

「ひどいじゃないですか、こんな暑い時期にあなたをこんなむさくるしいところに置き去りにして、家族は海辺のすてきな家に住んでいるなんて。本当ならあなたは何週間も前にそこに行くはずだったんですよ――お庭や浜辺で寝ころがることもできたでしょうに。もう体力も戻ったのですから――」

「ああ、やめて、ジーン！　あなたにはわからないのよ」

「いったいどうしたんですか？」急に取り乱したガーダに話をさえぎられたので、看護婦は驚いた。だが、好奇心に駆られて妙な甲高い声できいた。「ご家族のところに行きたくないのですか？」

「ええ！　そうなの！」

ガーダが両手で顔を覆ったので、ジーンは彼女の体に腕を回した。自分の頑丈な体と強い精神力で無力な弱い人間を守ろうとするかのように。「どうしたんです？　家族の人たちが優しくしてくれないのですか？　話してください……」ジーンの声にも仕草にも本物の愛情と思いやりがあふれていた。しかし、ほかの人たちと同様、彼女もガーダの家族と一家のおかしな態度に興味をそそられていたのだ。そのことに関してガーダからなにも聞くことができなかった。いろいろな噂が飛び交っているので、この涙に暮れている少女からびっくりするような新事実が聞けるのではないかとジーンはすこし期待していたのだ。だが、少女の口からつぎに出てきたのはこんな言葉だった。「二度とあなたに会わせてもらえないわ」それを聞いてジーンは拍子抜けした。

「どうして？　もちろん会いたいと思ったら、また会えますよ――でも、ここを出たら、すぐにあたしのことなんか忘れてしまうでしょうけど」今度はジーンがすこし焦れったそうにいった。だが、ガーダが怯えきった小動物のように震えているので、彼女の体に回した腕に力を込めて、思いつくままに励ましの言葉を口にした。「さあ、泣かないで……なにも心配することはありません……すべてうまくいきますよ……ちょっと自転車に乗ってあなたに会いに行きます――しょっちゅうそんなことをするんですよ……遠いところでもないし。誰もあたしたちが会うのを止めることはできません――そんなことをしても仕方ないでしょう?」やがてジーンの言葉と自分を抱いている腕の感触に励まされて、泣きじゃくっていたガーダはしだいに落ち着き、泣き疲れた子供のようにおとなしくなった。

ところが、そのあいだに不思議なことが起こった。ふたつの体がぴったりとくっついたせいで意思の伝達経路ができたのか、ジーンは新たな事実を理解した。そして、ガーダの悲嘆の原因がなにかの欠如だと気づきはじめた。その〝なにか〟とは、ジーンが特権階級ではない人間に与えられた当然の権利だと思っているものだ。どういう事情で友人が愛情に満ちた家庭をもつ権利を奪われたのかよくわからない。けれど、どう見てもガーダに落ち度はないようだ。なんの罪もないのに、まるで呪いをかけられたように、この場の雰囲気を暗くする邪悪なものに取り憑かれているらしい。率直で単純な看護婦は思わずこの正体不明のものにひるんだが、それは考えた結果わかったからではなく、肌で感じたからだ。正体を突き止めようとしても、いつのまにか頭のなかからそのことが消えてしまう。それでも、つねに空中に漂う謎めいた力を感じることができる。今、悪魔の手が迫ってくるごとく、それが自分をも脅かしているような気がしたので、すぐさま向きを変えて逃げ出したい衝動に駆られた。ジーンはガーダが好きだった。本気で彼女を救い、守りたいと思っていたのだ。ところが、このもうひとつの力はあまりにも強いので、あらゆる本能が用心するよう注意を促している。

ジーンはつねづね人生を楽しもうと心に決めている。つらい仕事に明け暮れする毎日だけれど、自分の意のままになる武器を――勇気、楽天主義を――使い、ときには直感的に現実に目をつぶることによってなんとか人生を楽しんできた。そして、望みのない未来と単調な現在にも、ずっと幸せだったら見ることができないものがあると信じていた。

つねに直感はいつ目をつぶったらいいか教えてくれたが、今も警告を発している。ジーンは落胆するガーダを見ることができなかった。見れば、人生は不愉快で苛酷で不公平なものであり、人間も無防備な子供に対して残酷で無責任で不道徳な行動をとると思わざるをえなくなるからだ。入院患者のなかにも心や体に傷を負っている子供がいるので、そんな人間の残虐性を示す証拠を見たことがある。けれど、このような事例は初めてで、今まで見たものよりもはるかに残酷だ。修復不可能な損傷を与えておきながら、表面上はまったく傷跡を残さない。ガーダは精神生活に欠くことのできない栄養分を継続的に与えられなかったため、心の源泉が枯渇し、性格がいじけてしまったのだ。

もちろんジーンにはそれほどはっきりとわかったわけではなく、具体的に考えたわけでもない。とくに理解力があるほうでもないし、今はさまざまな思いが入り乱れ、頭がぼうっとしている。本能が支配権を握るのを許しながらも、ガーダの不幸に悪影響を受けるのは避けたいという衝動に気づいていた。その影響はすでに自分のほうにも広がっている。愛情や哀れみよりも強い自己防衛衝動が逃げ出すよう駆りたてるので、一瞬、ジーンはそれに従ってふたりの結びつきを故意に断ち切ったような気がした。しかし、この思いは意識の前面には到達せず、たちまち奥のほうに追いやられた。そのあいだも気持ちの上では、自分の横で肩を抱かれてたたずんでいる少女から離れていった。ジーンは嘘いつわりなくガーダに同情していた。それにもかかわらず、心の奥では自分の幸せを脅かすものと自分との距離が広がっていくことに安堵感を覚えた。

同じように心の奥で感じたのは、息もつかずに早口で語りかけているうちにその隔たりが大きくなっていくことだ。だが、話している自分はたった今意識下でしたことから逃げ出して、つくりあげたばかりの断絶を否定しているようだ――それでも自分がしたことは正しいし、そうするしかなかったのだ。「金曜日に行きます――半ドンですから。明日、あなたに会う前にお迎えが来るといけないので、どこで落ちあうか決めておいたほうがいいですね。お屋敷とお庭は知っていますから、道はだいたいわかるでしょう。あそこは観光名所みたいなところですもの。ご家族の人たちはよくみんなを案内していましたよ――」稲妻が光った瞬間、青白い小さな顔と涙に濡れた大きな黒い眼窩が見えた。少女が哀願するかのような、最後の望みを託すかのような目つきで見上げると、ジーンはうしろめたくなり、慌てて話を続けた。「あのう——古い願かけ井戸があるのです——街道からはずれた細い公共遊歩道にありますから、あたしたちがあそこで会っても、誰も文句はいいません。三時ごろに行きます」

「本当に来てくれるの？　約束してくれる？」

若い看護婦は少女の物悲しげなか弱い声に心を動かされながらも、どうして自分の性急な約束がこれほど説得力に欠けるのだろうと考えた。どうしてもっといい言葉を見つけられないのだろう？　どうして自分にできることはなにもないような気持ちになるのかしら？　意識ある自分は激しい心の葛藤に気づいていなかった。それはもう覚えていない、完全に自覚されていない断絶行為と、友達を慰めたい、励ましたいという気持ちの対立だった。相反する衝動の板ばさみになり、ジーンはただほほ笑みかけるしかなかった。機嫌の悪い子供にほほ笑みかけるように。そして、自分の無力さに苛立ちながらいった。「もしもあそこに来ることができなくなったり、都合が悪くなったりしたら、石の下にメモを置いておいてください」

またしても暗い空に稲妻が光った。ガーダはそれを悪い前兆だと思った。不気味な白蛇が天に向かって突き進んでいく、と。稲妻の青白いきらめきのなかに、譫妄状態にあったときに現われた魔女の白い顔、悪意を込めてすぼめた口、宝石のように冷たく光る目が見えたような気がした。雷鳴の轟きとともに最後の希望が消え去ったとき、ジーンには自分を救えないと――誰にも救えないと――ガーダは悟った。自分で自分を救わないかぎり、なにも解決しないのだ。ふいに逃げ出そうという子供っぽい突飛な考えが浮かんだ。けれど、どこへ行けばいいのだろう？　どうやって生きていったらいいの？　わたしはなんの役にも立たないし、できることはなにもない。教育はしょっちゅう中断し、無計画で中途半端だったから、自活する準備はできていない。十五歳のガーダは、肉体的には成長しているけれど、精神的な飢餓状態が続いているため、なんとなく発育不全に見えた。内気で繊細で控えめな性格なので、なにごとにおいても自信がなく、今も自分がなくなったような気がして……動くこともできず……幸せの最後のかけらが消えていくのをなす術もなく見守っていたのだった……。

不安をたたえた大きく見開いた目にふたたび涙が込みあげてきた。だが、とつぜん暗い空から雨粒が落ちてきてふたりにたたきつけ、ガーダの涙を隠した。

「なかに入りましょう」ジーンはガーダの肩から腕をはずしながら深く心を痛めた。今、どれほどガーダのことを思っているか伝えたいのに、なにもいえないからだ。彼女を安心させることをいいたい。それなのに喉がつまって言葉が出てこない。すこしのあいだ、ふたりはその場に立ちつくした。いい忘れたことを思い出すのを待っているかのように。おたがいに相手が思い出してくれることを期待したが、今、ふたりの口からその言葉が出なければ、もう出ることはないだろう。ついにふたりは悲しそうに別れを告げた。ふたりとも心の奥ではわかっていたのだ。自分たちがいっているのは〝おやすみなさい〟ではなく、〝さよなら〟だということが。

＊　＊　＊

翌朝、ジェフが車で迎えに来たが、その前にガーダがジーンと会う機会はなかった。義兄の堂々とした風貌とくらべると、ガーダは小さな幽霊のようだ。痩せこけて生気がなく、透けて見えるほど存在感がない。ジェフがガーダを連れ去ると、病院には彼女に関するものはなにひとつ残っていなかった。ジェフの大きくて立派な体はガーダの記憶までも消し去ったようだ。そのため、彼女のことは話題にのぼらず、彼女の名前を口にする者もいなかった。一日、二日は豪華な車やそれを運転していた人物のことで噂が飛び交ったが、すぐに新しい話題がみなの興味を引きつけた。

ジーンも友人に関するものはなにひとつ持っていなかった。写真一枚さえなく、ガーダを思い出させるものはなにもなかった。一日、二日経つと、ガーダの顔すら忘れたような気がしたが、この少女とは三カ月以上も親しく付きあってきたのだ。一年の四分の一だ！　自分から断絶しておきながらもう覚えていないことにうしろめたさを感じたけれど、ジーンはそれを忘れっぽさのせいにした。それでも、自分の生活からガーダが消えたことになんとなく心を悩ませていた。

実のところ、どうして急に病院中に広まっていた噂が消えたのか不思議だった。あの害のない小さな幽霊は徹底的に祓われたために、この場所に出没しなくなったのかもしれない。ガーダはとても本当の人間とは思えない。今は、いつもほかの家族を包んでいた非現実的な雰囲気のなかに呑みこまれている。ジーンは自分が仲よくしていたのは月から来た少女ではないかと思った。少女が消えたあとに残っている思い出は、人間が去ったあとに残る思い出ほどはっきりしない。なにかつかみどころのない、幻のような——まさに月光のような——ものなので、彼女が実在していたかどうかも定かではない。

月の少女に約束したことを守るのはばかげている。それでも約束は約束なので、金曜日、ジーンは自転車に乗り、嵐のあとの冷たい風に吹かれながら出かけていった。頭のなかではある種の思考遮断が起こり、とくにガーダのことは考えられなかった。運動することや潮風にあたるのは体にいいと自分にいい聞かせながら、海岸沿いの道を風に向かって自転車を走らせ、帰路は風にあと押しされて軽々と走るのを楽しみにしていた。

三時をすこし過ぎたころ、街道から願かけ井戸に通じる小道に着いた。ジーンは自転車を降りて柵に立てかけたあと、踏み段を登って柵を乗り越えた。

目の前には森林地帯が広がり、木立のあいだを走る細い道が円形の空き地まで続いている。その空き地の真んなかに井戸があるのだ。草地に大きな石が——もとは石塚だったのだろう——点在し、そのあいだに背の高い羊歯が生えている。それ以上先へ行かなくても、誰もいないことはわかった。予想どおりだ――なにかを予想していた場合の話だけれど。頭のなかで非現実的なものに思考を遮断され、ジーンは今でもガーダの名前を思い出せなかった。下りになっている小道を進みつつ、誰かを捜しているかのようにあたりを見回したが、特定の人間を捜していたわけではない。木々の隙間から灰色の石造りの邸宅が見える。煙突、マリオン窓、建物の下の部分、邸宅を取り囲む庭園が。しばらくのあいだ、ジーンは邸宅を見つめていた。そこには誰も住んでいないようだ。煙突から煙が上がっていないし、建物の内でも外でもなにかが動く気配はまったくない。芝刈機や自動車の音、犬や鳩の鳴き声もしない。そのため、漠然とした非現実感はさらに強まった。ジーンはすでに気づいていたが、空地や小道を囲む柵は現実の障壁というよりはひとつの象徴で、かつてはこの私有地を通って井戸へ行くための通行権を表していたのだ。彼女はまたしてもガーダのことを考えようとせず、支柱のあいだに垂れさがる錆びた二本のワイヤーを通り抜けるのに苦労する者などいないと思っただけだ。

ジーンは石を見て自分が提案したことを思い出したが、それは虚空を漂う記憶にすぎなかった。誰が石の下にメモを残すのか、どうしてそんな真似をするのかということは考えず、いささかばかばかしいと思いながら、おもしろがっているような、人目を気にするような表情を浮かべ、重い石をひとつずつ持ちあげた。ところが、何者かがいたことを示すかのように、ところどころ羊歯が押しつぶされているにもかかわらず、石の下からなにも見つからなかった。

すべての石の下を調べたあと、ジーンは壊れかけた古井戸に腰かけた。すこし前に降った雨で石の裏側が湿っているため、手が汚れてしまった。彼女はゆっくりと丹念に汚れをとりはじめた。最初は草で、そのあとはハンカチを使って。自分がわざとこの行為を引き延ばし、できるだけ長く続けようとしていることは承知していた。いっぽう頭の片隅には、万が一誰かが約束の時間に遅れているなら、大幅に遅れてほしいという考えがあった。けれど、このふたつの考えは相いれないものだ。三十分ほど、彼女はそこでぶらぶらしていたが、生き物の声や音を聞くこともなく、姿を見ることもなかった。やがてスカートについた木の葉を払って立ちあがった。

今にも元来た道を戻ろうとしたとき、ついに自分が会いに来た少女を思い出した。あまりにもはっきりと思い出したので、ガーダが目の前に立っているような気がした。よるべない子供の哀感をたたえた表情、ほとんど白に近い髪、青ざめた小さな顔、怯えたように大きく見開いた目。その記憶はあまりにも鮮明だった。それにもかかわらず、少女自身はもう現実のものとは思えなかった。覚えているのはあのぼんやりした消極的な特徴だけだ——生気のなさ、ひ弱さ、控えめなところだけ。あたかもガーダの非現実性だけが現実で、彼女は現実の生活には存在していなかったかのようだ。

現実の生活にはジーンの友達と家族、病院関係者がいる。彼女にとって婦長は現実で、患者たちもそうだ。けれど、この少女は月から、別世界からやってきたのだ。自分を守るためにジーンはすでに友情の絆を断ち切った。もちろんガーダは自分の幸せを脅かすものだから、今度は一歩先に進み、頭のなかでガーダそのものを分解して、記憶という非現実的なものに変えてしまったのだ。そうすれば、自分のほうにどんな邪悪な手も伸びてくる心配はない。

現実の人間ガーダはもう存在しないのだ。ジーンは約束を守った。もうガーダのことを心配したり、自分を責めたり、心を痛めたりする必要はない。ガーダはやってこなかったし、メモも残さなかったのだから、元気で暮らしているにちがいない。無事に自分にふさわしい場所に戻り、病院のことは忘れてしまったのだろう。ジーンは元来た道をゆっくりと歩いていき、踏み段の手前で立ち止って最後にもう一度振り返ると、自分とガーダのことを思って心からほっとした。どんなところであれ、あの少女は自分の家に戻ったのだから、そろそろ同情するのは終わりにしてもいいだろう。

強い決断力がなければ、若い看護婦は厳しい人生から幸せを見つけることはできないだろう。粘り強さも発揮しなければならない。これでガーダを排除することになっても、ジーンは自分を守ろうと決めていた。だからたとえメモを読んだとしても——実際にはジェフが石の下の隠し場所から持ち去ったのだが——ガーダのような人間はいなかったという確信は変わらなかっただろう。最終的にジーンは友達を分解して月光にした。かつてはガーダの悲しみをわがことのように感じたにもかかわらず、ふたりの関係を古い映画の記憶のような、現実を忠実に反映していないものにしたのだった。

これで終わった。ジーンは自転車に乗ってその場から走り去り、現実の生活へ戻っていった。今日は半休日だから、まだ自由な時間が残っている。腕時計を見ると、急いで帰れば時間はかなりありそうだとわかってうれしくなった。今度は追い風だ。無重量の巨大な手に背中から押されているかのように、ジーンは爽やかな潮の香りのなかを軽々と自転車を走らせていった。刻一刻あの非現実的なものから離れていくかと思うと、気持ちが浮き浮きした。急に幸福感が湧きあがるのを感じて思わず歌を口ずさみはじめたが、特別な理由があったからではない。ただ自分が生きていて、若く健康で、鳥のようにのんきな気分で楽々と風を切って自転車を走らせているからだ。

5 なにかもっと

ガーダの知力は同年齢の平均的な少女とほとんど変わらないが、もともと神経質な性格だったこと、特殊な生活環境で育ったこと、一貫性のない教育を受けたことが影響して、とてもそんなふうには見えなかった。長いあいだ、けっして癒されることのない愛の渇きに喘ぎつづけた結果、不安感や劣等感が機械仕掛けのように作用し、とくに生来の長所をだいなしにした。転校するたびに、彼女は自分より下の年齢のクラスに入れられるときが来るのを恐る恐る待った。そこへ行けば、十代の厳密な階級制度のなかで正しい部類に属していない彼女は、同級生に部外者だということを思い知らされるだろう。ガーダはとてもおとなしいので嫌われこそしないが、つねに仲間はずれだった。いつも新しい環境に順応しようと悪戦苦闘し、やっと落ち着いて友達をつくる状態になると、またしても連れ去られてしまうのだ。同級生についていこうと、授業中も、遊んでいるときも、共同生活でも絶えず頑張ったため、学園生活を楽しむ気力は残らなかった。なによりもほっとしたのは、十七歳になったとたん、母親が無駄な出費だといって娘に教育を受けさせるのをやめたことだ。

そうなると、学校が休みのあいだ、不用な荷物として家族に引っ張りまわされるうちに慣れっこになった単調な、虚しい、ひとりぼっちの生活がこれから先一生続くことになる。それでも、ほかの少女たちに合わせようと絶えず虚しい努力をしなくてもいいし、ほかの家族や服装や一般的な生活環境と自分の場合をくらべずにすむ。職業訓練を受けたいといっても、母親は費用を出してくれないだろう。自分でもたいした人間ではないと思っているので、自活できるかどうかよくわからない。ガーダは妙な冷静さを見せてなにごとも無抵抗に受け入れ、不平をいわずに日々を過ごし、できるだけ考えないようにした。これが彼女の人生なのだが、そこから逃れる術はなかった。そんなことを考えてなんになるだろう？　彼女はひたすら耐え忍びながら頭のなかで別の世界をつくりあげた。そこにいれば、誰も手を出すことはできないし、けっして離れていかない友達が現実の生活に欠けている愛情を注いでくれるのだ。

現実の生活ではガーダはいつもひとりぼっちで、あらゆるものから締め出される運命だった。たったひとりの友達との付きあいさえ続けることができなかった。新たな友達を見つけようともせず、ふたたび喪失感を味わう覚悟もできなかった。ただ一度の友情の思い出に浸ろうともしなかった。あれはあまりにもめずらしい出来事なので、とても現実とは思えない。幸せのはかなさや不確かさに疑念を抱きながらも、楽しい思い出さえ自分のものだということができなかった。むしろ自分だけの空想の世界に引きこもるほうを選び、現実の境遇を考えることも、人と関わることもしなかった。

ほとんどいつも家族はガーダをひとりにしたが、かえってそれが彼女にはうれしかった。ときにはホテルの宿泊客が友達になろうと声をかけてくることもあったが、ガーダは返事をしなかった。返事でもしようものなら母親の病的な嫉妬心をかき立てることがわかっていたし、自分でも誰かと付きあうなどもってのほかだと信じこんでいたからだ。どうして看護婦との親交が終わったのか、詳しい理由はわからないけれど、二年前に友情が断絶したのは家族のせいのような気がした。ひょっとすると、このことが原因であれ以来、家族に対するガーダの態度が変わったのかもしれない。子供のころの無邪気な疑うことを知らない愛情は根深い怒りに変わったが、ガーダはそのことにほとんど気づいていなかった。そんな感情が表に出るのは、今や家族との生活よりもはるかに現実的なものになった、自分だけの世界に引きこもったときだけだ。

ガーダは小柄で、痩せていて、子供のような体つきをしており、白っぽい長い髪をまっすぐ肩まで垂らしていた。彼女は大人たちのあとについて車から飛行機へ、ホテルから船へ、海岸から都会へと、三人の気まぐれに従って移動した。彼女はおとなしく素直で控えめだったが、いつも自分だけの小さな世界のなかを動き、現実の旅とは関係ないかのように振る舞っていた——本当の自分はほかの場所にいるかのように。

ガーダの人生を支配している三人のうち、不吉な意味をもちつづけているのは母親だけだった。男ふたりは幻影の端にいるどっしりとした影法師にすぎない。ガーダが自分だけの世界に逃げこむことを覚えたとたん、義兄はつまらない存在になり、もう彼女を苦しめることはできなくなった。義父は以前からどうでもよかった。そのため、ときおりかれが今まで見せたことのない表情で見つめても、相変わらずガーダは気づかなかった。

今までずっとガーダはこの三人の無関心に苦しんできた。幼いころはついそうせずにいられなくなって、声をかけたり、誘いをかけたりしたけれど、いつもはねつけられた。成長していくにつれ、彼女は心ならずも自分の殻に閉じこもり、三人にとって近寄りがたい存在になった。そのため、義父の哀れな立場にも気づかなかったのだ。

義父は妻よりだいぶ年上だが、日毎に老けこんでいくようだ。波打つ豊かな白髪に覆われた頭とそれを支えるがっしりした肩はバッファローを思わせる――年老いたバッファローは疑わしげな目つきであたりを見回し、牛飼いが老いと衰えていく力を軽蔑していることに気づいている。かれは穏やかで落ち着いた雰囲気をなくし、ときには途方に暮れたような、困り果てたような表情でまわりにいる人の顔を順番に見た。あたかも遠くにある脅威を見つけたかのごとく。だが、その脅威に対しては財力もバッファローの力も、リジャイナの権力さえも役に立たないのだ。

気力も萎えた義父はもう激しいスポーツには参加できなくなり、自分の根本的な欠点と向きあわされた。その欠点があったからこそ、今まで妻に支配されることに甘んじてきたのだ。かれはますます妻を頼りにしているようだが、その反面、妻の逸楽の生活に付きあうのがいやになってきた。だが、父親に代わってジェフがそれを引き受けるようになった。

以前、父親は息子の野心のなさを嘆き、どうして若者が大切な時期を無為に過ごすことに満足できるのか、理解しかねていた。しかし、今は、近ごろ息子とあまり顔を合わせないのを寂しく感じたものの、やはり息子が職につかなくて幸運だったと思うこともあった。なぜなら、自由な立場のジェフはいつでもリジャイナの付き添い役を務めることが――舞踏会へ、浜辺の日光浴へ、買物へ、大きなアメリカ製の車でドライブへ行くことが――できるのだから。

このような状況になったのは幸運だからではなく、妻の周到な計画の賜なのだが、夫はそんなことは思いもしなかった。何年も前からリジャイナは意図的に義理の息子がいろいろなことに興味をもたないように仕向け、自分だけに注意を向けさせていたのだ。それと同時に、セックスは口にすべきではない、猥褻な、まったく無用なものだという考えを教えこみ、いずれ年老いた夫の代わりに付き添い役兼運転手が必要になったときに備えていた。そうすれば、噂の的になったり、面倒な感情のもつれに巻きこまれたりする心配なしにジェフと付きあうことができるからだ。怠惰で贅沢好みのジェフは難なくリジャイナの手中に落ちた。とくにいちばん感じやすい年ごろに彼女の影響を受けてしまったのだ。ジェフは献身的に義母に尽くし、今でも〝グロリアーナ〟と呼んでいる。それは十年前、かれが十五歳のときにリジャイナにつけた別称だ。ジェフは完璧な雑用係だった――美男子で、落ち着きがあり、実務面で手際がよく、安全運転を心がけ、ダンスの名手だった。リジャイナは目立たないようにジェフを変えていったので、かれも父親も彼女の目論見に気づかなかった。ジェフの本質的な愚かさや未熟さは問題ではなかった。かれはリジャイナがなによりも必要としている、けっして批判しない、要求しない、献身的愛情を捧げたのだった。

リジャイナの目的はジェフを性欲をもたない若い恋人という立場に留め、自分を美と光を放つ妖精の女王と思わせて、その恩恵に浴するだけで永遠に満足させることだった。彼女の計画は驚くほどうまくいった。しかし、父親と同様、ジェフもリジャイナの支配力に不思議な魅力を感じ、ずっと惹きつけられていたのだが、若者はもっと積極的だった。こんな状態が続くうちに奇妙な副作用が生じ、そのひとつがはっきりとした形をとって――性欲は厳しく抑えられていたので、淫らな考えは頭に浮かばなかったが――リジャイナと一緒にいたいという欲求になった。ジェフはもっと彼女と一緒にいたかった。つねに彼女をひとり占めしたかったのだ。一家の暮らしぶりはかなり特異なので、ふつうの落ち着いた生活とくらべれば、たしかにジェフが義母とふたりきりでいる機会は多い。それでも、リジャイナに対する渇望は飽くことを知らず、そのためにジェフは苛立ち、不満を抱き、彼女に近づく者には誰だろうと嫉妬した。

ジェフと父親とのあいだには本物の愛情の絆があった。だが、もうひとつの感情が強すぎたため、父親が心臓発作で急逝したとき、最初に息子の心に湧きあがったのは安堵感だった――これでリジャイナは自分だけのものになる。そのあと、ジェフは悲しみに打ちひしがれた。うしろめたさを感じつつ思い出したのは、最近、何度も自分に向けられた父親の訴えかけるようなまなざしだった。批判的な気持ちを抱くのは初めてだが、ジェフは義母の態度を非難し、葬儀に参列するのを断わった彼女に腹を立てた。しかし、リジャイナはちゃんと口実を用意し、風邪気味だから二、三日外には出られないと答えた。外に出るのは危ないということもできただろう。天候まで彼女と結託したのか、急に変わった。めずらしく曇天が続き、実際に寒いわけではないが、陰鬱な雰囲気が漂い、風が吹きすさび、どんよりとして、ところどころで太陽が顔を出しているのに、もっと気候が厳しい地方の身を切るような霜よりも寒々しく感じられたのだ。

はやくも日が傾きかけたころ、棺は口を開けた墓穴に下ろされた。弱々しい陽光の下、花は燃えているかのようにけばけばしく不自然な色を見せていた。そんな陽光が妙に似つかわしい、小さなさびれた異教の墓地は喪の象徴である糸杉の木立に隠れていた。墓地は区画整理のできていない町はずれにあり、周囲は建設途中の建物が散在して雑然としている。灰色の空と黒い木立、雑草が伸び放題の墓、あちこちに立つ廃墟のような屋根のない建物、突風に吹かれた椰子の葉が立てる乾いた音にときおり打ち破られる静寂、すべてがこの埋葬をいっそう物悲しいものにしている。花が供えられ、高価な墓石が用意されたにもかかわらず、こんなふうに異国の地で無名の外国人のごとく慌ただしく死者を葬り去るやり方には、どこかこそこそしたごまかしともいえる雰囲気がある。送葬者もなく、尊厳もなく、悲しみもないのだ。

墓のそばにたたずんでいるとき、息子はめずらしく直感のひらめきを経験し、父親の充実した、活動的な、成功した人生の悲劇に気づいた。父親の人生は虚しい俗悪なものへと堕ちていき、成功を収めた場所からも、先祖が眠る場所からも、友人や母国からも遠く離れて、こんな不名誉な最期を迎えたのだ。ジェフはさらに気づいた。晩年、父親は老いを耐えやすくするものを奪われてしまった。たとえば人に認められること、優しさ、同年代の友達、公的な栄誉と私的な安らぎを。そういうことになってしまったのだ――どうして？

はやくもジェフには答えがわかったようだ。ちらりと答えが見えたにもかかわらず、ぞっとしてすぐにそれをはねつけ、力いっぱい心の扉を閉めた。しかし、心のなかで扉の閉まる音が響いたが、そのときはもう手遅れで、はねつけたい考えを締め出すことができなかった。それはすでに頭のなかに入りこみ、どんなに拒否しても、最後には意識のなかへ侵入した。そのことがわかると、かれはとんでもない災難に見舞われた気がした。

ジェフは不安に取り憑かれていたので、青い作業服を着た男がふたり、うしろのほうでシャベルにもたれたままずっと見つめているのに気づかなかった。ふたりはしだいに焦れったくなり、これ以上時間を無駄にはできないと判断すると、今度は前に進み出て乾いたもろい土の山にシャベルを突っ込み、大きく口を開けた穴にせかせかと土を入れはじめた。小石が棺の蓋に当たって霰《あられ》の降るような音がした。ふたりの見苦しいぞんざいな急ぎ方は亡骸と自分の両方に対する侮辱に思われ、ジェフは激しくどなりつけた。ふたりの男はシャベルを宙に浮かせたまま手を止め、茶色の目に不可解な表情を浮かべてジェフを見つめた。

きちんとした服装をして自信ありげな態度を見せている青年は、怒り狂っているものの、今は妙な無力感を漂わせている。そのため墓掘り人は知らん顔をしてもだいじょうぶだと思った。それを感じとってジェフも悪態をつくのをやめたが、面目を失い、なす術もなく、自分でも理解できないものに苛立ちを覚えた。ふたりの無礼な態度のせいで災難に見舞われたという思いが強くなったのか、急にこの場所が恐ろしくなり、ただ逃げ出したいと思った。

とつじょ一陣の風が吹き、乾いた椰子の葉のざわめきが皮肉を込めた拍手のように聞こえた。埃や枯葉を吸いこんだ小さな風の渦が、修行僧の踊りのように墓石のあいだを回りながら動いている。そのひとつを避けようとジェフが身を引いたとき、ガーダの姿が目に入った。彼女がいたことなどすっかり忘れていた。

気晴らしができることを喜び、ジェフはガーダのほうに注意を向けた。すこし離れたところにたたずむ彼女は、たまたまそこに居合わせた人間のごとく、現在起こっていることには無関係のような顔をしている。ジェフは自分の胸の内を読まれたのではないかと――狼狽ぶりを気づかれたのではないかと――不安になった。ガーダはその場にたたずんだまま、今は癖になっている虚ろな表情を浮かべている。それを自分から逃れるための詐術だと思い、ジェフは腹を立てた。ガーダの顔を見ても、なにを考えているのかさっぱりわからない。ここには彼女以外誰もいないかのように、白っぽい長い髪を風になびかせながら身じろぎもせずに立ちつくしている。彼女は夢を見ているのかもしれない。ところが、このぼんやりとした夢見るような表情に安心するどころか、ジェフは自分に不都合な考えを隠すために彼女がそんな態度をとっているのではないかと疑った。かれは困惑し、不機嫌になり、荒っぽい口調で呼びかける。「行くぞ――そんなところでぼうっと突っ立っているんじゃない」そういうなり、すばやく背を向けた。

ガーダがジェフの冷淡な表情を見る間もなく、かれは大股で歩きだして鉄製の門に向かった。門の向こうには糸杉の木立の下に磨き抜かれた車体の長い車が見える。すぐさまガーダはジェフのあとを追い、雑草の生えたでこぼこ道を精いっぱい急いで歩いていった。いつまでも待たせると、ジェフが自分を乗せずに走り去りそうだと思ったからだ。そんなことになったら、金を持ちあわせていないガーダは、ホテルまで歩いていかなければならない。だが、彼女は意識的にそのこともジェフのことも考えていなかった。声を聞いても、もうかれは現実のものには思えない――相変わらず意識の端にいる影法師にすぎないのだ。

ガーダは平然とした態度を変えず、じろじろ見つめる墓掘り人にもどんなものにもまったく注意を払わなかった。灰色の空よりは明るい、光沢を失った銀髪をなびかせながら、一度も振り返らずに錆びた門を通り過ぎた。すこし先にある黒い木立のせいでどんよりとした日が陰鬱で悲しいものに思われる。ガーダは墓掘り人が慌ただしくこのわびしい場所に葬り去った死者のことはなにも考えていなかった。義父の死はうれしくもないし、悲しくもない。どうでもいいことなのだ。これからも彼女の人生はなにひとつ変わらずに続いていくのだろう。

ガーダが息せき切って車に近づくと、ジェフはすでに車のなかにいた。かれの冷たい蔑むような視線を受けながら、ガーダはクロムのドアハンドル相手に悪戦苦闘した。この車のドアを開けるにはこつがあるのだが、どうしてもうまく扱えないのだ。自分のしていることに集中するどころか、でたらめに引っぱったりひねったりして偶然に正しい操作ができることを期待しつつ、ジェフの嘲りと敵愾心に満ちた表情に困惑していた。今、かれの顔とガーダを隔てるものはガラス一枚だけなので、さすがの彼女も気づかないわけにはいかなかった。

義兄は口を固く結び、敵意をあらわにした険しい表情を浮かべ、虚しい頑張りを続けるガーダを観察していたが、やがて我慢できずに苛々しはじめた。それでもドアを開ける気にも仕組みを説明する気にもなれず、腹立たしげにどなった。「押すんだ、ばか！」

ようやくガーダはジェフの隣の席に乗りこんだ。かれがいきなり車を発進させたので、ガーダは前のめりになり、もうすこしで頭がフロントガラスにぶつかりそうになった。ジェフはなにもいわず、苦虫を嚙みつぶしたような顔でガーダを見ながら、彼女がガラスに突っ込んだらよかったのにと思った。かれは激しい怒りに取り憑かれていたが、その怒りはガーダではなく、本来の対象にぶつけるべきなのだった。ジェフはアクセルを強く踏みつづけ、交通量が多いために深い轍のできたでこぼこ道を猛スピードで車を走らせていった。隣にいるガーダは体重が軽すぎて座席に留まっていることができず、絶えず前後左右に揺さぶられた。それでも文句はいわなかった。無表情な顔は、本当の自己と肉体に与えられている苦痛のあいだに測り知れない広がりがあることを――ジェフがまだガーダ自身には到達できていないことを――それとなく伝えている。ジェフが本当に傷つけたい相手はガーダではないが、彼女のとらえどころのない態度にしだいに苛立ってきた。ふいに、ガーダが自分と義母とのあいだに残った最後の障害物だという考えが頭をよぎり、ジェフは義妹に新たな恨みを抱いた。ホテルに向かう途中、ずっと無謀な運転を続け、ひと言も口をきかず、わざと衝突を招くような危ない真似をした。自分も助からないかもしれないのに、ガーダを乗せたまま車をぶつけたくなったのは、抑えつけている考えが表面化しはじめたことに悩まされていたからだ。

ホテルに着くや、ふたりは相変わらず言葉を交さず、たがいの顔も見ないまま別れた。ジェフはまっすぐエレベーターに向かったが、ガーダはかれについていかず、階段を三階分歩いて自分の部屋へ行くことにした。そして自分の部屋のドアを開けたとたん、ジェフのことも危ないドライブのことも忘れてしまった。

いつものように、ガーダにあてがわれたのはホテルの裏側にある日の当たらない安い部屋だ。けれど、彼女はその部屋が気に入り、そこにいれば家族を避けられるような気がした。母親もジェフもその部屋の番号すら知らないのではないだろうか。ここはまさに別世界だ。家族との生活から逃れて、緊張をほぐし、空想の世界へ入ることができる。階段や廊下が、敵というよりは意思の疎通ができない他人のような人びとと自分を切り離してくれるかと思うと、ほっとする。

いっぽうジェフはエレベーターを降り、急ぎ足で専用の居間に向かっていた。そこでリジャイナがかれの帰りと埋葬の報告を待っているからだ。ジェフはできるだけ急いで廊下を進んだ。いつもはすこしのあいだ留守をしただけでも、まるで自分の急ぎ方が十分ではないかのように、ものすごい勢いで彼女のもとに戻っていく。ところが、今日の急ぎ方は機械的だ。しかも、ドアが見えたとたん、めずらしくリジャイナに会いたくないという気持ちが湧きあがり、いきなり足が止まった。

こんなことはいまだかつてなかったし、訳がわからないので、ジェフは茫然とした。ちょっと迷った末、ゆっくりと自分の部屋に向かった。部屋に入ると、窓辺にたたずんで外を見た。眼下の町には寂しげに夜の帳が降り、あちこちのカフェの明りがともり、一列に並んだ揺らめく光が入江の曲線を浮かびあがらせている。どれもこれもわびしく物悲しげに見える。こんなところに葬り去られた父親のことを思うと、ジェフは暗澹たる気持ちになった。だが、頭の片隅では抑えつけていた別の考えが、気づいてくれるよう騒がしく要求した。それを抑えてもっと奥深いところへ、自分自身の隠れた深みへ押しこもうと頑張ったため、思わず顔をしかめた。すると、両方の眉がくっついて額を真横に走る一本の線になった。

その後、三人の遺族は今までと変わらない暮らしを続け、故人の話はいっさいしなかった。ジェフでさえ父親を忘れたようだ。今、かれはほとんど義母とふたりきりだった。ガーダは母親や義兄と一緒にいるときでもとても控えめなので、彼女の存在はどうでもよかった。それにもかかわらず、ジェフの飽くことを知らない渇望はさらに膨れあがっていった。そんなふうにリジャイナをほとんどひとり占めしても、かえって彼女が今でも手の届かない存在だということを思い知らされるかのように。もちろん彼女はつねにそうなのだ。ところが、ジェフはなにをそんなに必死に求めているのかわからないので、このことにも気づかなかった。朦朧とした頭のなかにあるのは漠然とした結末に対する執着だけだ。それは完全にリジャイナを自分のものにすること。そのため、かれはひたすらガーダを追い出そうと考えた。彼女だけが自分の夢の実現を邪魔しているように思えたのだ。

ガーダは食事の時間以外はめったに姿を現わさないし、食事中もほとんど口をきかなかった。ほかの人の話には耳を傾けず、自分だけの夢想にふけっていることも多い。ガーダが人に不快感を与えていないにもかかわらず、彼女の存在が神経に障るので、ジェフは気まずくて居心地が悪かった。その結果、心のなかで怒りと苛立ちが渦巻き、言葉を発することもできなかった。ジェフは向かいの席に座っている物静かな夢見る少女をにらみつけた。ガーダがそんな表情をやめたら、かれの夢を実現させるための計画に巻きこまれることもなかっただろう。

数日間、ジェフはじっくり考えたが、いまいましい小娘を始末する方法を決められなかった。ガーダが以前のような傷つきやすい少女だったら、毎日の生活を耐えがたいものにして、彼女が逃げ出すよう仕向けたかもしれない。ジェフは憤然として自分にいい聞かせた。ガーダは臆病で冒険心がないから、たとえ賄賂を渡されてもひとりで出ていくことなどできないだろう。嫁に出すのがいい。これは名案だ！　そうすれば、リジャイナ以外はガーダと顔を合わさなくてもよくなる。

たしかに母親のせいでガーダは影が薄くなり、まったく存在感がなかった。リジャイナはすらりと背が高く、魅力的で、目立つし、豪華な衣装や宝石を身に着けると、否応なしに人の注意を引きつける。おまけに、どうということのない行為を大げさに表現する芝居感覚をもっている。ジェフも相手役として彼女の女王役を助けて劇的効果を高めた。

この芝居はふたりが暗黙の了解で行っている真剣なゲームだ。義母が本当の自分と演じている役柄をはっきり区別していないことはわかっていたが、ジェフは遠まわしにいう以外はけっして芝居のことに触れなかった。そのため今は、大人の女性が茶番のような人生を送るのは変だと思わなかったものの、微妙な状況が生じた。

ジェフは、リジャイナが演技を一部変更してガーダにもスポットライトを浴びる機会を与えるべきだと思ったが、どのようにその話を彼女にもちかけたらいいのかわからなかった。母親の華やかさとは対照的に、ガーダはいかにもひ弱そうで血色が悪く、きちんとした服装をして化粧を施すと、その青白さが一段と目立つ。それでも、多少は人を引きつけるところもあると判断し、ジェフは彼女を嫁がせるという考えを変えなかった。問題はどのようにこの話を義母に切り出すかだ。ガーダに上品なドレスを買い与えるのも容易なことではない。最善の策はなんだろう？

リジャイナを美容院に送り届けたあと、ジェフはホテルに向かって車を走らせたが、まだ結論は出ていなかった。一時間ほどしたら美容院に迎えに行く予定だ。その日は暖かいので、ひと泳ぎすることにした。だが、浜辺に着いたとき、約束の時間に遅れないために、服を脱いだと思ったらまた大急ぎで着るのは意味がないように思えた。そこで静かな入江のはずれをぶらついた。あたりを見回すと、砂浜や水際に生えている松の木立の陰に数人の人間がいるだけだ。ジェフは木陰に落ちた松葉の上に腰をおろして幹にもたれた。松葉はひんやりとした、いい香りのする、褐色の絨毯のようで、日差しを浴びて歩いてきたあとだけに気持ちがいい。

ジェフの視界で動いているのはふたつの人影だけだ。かれは無意識のうちにぼんやりと、ふたつの人影が近づいていく様子を眺めた。少女はありふれたビーチ用品を持っており、青年はしきりにそれを取ろうとしている。青年が首尾よくそれを取りあげたとき、傍観者は少女をしげしげと見た。彼女は思っていたほど幼くはない。小柄でほっそりしているせいで、子供と間違えたのだ。彼女の仕草にはどことなく見覚えがあるので、ジェフは今まで以上に熱心に、浜辺を斜めに横切って海に向かうふたりを見た。男のほうは褐色に日焼けした体格のいい美青年で、絶えず連れのほうに顔を向け、元気よく話しかけたり、ときには気遣うように身を屈めたり、仲むつまじそうにほほ笑みながら見つめあったりしている。

ジェフはとても信じられないといった表情を浮かべ、眼球が飛び出しそうなほど大きく目を見開いた。かれはめったにガーダと泳ぎに行かないので、こんなふうにスカーフで髪を包んでいる彼女は見たことがない。だからすぐに彼女だと気づかなかったのだ。独得のさまようような歩き方で砂浜を進んでいく少女がガーダだというのは、今や疑う余地はない。ジェフは愕然として水のなかにいるふたりを見た。青年は終始ガーダをかばい、世話をやき、彼女の前ですこしばかりいいところを見せている。濡れたつややかな褐色の腕は力強く、規則正しく、風と水を切って進んでいく。

驚いたジェフは松葉の上に座りこんだまま、ただふたりを見つめていた。ガーダはまるで別人で、かわいらしく、潑剌として、かれが知っているぼうっとした小娘とは似ても似つかない。透きとおった波にもまれて泳いだり、ふざけたり、飛沫を上げながら動き回ったりしている。しかも、それを独力でやってのけたのだ。ジェフにとってまさに驚くべきことだった。かれは、どのようにしてガーダを着飾って人目に留まる場所に連れていったらいいのか頭を悩ませたり、そうすればどこかのばかな青年をだまして彼女と結婚させることができるだろうと考えたりしていた。そのあいだに、ガーダはひそかに自力で世の中に飛び出し、誰の手も借りずに、人前に出しても恥ずかしくない、見るからに彼女に夢中になっている青年を手に入れたのだ。ガーダは本当に抜け目のない人間だ。毎日家族と一緒に食卓に着きながらひと言も口をきかず、そのあとこんなところに来ていたのだ。ジェフは怒りを覚えると同時に、不本意ながらも感心したが、またしても彼女にしてやられたような気がしたからだ。そのとき、ふいにあることに気づいて安堵感を覚えた。ジェフが見るところ、これは最高の出来事だった。一から十まで手はずを整える手間が省けただけでなく、リジャイナと対決するという難しい問題からも解放された――これで自分たちの芝居ゲームの話をもち出す必要もないだろう。

それにしても、どうしてあの娘にこんなことができたのだろう？　またしても驚嘆しながらジェフはくい入るようにガーダを見たが、いくら驚いても十分ということはなかった。美容院に戻る時間になっても、なかなかその場から立ち去ることができなかった。

その日の夕方、ジェフがいつもよりはやめに着替えをすませ、ホテルのなかをぶらつきながら義妹を探していると、たまたま彼女に出会った。ガーダも正餐用の服装をしているので、ジェフは驚くべき提案をした。ふたりともこんなにはやく身支度が調っているのだから、かれの日課となっているリジャイナの着替えの手伝いに行く前にふたりで一杯やろうと誘ったのだ。そして相手の返事を待つこともなく、バーに行って飲み物を取ってくると、暗くなりはじめた庭園に運んでいった。

ガーダは一緒に行きたくなかったけれど、思いがけず義兄が見せた優しさに驚き、とても断れないような気がした。ジェフの目鼻立ちの整った大きな顔は、褐色というよりも真っ赤に日焼けしている。なぜかかれは愛想よくほほ笑みながら自信たっぷりの表情を見せ、相手の意志などおかまいなしに引っ張っていきそうな雰囲気だ。かれは自分自身にもあらゆることにも自信をもっている。そのせいでガーダはついていかざるをえなくなった。

ジェフはガーダの先に立ち、緑の東屋といったところに設えられた人目につかない椅子とテーブルのほうへ歩いていった。夕焼けに染まる空が夜の闇に覆われていくにつれ、庭園に植えられた木々から垂れさがる色つきの豆電球が輝きを増していく。「ここは涼しいな。誰もやってきそうにないから、落ち着いて楽しい話ができるぞ」椅子に腰をおろすなり、ジェフはにやにやしながらいった。

ガーダは相変わらず黙りこくっていた。いつもの控えめな抑制された態度に戻り、大きく目を見開いて訝しげにジェフを見つめ、今までにない優しさがなにを意味しているのか手がかりを探そうとしていた。ふたりきりで話したいことがあるとほのめかされて、彼女は戸惑った。だが、ジェフのつぎの言葉にはまったく心の準備ができていなかった。

「きみはダークホースだね?」ジェフは満面に笑みをたたえてグラスを持ちあげた。「では、ロマンスに乾杯」

ガーダは引きつけたように体を動かしたかと思うと、そのあとはまったく動かなくなり、椅子に腰かけたまま、なにもいわずにかれを見つめただけだ。いつものようにジェフは苛立ちを覚えた。それでも、気分はかなりいいため、すぐには怒りださなかった。こんな薄明りのなかでもガーダの顔が青くなるのがわかったので、彼女を安心させようとした。なぜなら、彼女が問題を簡単にしてくれたことに感謝しているからだ。

「どうした？　どうしてそんなにびくびくしているんだね？」ジェフは精いっぱい優しく見せようと、父親の温厚な口調を真似して話しかけた。「さあ、なにを悩んでいるのか話してごらん」

ガーダはなかなか返事をしなかった。ジェフが見せた思いがけない優しさが本物なのかどうか判断しかねていたのだ。かれの赤い顔を見ていると、闇のなかにぶら下がる、虚ろな表情で笑っているハロウィーンの提灯を思い出す。それでも、かれは優しくするつもりらしい――本気でそう思っているのかもしれない。たしかにジェフを信用する理由はほとんどない。それでも、ガーダはいいように考えたかった。ジェフの助けはぜひとも必要だから、かれの申し出を善意に解釈したかったのだ。この数日間で、孤独な虚しい生活から信じられないほど美しく楽しい世界へ飛び出すためのドアが開き、自分にも希望があることをようやく信じるようになった。母親に追い出された、夢のように楽しい世界に入りこみたいと思ったことはない。それでも、ジェフなら母親を動かせるかもしれないし、母親もかれの言葉なら耳を傾けるだろう。かれが協力してくれたら、どんなに深い疎外感を味わおうと、夢が実現するかもしれない。ガーダはそう思わずにはいられなかった。彼女はうつむきながら適当な言葉を探し、小さくつぶやいた。「誰も知らないと思っていたのに……」

「知られないわけないだろう？　いつかは知られてしまうものだよ」ジェフはもっともらしくいいながら、目の前でしょんぼりとうなだれている人物と海岸で笑っていた少女を結びつけようとしたが、うまくいかなかった。

今度はささやくような声で即座にガーダはいった。「お母さまには知られたくなかったわ……許してくれるはずがないんですもの……このことを知ったとたん、わたしたちを引き離してしまうわ……ここから引っ越すといって——」にわかに絶望感に襲われ、希望は消え去る運命なのだと確信した。今のうちに終わらせたほうがいい、と自分にいい聞かせた。日毎、ガーダの夢はかけがえのないものになってきたので、それを失うかと思うと、つらくてたまらなかったのだ。ジェフが力を貸すと約束してくれても、娘の恋愛を自分に対する侮辱と受け取る母親の怒りまで抑えることはできない。母親は自分が中心にならない状況を絶対に許さないだろう。目にあふれた涙で頭が重くなったのか、ガーダはさらにうなだれた。それでも、そばにいる青年と同様、母親を批判することなど考えもしなかった。ふたりは母親独特の性癖をあたりまえのものと見なし、慣れっこになっていたので、それがふつうだと思っていたのだ。ガーダはすべて運命と諦めて、母親の性癖が引き起こす不都合を逃れられないものと考えていたが、ジェフは同じように無批判的な態度をとっていたものの、それほど消極的ではなかった。かれはガーダのいうとおりだと思った。義母の嫉妬心と自分の計画の関係を見落としていたとは考えられなかった。それでも、計画は変更しなかった。リジャイナが娘の幸福を妨害すればガーダの夢は終るが、ジェフにとってはそうではない。ひとつ障害を乗り越えればいいだけの話だ。ほかにもう具体的な障害がないことを確かめるためにジェフはきいた。「現実的な問題をもち出して反対するかもしれないな？　つまり、あの男は既婚者なのか？　あるいは、詐欺師かなにかか？」

「とんでもない！」ガーダが驚いたように顔を上げると、かすかに光る白っぽい髪を見ながらジェフはいった。「ふたりとも、結婚したいと思っているのか？」

「ええ——そうなの！」ガーダは祈るように心を込めていい、大きな目でジェフを見つめた。輝く顔にはかれが今まで見たことのない思いやりにあふれた優しい表情が浮かんでいる——それにほろりとさせられ、柄にもなくジェフの心に慈愛の念が湧きあがった。「そうか、それなら心配しなくていい」そういいながらガーダのむき出しの肩に手を置いたが、あまりにも滑らかで冷たい感触に驚いた。ジェフは二十五歳で、すばらしい肉体の見本のような男だが、今までリジャイナ以外の女性には目を向けたことすらなかったのだ。

「でも、お母さまは許してくれないでしょう」ガーダが物悲しげにいうと、その顔から輝きが消えた。彼女は肩にのっている手の重みに困惑した。あまりにも大きくて、熱く、かさかさした、ずっしりと重い、男らしい手だ——それがよりにもよってジェフの手だというのは驚くべきことで、戸惑うばかりだった。今でもかれを信用できるかどうか判断できない。

「許してくれるよ――ぼくがなんとかして説得するから」ジェフは自信ありげにいい、ガーダの肩に当てている手に力を込めた。「この件はぼくに任せてくれ。だいじょうぶ、なにもかもうまくいくよ」

かれはまだガーダの肌に触れたときの驚きから立ち直っていなかった。彼女の肌はとてもやわらかく、絹のように滑らかで、男の肌とはまったく違う。そのため、ジェフは秘密をあばいたような気持ちになった。驚いたことに、今までの彼女に対する仕打ちをすこし恥ずかしく思った。そして、（かれのなかにいる頑固な自分は遅まきながら登場した優しい自分をばかにしたが）彼女の力になれることを喜んでいた。深まる夕闇のなか、ガーダの前にあるほほ笑みを浮かべた赤い顔は、今まで以上にハロウィーンの提灯のように見える。けれど、もう虚ろではない。今は強い自信にあふれ、ある種の威厳のようなものが――肉体の強さから生まれたお粗末な威厳が――表れて、かれの言葉をあと押ししている。「すべてぼくに任せてくれ」

「まあ、ジェフ――ありがとう！」にわかにガーダはかれを信用できることがわかった。あたかもジェフの肉体から発せられたメッセージがたくましい腕と手を通ってガーダのもとに届き、動物的な強さとしぶとさと活力を発揮して彼女を支えると伝えているかのようだ。ガーダの顔に弱々しい笑みが浮かび、うれしそうに目が輝くのを見て、ジェフは山をも動かせるほど強い人間になった気がした。初めてかれはガーダの魅力的な部分をかいま見た。慎み深く、純真で、のびのびして、心から感謝するところを。それは男に自分が大物になった気にさせる才能だともいえる。ジェフはいつもより二十センチも背が高くなり、強く、賢くなったような気になり、彼女を守らなくてはならないと思った。「なにもかも任せてくれ。そうすれば、月末までには結婚できるだろう」ジェフがいうと、ガーダは心を込めて何度も礼をいった。「ありがとう、本当にありがとう！」

ジェフは堂々たる巨体を誇るしぶとい人間だから、けっして降参しないだろう。ガーダは自分の夢が壊れる心配はないと思った。どうしてジェフが力になろうとしているのか、まったくわからない。もちろんかれなりの理由があるはずだ。好意でこんなことをしているわけではなく、たまたま自分の計画に合ったからなのだ。けれど、そんなことはどうでもいい。ガーダはどういう理由なのか考えもしなかった。生まれてこのかた、今、起こっていることの理由など知らないまま、相談されることも事前に伝えられることもなく、箱に入れられた小犬よろしく、あちこちへ追いやられた。誰も説明してくれないし、なにも教えてくれなかった。そのため、未熟な頭は仕返しに休止状態に入り、なにが起ころうと気にも留めず、考えることさえしなかったのだ。

最後にもう一度、励ますようにガーダの肩を握ると、ジェフは手を引っこめて立ちあがった。そろそろリジャイナのところに行く時間だ。にもかかわらず、もうしばらくその場にたたずみながらガーダを見下ろし、純真で、優しく、明るい表情に魅了された。その表情はかれの知らない不思議な力の輝きを反映しているようだ。ジェフは困惑しつつ、ぼんやりと考えた。なにがガーダをあんなふうに変えたのだろう？　人生には自分の見落としているものや自分の知らないものがあるのだろうか？

その後数日間、ジェフはときおりぼんやりと考えこんでいた。ふたたびガーダとふたりきりで会おうとはせず、むしろ彼女を避けているようだった。なにがあっても、リジャイナにガーダとの共謀関係を悟られてはならない。おそらくそのためにガーダに近づかなかったのだろう。あるいは、義妹に嫉妬していたのかもしれない。それでも、リジャイナが時間をかけて体の手入れに専念しているあいだ、ジェフはこっそりとホテルを抜け出して問題の青年と会った。

その青年はヴァルという名前だった。夏のあいだこの地で別荘を借りている裕福な実業家の秘書をしているが、俗っぽい見方をすれば、たいした人物ではなかった。とはいえ、かれに非があるわけではない。生育環境は中流階級でちゃんとしている。青年自身には人間的魅力がたくさんあるが、もちあわせているものはそれがすべてだ。青年はすぐさま率直に自分の身の上を話し、ガーダの家族が結婚を許してくれるなら彼女のためにもうれしいし、身ひとつで彼女をもらっても自分は世界一の果報者だといった。最初、ジェフはなんとなくこの青年に惹かれるような気がした。一緒にいると、一度ならず心の奥に不可解な憧れの念が湧きあがった。ところが、ヴァルはつねにジェフから逃げ出してガーダを探しに行こうと焦っている。ほかの人間は目に入らない。ヴァルとガーダはおたがいに夢中なのだ。ほどなく、夢見心地のふたりを見るたびにジェフは苛々した。ふたりの関係など壊れてしまえばいい——ふたりとも死んでしまえばいい——と思いはじめた。

母親の承諾を取りつけるために画策するうち、ジェフの精神的負担が大きくなった。かれの目的は、ガーダを見るたびにリジャイナが彼女を厄介者だと思うように仕向けることだった。出費のもとというだけでなく、絶えず自分の年齢を思い出させるもの、心の平穏を脅かすものと思わせればいいのだ。ジェフはあからさまな言い方はしないが、それとなくほのめかしたり、遠回しにいったりして、リジャイナの前で絶えずこの話題を出した。今は、焦れったくなってそんなことするのもいやになり、時期尚早かもしれないが、いきなり直撃作戦を開始した。

「ガーダはもう大人ですが——はっきりいって——ほんのすこししか年をとっていませんね」今までジェフはリジャイナの年齢を話題にしたことはないが、二度とそんな真似はできないだろう。このただ一度の攻撃でかれの運命は決まるはずだ。

リジャイナは不気味な沈黙を続けていたが、ジェフは浜辺でガーダとヴァルを見た経緯を説明し、たった今起こった出来事のように話した。さらに、反対されるのを心配してガーダがこの恋愛を隠していたことを付け加える。「あなたが喜んで手放すとは思わなかったようですよ」ジェフは話を終えると、張りつめた静寂のなか、恐ろしさに身を震わせながら待った。

リジャイナも心のなかで闘っていた。自分以外の女に恋をしている男がいることは、彼女にとって許しがたい侮辱なのだ。しかも、その女が自分の娘となれば、事態はさらに悪い。とはいえ、この屈辱感はとうてい耐えられないけれど、これをかぎりにガーダを追い払えるという希望の光も見えた。あたかも暗い廊下の突き当たりで陽光に向かってドアが開け放たれているかのように。越えることのできない障害物は嫉妬心で、巨大な石のように行く手を塞いでいる――やっとのことでその石を脇へ放り出すと、またたくまに輝く陽光に包まれた。リジャイナは振り返り、これは思いがけない運命の巡りあわせだとジェフに話した。だが、ふたりのうち、どちらの安堵感が大きいかをいうのはむずかしいだろう。

* * *

ジェフの予言どおり、月末にならないうちに結婚式が執り行われた。かれは望んでいたものを手に入れた。ついにリジャイナとふたりきりになったのだ。それなのに、新たな輝きを放ちながらとつぜん花開き、以前もまして若々しく華やかに美しくなったリジャイナを見ると、ジェフは胸騒ぎのようなものを覚えるのだった。これ以上できることはなにもない。追い払う人間はもういない。今、リジャイナに対する渇望が満たされないなら、これから先も満たされないだろう。これで彼女は本当に自分のものだ――自分だけのものだ――と自分にいい聞かせた。ところが、実際には以前ほど自分のものには思えなかった。

ガーダは新婚旅行に出発した。リジャイナとジェフも新しい旅を開始し、今までに訪れたことのない土地に出かけた。リジャイナにとって今回の旅は今までとは違った。胸がときめくような冒険、新しい人生へ旅立つような気がした。娘が結婚したおかげでリジャイナは変わった。だが、その変化はジェフには予見できなかったし、かれにとってまったく都合が悪いものだった。

リジャイナは子供をもつべきではなかった。ガーダと関わっているかぎり、一度目の結婚と出産時の苦しみや不快感がいつまでも消えずに残り、現在の生活に影を落とし、彼女を過去に縛りつけるのだ。リジャイナはこのことに気づかずにいた。今も、急になにか鬱陶しいものが取り除かれたような解放感を覚えただけだ。ガーダが永遠に目の前から消えた以上、子供などいなかったかのように人生を再出発することができる。

今にして思うと、長年のあいだ、完全に生きていたのではなく、夢遊状態にあったような気がする。忠実な従者であるふたりの大男にはさまれて動いていたけれど、かれらは護衛なのか看守なのかよくわからなかった。今、とつぜんリジャイナは生き返った。自由になったとたん、今までの遅れを取り戻したくなった。この初めての土地に来たとき、生まれ変わった気持ちになり、新たな目で周囲にいる男たちを見た。すでに男たちはリジャイナをほれぼれと眺めていた。変化、冒険、胸のときめき、これこそ彼女の望んでいるものだ。そろそろ新しい崇拝者を手に入れてもいいころだろう。

これはもうジェフが必要ないという意味ではない。父親の生存中、ジェフはリジャイナの生活に欠くことのできない存在になっていた。今でもジェフ抜きの生活は考えられないし、今でもかれの献身的愛情は絶対に必要な心の栄養だった。とはいうものの、頭の片隅ではかならずしもそうではないとわかっていた。かれを棄て去る日が来ることも。けれど、まだそのときではない。今はまだ必要なのだ。彼女が演出する終りのない芝居のなかで、かれはきわめて重要な共演者だった。雑用係としてもいろいろな点でなくてはならならない。曲がりなりにもリジャイナはジェフを愛していた。かれは誰よりも自分のことをわかってくれているような気がした。長年、芝居上の関係を続けるうち、妙な直観的理解力が育った。それは心ではなく血を理解する力で、一卵性双生児のあいだにあるようなものだ。堂々とした体躯のジェフが背後に控えていると、安心感を覚える。けれど、前には出てきてほしくないし、潜在意識下では、長いあいだ自分の人生を曖昧なものにした幻想のなかでかれが看守役を演じていたことに憤慨していた。

リジャイナは今まで話したことのない人と話したかった。一緒にいると自分の演技力がもっと広範囲に発揮されるような人と。これほど簡単なことはない。ホテルには裕福な人間があふれ、さまざまな年代の独身男が大勢いるのだから。ある者は魅力的で、ある者は理知的、またある者はロマンチストで、みな、無数の鋭敏な針のように彼女の磁北を向いている。さまざまな魅力のほかに、リジャイナは経験豊富な女性という雰囲気を漂わせていた。義理の息子と同い年くらいに見えるため、そうした雰囲気には妙な倒錯した魅力があり、射程内にいるあらゆる男を引きつけた。彼女は試験的にさまざまな候補者と付きあって楽しんでいるうちに、最終的にとくべつ慇懃な男を主な付き添い役に選んだが、ほかの男たちに失望したわけではない。

ジェフはだんだん取り残されるようになった。待ちこがれていた親密な関係を築くどころか、リジャイナの世界の周辺部に追いやられた。今初めて、かれの意識の端に恐ろしい考えが浮かんだ。最後には完全に押し出されてしまうのではないかという考えが。ジェフは傷つき、色めき立った。しだいに怒りが湧きあがり、腹立ちまぎれに地元のふしだらな娘たちと遊びほうけた。ガーダの晴れやかな表情や、ヴァルに対する自分の不可解な感情を思い出すたびに心が乱れ、自分は大切な経験をする機会を逃しているのではないかと不安に駆られた。それを手に入れようと、さまざまな美女を相手にした。娘たちは喜んで協力してくれた。しかし、そんなことをしてもなにも手に入らず、なんの役にも立たなかった。いくら女にいい寄っても、不満足感とどうしようもない倦怠感が残るだけだ。ほどなく女遊びもやめてしまった。いうまでもなく、かたときも頭から離れないのはリジャイナのことだ。彼女は運命的に、永遠にジェフに取り憑き、どんな女に対しても物足りなさを感じるように仕向けたのだ。頭のなかはグロリアーナのことでいっぱいなのに、どうして幼顔の金髪娘を口説くことができるだろう？　いつもあらゆる点ではるかにすばらしいグロリアーナのことを思い、彼女があの俳優のような顔に大きな茶色の目がついたジゴロをどうするつもりなのか考えていたのだから。

ジェフは少年時代、リジャイナが彗星のように自分の人生に現れたときに感じた、目のくらむような驚きを忘れたことはなかった。もうすこしで実母のことを忘れそうになったくらいだ。学校からこのすばらしい人のもとに帰るのが楽しくて仕方なかった。リジャイナはジェフにいいつけて、いい香りが漂い、かすかに服の擦れあう音のする戸棚からドレスを取り出させ、きらきら輝く宝石箱からドレスに合う宝石を選ばせた。かれはリジャイナのために風呂の準備をするのが好きで、司祭を助ける侍者のごとく、神妙な面持ちで湯加減を見たり、芳香剤を量ったりしたものだ。今でもそういうことは好きで、彼女とともに魔法の力で美を創造し、厳粛な儀式に参加しているような気持ちになるのだった。リジャイナは美の再生儀式を真剣に考え、人生でなによりも大切なものだと思っているらしい。そのため、目新しさや刺激や称賛に引きつけられて新しい崇拝者と一緒に朝から晩まで外出していても、かならず夜の儀式には戻ってきた。そのときだけはジェフも重要な役割を演じた。今でもリジャイナはこの儀式に対する執着を断ち切ることができなかった。

状況が悪化するにつれ、ジェフはしだいに気むずかしく、怒りっぽくなった。美しい鳥のように、リジャイナはホテルから飛び出しては戻り、ジェフの活動範囲から飛び出しては戻りしながら、かれをないがしろにしてひどく傷つけた。ついに、かれがリジャイナと会えるのは、彼女が正餐のための身仕度をする際に欠かせない夜の儀式のときだけになった。夜ごと、ふたりのあいだに漂う緊張感は高まっていった。今は、リジャイナと一緒にいるあいだもジェフはほとんど口を開かず、細心の注意を払って決められた仕事をこなした。どんな些細なことも省かなかったものの、つねにむっつりと押し黙り、不機嫌そうな顔をしていた。

リジャイナはこの張りつめた雰囲気を楽しんでいるふうだった。しとやかに夜の儀式を行う彼女の顔には、かすかな笑みをたたえた魔女のような、嘲りと悪意が混ざった表情が浮かんでいた。嘲ることで無駄に幻の歳月を過ごした恨みを晴らそうとするかのように。興奮したり、ちやほやされたりしたせいで、彼女はすこしいい気持ちになっていた。自分の力にいくらか酔ってもいた。リジャイナがちらりとジェフを見ると、かれは憤然とその場にたたずみ、大きな手でそっと宝石をつかんでひとつずつ渡していったが、眉間には険悪な表情が浮かんでいる。絶えず顔をしかめているうちに両方の眉が一本に繋がり、額を真横に走る真っ黒な太い線になった。鏡に映るふたりの姿をくらべると、リジャイナの美貌は今を盛りと咲き誇っているのに、背後にいるジェフの陰気な顔はまったく不釣りあいで、頑丈な柵のなかにいる雄牛のようだ。リジャイナはジェフのばかげた不機嫌そうな態度を嘲笑い、気楽な目つきでかれの顔を見たあと、ふたたびしとやかな足どりで浮き浮きと出ていった。

儀式を始める時間は決まっていない。ジェフは新聞を取ってくると、芳しい香りが漂う女性の部屋には不釣り合いな巨体を椅子に収め、ぼんやりと待ちつづけた。時が経つのも忘れて沈思黙考していると、黒い眉が出っ張ってその顔は原始人のように見える。動物的衝動と人間的苦悩の板ばさみになりながら、自分の野蛮な行為を思案しているふうに。そのとき、メイドがふたり、部屋に入ってきてベッドに掛けられた毛布を折り返した。これは勤務終了前の最後の仕事なので、ジェフは否応なしにリジャイナの帰りがいつもより遅いことに気づかされた。以前はそれほど長い時間は待たされなかった。メイドが笑いを嚙み殺しながら興味津々の目つきで見るので、ジェフは苛立った。ふたりが出ていったあとも、廊下の向こうから話し声と忍び笑いが聞こえてきたため、かれの表情はますます険しくなった――嘲笑の的にされたことに怒り狂ったのだ。

ジェフをそんな目に遭わせたのはリジャイナだ。そのことに気づくと、不本意ながらも葬儀の日から心に抱きつづけていた思いがいきなり表面に出てきた。これまでの出来事は、父親の死から今しがたのメイドの嘲笑にいたるまで、なにもかもリジャイナのせいだ――すべて彼女が悪いのだ。ようやくジェフは本当に怒りをぶつけるべき対象がわかった。それでも、相変わらず椅子に腰かけたまま、ぼんやりと考えこみながら不機嫌そうな表情を浮かべていた。その顔はとても魅力的とはいえず、怒りっぽい大きな動物のようだ。

いつものように予知能力のような感覚がはたらき、リジャイナが近づいていることがわかった。ふたりは血を分けた者のように特別な理解力をもっているが、この感覚もけっして間違うことはない。いつもならジェフは入浴の準備を始めただろう。ところが、今日は椅子から動こうとせず、満足げな表情でしとやかに部屋に入ってくる美しいリジャイナを見ていた。彼女は人びとから褒めそやされ、ジェフの知らない催しに参加したらしく、いかにも楽しげな雰囲気を漂わせながら歩いてきた——部屋の中央まで来て、ようやくなにかおかしいことに気づいた。

何日ものあいだ、リジャイナは空想の世界で女王として生きつづけ、新しい生活の刺激的な出来事に夢中になっていたので、義理の息子のことなどほとんど考えなかった。かれは儀式には必要だが、それ以上のものではない。彼女はジェフがひとりの人間だというのを忘れていたのだ。今、目の前にたたずむ気味の悪い大男は黒い眉を寄せ、敵意をあらわにし、今にも襲いかかってきそうな雰囲気を漂わせている。どうやらひとりの人間として彼女に反感を抱いているようだ。しかし、リジャイナが女王の座から日常生活に降りるのは容易ではないし、たとえそうする必要があるとしても、今はまだできなかった。ところが、黒く太い眉の下でジェフの目は意地の悪い表情を浮かべ、どんなにそうする必要があるか教えている。今、リジャイナが向かいあっているのは、ふだんほとんど気にも留めない献身的な雑用係ではなく、無視することのできない、敵意を持ったひとりの人間だった。

「遅くなってごめんなさい。待っていてくれなくてもよかったのに」リジャイナはできるだけ手短に、愛嬌たっぷりにいい、もう一度ジェフを魅了しようとした。けれど、もうかれをなだめすかすのは無理だった。取り返しのつかない状況になっているのだ。今、雄牛は柵のなかにいるのではなくて、囲いのない野原で彼女と向かいあっているのだった。

リジャイナが近づくと、よく知っている香りが魔力のようにジェフを包みこんだ。リジャイナのそばにいたら、彼女の魔力の虜にならずにはいられない。しかし、ジェフは急にそれがいやになった。絶対に相手を魅了できると思いこんでいる傲慢さや、本人は自然だと思っている自信満々な態度がいやになった。にわかにかれは激しい怒りを覚えた――リジャイナの自信が揺らぐようなことをしなければならない。ありとあらゆるところから、過去からも現在からも怒りが湧きあがり、償いを要求している。ようやくジェフは口を開いた。「お別れをいうために待っていたのです」その言葉は前もって考えていたものではないし、こんなことをいうつもりもなかった。だが、いったん口にすると、ずいぶん前に決めたことのように思えた。

「お別れですって？」なにはともあれ、リジャイナが驚いた様子を見せたのでジェフはうれしかった。

「ええ、ぼくは出ていきます。最近、あなたにはぼくのために割く時間はないようですから、お別れすることにします」

献身的な雑用係の口からこんな言葉が出てくるとは意外だった。かれは頑として目を合わせようとしないが、リジャイナはジェフの暗いむっつりとした顔を見つめた。そして、かれが嫌っている自信満々の態度を見せていう。「でも、そんなことはできないでしょう」

「おや、どうしてですか?」ジェフは冷ややかに尋ねた。

リジャイナはとても信じられないという表情でジェフを見つめている。だが、自分でも認めたくないけれど、かすかな不安に気づいた。こんなことは信じられない。目の前に立っているジェフがこんなふうに敵意に満ちた毅然とした態度で話すはずがない。急に焦れったくなった彼女は、子供のくだらない自慢話が長すぎてうんざりしているかのように、片手をさっと動かして相手の言葉をはねつけた。「あなたにできるはずないでしょう――どう考えても無理ですもの――」絶対に自分は正しいと信じきっている身勝手な否定の仕方にジェフは苦笑した。かれの笑みに気づいたリジャイナは、いつも目下の者をつけあがらせないときに使う、相手の出鼻を挫くような口調で続けた。「芝居がかったことをするのはおやめなさい。こんな遅い時間に出ていけるわけないでしょう。まったく問題にならないわ。もうこの話は終わりにしましょう」

「でも、ぼくは出ていきます」

ジェフの冷然とした粘り強い態度にリジャイナは動揺しはじめた。不安はもはや打ち消すことができない。それでも、まだジェフが出ていくとは信じられなかった。すでに手に負えない状況になっているようだが、最後には自分の思いどおりになると確信していた。そこでふたたび人を引きつける態度をとりながら、とがめるようにきいた。「それにしてもどういうわけなの、ジェフ?」さらに魅力を振りまいたが、なんの効果もなかった。ジェフはリジャイナを見ようとしない。そむけた顔には排他的な、頑固そうな表情が浮かんでいる。まるで強情な機嫌の悪い動物が人間の目を避けているようだ。

「もっと前に気づくべきでした。どうしてぼくは運転手をするだけのためにここにいなくてはいけないのですか? おまけに、ここの連中の笑い物になって……」ジェフの脳裏に忍び笑いをしているメイドの姿がよぎった。つぎに父親のまなざしが思い出されると、否定しようのない非難の気持ちが湧きあがった。「ぼくは父の身になにが起こったのか気づいたのです――父は人生をあなたに捧げ……あなたを喜ばせるために生きた……なのにあなたは父の埋葬に立ち会おうともしなかった――」静まり返った部屋のなかで機嫌の悪い口下手なハムレットは激しい語調でいったあと、すぐに落ち着きを取り戻し、ふたたび淡々とした話し方になった。「将来、自分がどうなるのか予測がつきましたから、ぼくはぼくの好きなように生きることにしました」

リジャイナは自分の耳を疑った。長いあいだ自分に盾つく者などいなかったから、いつも思いどおりにやってきた。よりにもよってジェフがこの絶対的権力に刃向かうのは無礼の極みで、まったく理解できない。この瞬間、リジャイナにはジェフが見知らぬ人間に思えた。黒い眉が出っ張っているせいでかれの顔は野蛮で、頑固そうに見え、仮面をつけているかのようだ。リジャイナの魅力も、そんな野蛮な敵意が刻みこまれた顔の持ち主にまでおよばないらしい。生まれて初めて無力感を覚えて彼女は言葉を失った。

ジェフはリジャイナを黙らせた。それなのに、すこしも満足感を覚えなかった——どんな感情も湧きあがらなかった。怒りは消えた。今でも耳のなかで自分の声が聞こえるが、とても現実のものとは思えない。本当にあのようなことをグロリアーナにいってしまったのか？ 今度は香水の香りが頭と心の両方に魔法をかけている。ジェフは考えることも感じることもできなかった。ぼうっとしているのか、リジャイナの顔を見ずに横を通り過ぎ、彼女の部屋を出て自分の部屋に入った。手当たりしだいに身の回り品を集めてスーツケースに放りこむと、それを持って慌ただしくホテルから出ていき、駐車場に停めてある車に向かった。そしてハンドルにのしかかるようにして、無意識のうちに夜の闇のなかを猛スピードで車を走らせた。反射神経は機能しているものの、頭のなかは空っぽなので、今のジェフは人間ではなく、パワフルな車の部品といってもいいくらいだ。

信じられない話しあいのせいでリジャイナは動揺していた。最終的にジェフが出ていってそれを終わらせたことにさらに心をかき乱された。かれが出ていく瞬間まで、本気で出ていくとは思っていなかった。ジェフが去ったあと、彼女の心に不愉快な、今まで味わったことのない不安が湧きあがった。こんなふうに置き去りにされたら、なにか悪いことが起こるのではないだろうか。そんな考えが頭から離れなかった。けれど、それを別の考えの下に隠しながら、ジェフの攻撃に耐えることができてよかった、と自分にいい聞かせた。かれは脅しをかけて行かないでと哀願させようとしたのだ。けれど、わたしはいくら脅されても怖じけづかないことを証明した――あのような無礼なやり方で脅すことなどできないのだ。ジェフの振る舞いはまったく許しがたい。かれがこんな真似をしたとはどうしても信じられない。

怒りとプライドをもちつづけたおかげで、リジャイナはなんとかその夜を切り抜けることができた。大勢の崇拝者に囲まれて自信を取り戻す必要があったので、かなり遅い時間までダンスに興じた。自分の魅力がまだ有効だということを確かめつづけずにいられなかった。ジェフの反抗のせいで影響力が弱まったのではないかという、とても認めることのできない迷信的な不安があったからだ。ベッドに入る前にジェフの部屋をのぞいてみたが、なかはがらんとしていた。そう、かれはひと晩中外にいて心配させようとしているのだろう。たぶん明日には戻ってくるだろう。

漠然とした不安に心をかき乱されてよく眠れなかったため、翌日、リジャイナは昼近くに起き出してジェフを捜したが、かれはまだ戻っていなかった。眠れぬ夜を過ごしたので、彼女の顔はやつれていた。鏡を見ると、ところどころ今までになかった老いの印が表われている。白髪が一本あることは否定できない。

時間は遅々として進まない。リジャイナは義理の息子の部屋に行かずにいられなかったが、相変わらずがらんとした、不自然に片づいた部屋を見るたびに不安が募り、落ち着かなくなった。リジャイナを待ちつづけるジェフの話がメイドから伝わり、従業員たちのあいだでさまざまな噂が流れはじめた。ホテルのなかではどこへ行っても、彼女は好奇の視線にさらされた。それから逃れるために崇拝者の車で外出したが、上品で礼儀正しい男にもかかわらず、かれもそれとなく興味ありげな目つきでリジャイナを見た——いや、彼女がそう思ったのだ。この男とカクテルを数杯飲んだあと、ようやく、夕食のためにホテルに戻ったときにはジェフが帰っているだろうと思えるようになった。そのときでも完全に信じていたわけではなく、期待を裏切られる覚悟もしていた。

ジェフの部屋が空っぽだったとしても動じない、とリジャイナは思った。ところが、実際に相変わらず誰もいない部屋を見ると、心臓が止まりそうになり、ついにかれが戻らない可能性もあることを認めた。急いで心をかき乱す部屋のドアを閉めたあと、おぼつかない足どりで廊下を歩き、窓の前で立ち止まった。夕映えの空に運命を左右するお告げが書かれているかのように、じっと外を見ながら組みあわせた手を窓敷居に置き、大きく目を見開いて怯えた表情を浮かべた。あまりにもはやすぎる。それが真っ先に心に浮かんだことだ。まだ雑用係なしではやっていけない。ジェフがいなかったら、誰が日常の実務を引き受けてくれるのだろう? 誰が危険な世の中から守ってくれるのかしら?

ジェフの代わりを用意しておかなかったのは失敗だった。世の中にはかれの後任になりたがっている男が山ほどいるのに。とつぜん、獲物を追いかける狼の群れのように、口からよだれをたらしながら押し寄せてくる男たちの姿が脳裏をよぎった。リジャイナは苛立ちながらそれに関わる考えをことごとく退けた。かならず起こるセックスを避けるための戦い、支配力を握るための長い闘争を。つぎに心に浮かんだのは、奥深くに隠されていた漠然とした理屈に合わない恐怖で、彼女には認める勇気のない不安だった。というのも、それは彼女がいちばん恐れていることに——人を魅了する力を失うことに——関わっているからだ。リジャイナには迷信深いところや強迫観念に取り憑かれているようなところがあるので、自分の魅力が失われるのも存続するのもすべてあの儀式にかかっていると思いこんでいた。義理の息子が参加してくれなければ、もうあの儀式を行うことはできない。リジャイナは両手を見下ろしながら、組みあわせた指に力を込めて震えを止めようとした。

実際に起こりそうなことを考えはじめると、リジャイナは急に落ち着かなくなった。なにかあったらどうしよう？　事故でも起こったら？　なにかしなくてはならない……誰かに……支配人に……警察官に……ジェフがいなくなったことを話して……けれど、そんな話しあいのことを考えただけでぞっとする。リジャイナはいつも手際よく自信をもってほかの人間に指示を出しているけれど、今は命令する人間がいないためひとりで行動しなければならないので、慌てふためいた。いつもはほかの人間が日常のつまらない雑務を引き受けてくれるので、彼女は自分を特別なものと見なし、一般人の長よりははるかに優れ、はるかに高い地位にいると思うようになった。自分の条件に合い、自分なりに脚色した、自分が称賛の的として登場できる場面以外では、見知らぬ人間と会うのがいやだった。今は、いきなり追いつめられ、危険にさらされたような気がする。自分を守ってくれる目に見えない覆いを剥ぎとられ、下品な人間があふれる世の中のなすがままにされているようだ。いきなり俗悪な現実が侵入し、実生活が襲いかかってきたので、リジャイナはたじろいだ。ああ、どうしてジェフを行かせてしまったのだろう？　かれをないがしろにして絶望的な気持ちにさせるつもりなどなかったのだ。ちょっと注意を払うくらいたやすいことだった。どうしてそうしなかったのかしら？　今なら喜んで行かないでと頼むだろう。

リジャイナはますます落ち着かなくなったが、自分の部屋に戻るのもいやで、そのまま窓辺にたたずんでいた。自分の部屋を調べないほういいような気がしたのだ。だが、徐々に不本意ながらもあることに気づかされた。自分の部屋へ行くことをためらっているのは、長年、誰にも邪魔されずに続けてきたあの儀式が崩壊したことを思い知らされたくないからだ。今となっては、儀式が崩壊しただけでなく、自分の支配力も通じなくなり、なす術もなく世の中に放り出されるのではないかという不安を無視しつづけることはできない。

そのとき、近づいてくる足音が聞こえた。こんなときに人と顔を合わせることなどできない。自分の部屋でなにが待ち受けていようと立ち向かわないわけにはいかなくなり、リジャイナは足早に廊下を歩いて部屋に飛びこんだ。

ドアが背後で閉まったとき、真っ先に目に入ったのは、片手を椅子の背に置いてたたずんでいるジェフの姿だった。リジャイナは自分の目を疑った。最後に会ったときの屈辱的なやりとりにプライドを傷つけられて怯えていたところに、思いがけなくジェフが現われた。驚きのあまり口をきくこともできなかった。心臓は鼓動することもできないようだ。ジェフは相変わらず身動きひとつせずに黙りこくっている。しばらくのあいだ、ふたりはすこし離れたまま、彫像のように向かいあっていた。

長時間車を走らせていたので青年は疲れきっていた。果てしなく続く道路が今も目に焼きついているので、なにもかもがすこし非現実的なものに見える。ひと晩中、ロボットのようにひたすら車を走らせ、やがて明るい朝の日差しを浴びたとき、永遠に走りつづけるのは無理だというのがわかりはじめた。ときには停まらなければならない。リジャイナのいない虚しい生活と向きあわなければならない。彼女がいなかったら自分は無に等しく、前途にはなにもないのだ。このまま進めば自分が消滅するような気がする。リジャイナは魔術師のごとくジェフの人格を盗み、かれを自分の魔力の容器に仕立てあげた。魔力を奪い取られたかれはもはや抜け殻にすぎないのだった。

けっきょく、このまま走りつづけることはできないと思い、ジェフは車の向きを変えて元来た道を戻った。リジャイナと一緒にいるべきなのだ。離れては生きていけない。今は頭や心の片隅でリジャイナの不誠実さに気づいていた。いつなんどき見棄てられるかしれないということもわかっていた。それでも相変わらず彼女の魔力のほうが強かった。ジェフはそれと戦ったが、打ち負かされたので、もう立ち向かうつもりはなかった。

ジェフはあらためてリジャイナを見たが、疲れきっているせいと、延々と続く道路が目に焼きついているせいで、彼女は現実のものには見えない。その顔に浮かぶ疑念も現実とは思えない。だが、そんなことはどうでもいい。重要なのは魔力がよみがえることだ。疲れきっていたジェフはほかの矛盾をあっさりと片づけた。かれをここに連れ戻した強い衝動に今もかき立てられていたのだ。リジャイナはジェフを無力な人間に変え、否応なしに自分の支配下に置いた。かれはリジャイナのものだった

——彼女の一部といってもいいくらいだ。ジェフは疲労で頭が混乱していたので、リジャイナが自分を受け入れてくれるにちがいないと思った。自分の右腕だった人間を拒むはずがない、と。ジェフは目が見えないような、意識がないような、妙にぼんやりした表情でリジャイナに近づいたが、触れることも声をかけることもしなかった。絶対服従を要求して冷然と待ち受けるリジャイナの前でうなだれながらたたずんだ。

リジャイナはジェフが反省して戻ってくるとは思わないようにしていた。けれど、今、それが現実になったとわかったとたん、なにかが体のなかを走り抜け、またたくまにあらゆる疑念や不安を焼きつくした。ジェフをなだめる必要はなさそうだ。かれに懇願したり、なんでも認めたりする必要もなさそうだ。即座に彼女はふたたび空想の世界の女王になり、無事に王座に返り咲いた。彼女は片手を伸ばしてジェフの髪に触れた。

たちまち、その手を伝ってリジャイナの魔力がジェフのなかに流れこみ、抜け殻になっていたかれを満たした。少年時代、ジェフを虜にした力がふたたび取り憑き、かれの本質的な部分をつかんだ。今のジェフに抵抗する気力は残っていない。かつての渇望は一種の苦悩になってかれの心を引き裂いたので、リジャイナは大きく開いた傷口に自分の魔力を注ぎこみ、あふれんばかりに満たすことができた。ジェフはとりとめのないことをつぶやいた。「許してください……あんなことをいうつもりでは……きっと頭が変になっていたのです……」

リジャイナにとってこれはまさに勝利の瞬間、夢想の人生の正当性が立証された瞬間だった。この二十四時間に考えたり感じたりしたことは、すでに悪夢のように消え去った。彼女はふたたび空想という覆いにしっかりと包みこまれ、今や現実が入りこむ隙間はない。反乱は治まり、彼女は復位し、今まで以上に強大な力をもった。彼女は最高統治者であり、女王なのだった。リジャイナは自分が本当に高潔な女王で、打ち破った反乱軍の首謀者を赦免しているような気分になり、威厳に満ちた口調で語りかける。「しっ！　さあ、もう終わったことです――すべて忘れました」リジャイナは部屋の反対側にある鏡に目を向けた。そこに映っている顔は老いを知らないかに見える。歳月の影響を受けることもなく、永遠に生きつづけなければならないかのように。

リジャイナは手を下ろした。義理の息子はその手を取って握り締めつつ、彼女の目を見つめた。このような混乱状態にあっても、このうえなく長く黒い睫毛のあいだからかれを見つめる目に浮かぶ、静かな確固たる権威に引きつけられた――その並々ならぬ力にいつも魅せられているのだ。ジェフは身を屈めてリジャイナの手に顔を近づけると、一種の恍惚状態に陥りながら彼女の手首に、指に、てのひらに、指輪に何度もキスした。その間、リジャイナは鏡に映る自分の姿を眺めながら魔力の効果に意気揚々となった。その顔に浮かぶすこし不気味な謎めいた表情にジェフは気づかなかった。彼女は魔女にふさわしい淫らな表情を浮かべ、勝利を収めた権力者のように目を輝かせている。

ジェフの熱愛ぶりにリジャイナは有頂天になり、今まで以上に自分の地位が高められ、誰の手も届かない安全な場所に置かれた気がした。ジェフがそんなにも熱狂的に、彼女を崇拝しているかのように手にキスしても、行き過ぎだとは思わなかった。これこそ彼女が望んでいる愛の形なので、女王である自分の権利として受け入れた。彼女の顔にはなおいっそう満足げな表情が浮かんだ。ジェフは苦悶と歓喜が混ざりあう妙な恍惚状態のなかでこうつぶやいた。「あなたのためなら死んでもいい……」そういうと、リジャイナの手を放してすこし引き下がり、うっとりと彼女を見たが、疲労困憊しているのか、そのまなざしはぼんやりとして、見えていないかのようだ。まるでリジャイナがまぶしすぎる亡霊であるかのように。

かすかな笑みを浮かべながらもリジャイナは心に決めていた。もっと熱狂的に愛を捧げ、生涯をかけて自分に尽くしたいと思っている新しい崇拝者が見つかったら、すぐにジェフを追い払おう。都合のいいことに、かれは自分のほうから免職の口実を与えてくれた――これでいつでもかれを叱責することができる。信頼に足る人間ではないとか、自分の役目を放棄する可能性があるといって……。

けれど、今は不愉快なことは起こりそうもないし、つまらないほのめかしに不快感が呼び覚まされる可能性もない。リジャイナは当然のこととして棄て去ろうとしている心酔者を平然と眺め、昨日からなにも変わっていないかのようにせっせと夜の儀式の準備にとりかかった。浴室のドアが開いているので、なかにいるジェフの姿が見える。疲れているせいか、いつもきちんとした動きがすこし遅くぎこちない。かれは上着を脱いでシャツの袖をまくり上げ、神妙な面持ちで慎重に芳香剤を量って湯のなかに入れると、むき出しの肘で湯加減を見た。

6　なにかの終り

ガーダは今夜が、この航海の最後の夜がけっして終わらないような気がした。それどころか、船旅そのものが正常な世界の出来事ではないように思えた。来る日も来る日も暑く、単調で、なにもない。四方八方、ゆるやかにうねる青い虚空が広がっている。別の船の姿は見えない。鏡のように穏やかな海面を絶えずトビウオが体をきらめかせながら飛びはねているだけ。ときおりネズミイルカの群れが潜ったり浮かびあがったりしながら、古びた船のまわりを悠々と泳ぎまわることもあるけれど、船はイルカの軽妙でおどけた動きには目もくれず、ひたすらゆっくりと進んでいく。あちこちに錆と塩がこびりついた定期船は数えきれないほど多くの航海を重ね、そらで覚えている目に見えない航路を夢遊病者のように辿っていく。昼も夜も単調な眠けを誘うエンジンの音が続いている。

熱帯の暑さのなか、ガーダは極度の疲労から半睡状態に陥り、何時間もうつらうつらしながら過ごし、船もまた夢うつつの状態にあり、どこにも到着しないのだろうと思った。甲板中に、体中に響いているリズミカルな振動は自分の脈拍と区別できない。それにも終わりはないようだ。時間と空間はたがいに近づきあい、ひとつに結びついて、しだいに薄れながら果てしなく続く航跡になった。ガーダにはなにひとつ現実のものとは思えず、赤道地方特有の暑さのなかで熱にうなされながら、この、到着しないという空想に取り憑かれていた。船内にはひとりも友達がいないので、自分は幽霊のような存在だと思った。船という小さな世界で孤立し——船自体も果てしない紺碧の広がりのなかで孤立しているのだが——誰にも気づかれず、音もたてず、風に舞う木の葉さながらに動きまわっているのだった。

しかし、今、航海は終ろうとしている。そろそろ目を覚ますときだ。あまりにも長いあいだ、夢うつつの状態に留まりすぎた。そう思いながらガーダは開いた舷窓から朝日を見た。その瞬間、やわらかな陽光を浴びた顔が真っ青になった。というのも、始まったばかりの今日という日がヴァルと会う日だと気づいたからだ。

この人間的魅力にあふれるすてきな青年にガーダは夢中だった。ヴァルはおとぎ話に登場する王子さまのごとく、ガーダを虚ろな愛のない世界からすばらしい幸せな場所へ連れ去った——ヴァルは彼女の生活の中心で、生きる目的で、かれがいなかったら人生はなんの値打ちもないのだ。ガーダはかれとの別離を考えられないように、悲惨なことはなにも考えられなかった。最悪の事態が起こったのは、ヴァルが海外の新しい勤務地に出発する直前だった。ガーダが病気だとわかったのだ。そのため、一緒に船旅をするどころではなく、彼女は急遽療養所《サナトリウム》に運びこまれた。ヴァルは出発間際だったたので、療養所まで付き添うことしかできなかった。

遠く離れた療養所に向かう車のなかで、ガーダは恐怖におののいていた。それは時間を矢のように進ませ、容赦なく別れのときを近づける〝速さ〟に対する恐怖だ。すでに胸のなかには手足を切断されたような激しい痛みが広がり、毛布にくるまっていても具合の悪い動物のように震えが止まらなかった。

ガーダにできるのは涙をこらえることだけで、励まそうとするヴァルに応えることもできなかった。潑剌とした端正な顔が心配と疲労で曇るのを見るのは耐えられないけれど――かれが助けを必要としているときに役に立てない自分を責めたけれど――かれが聞きたがっているとわかっていながら、希望が湧くような言葉を口にすることができなかった。ついに、ガーダにあてがわれた寒々しい独房のような部屋にヴァルが別れを告げに来た。かれは弱音を吐かずにはやく元気になってくれるよう頼み、元気になればまた一緒に暮らせると諭したが、ガーダはなにも答えられなかった。どうしようもない絶望感に襲われて涙をこらえきれなくなり、顔をそむけて枕に突っ伏したが、まさに胸が引き裂かれる思いだった。人生を託した人がいなくなって、どうして生きつづけることができるだろう？――誰が生き甲斐になってくれるのかしら？　自暴自棄になったガーダは激しく泣きじゃくりながらひどく取り乱し、心から愛する夫を見ることさえしなかった。苦悩するあまりわれを忘れ、なす術もなく喘ぎながらいった。「本当はわたしのことなど愛していないのでしょう。愛していたら、こんなところに残していくはずがないわ――ああ、死んでしまいたい！　今すぐ死にたい……」

耐えがたい状況のなか、打ちひしがれたガーダは悲しみの潮流に押し流されるのをそのままほうっておいた。だが、ほとんど意識はなく、ヴァルの最後の言葉も耳に入らず、いつひとり取り残されたかもはっきりわからなかった。深く傷つき、心身ともに疲れ果て、むせび泣きながらベッドに横たわっていたが、子供じみた心にはこれで終りだという恐ろしい考えしかなかった。わたしにはヴァルの明るく楽しい世界に入りこむ権利はなかったのだ。今はそこから放り出され、ふたたび闇に包まれ、あらゆるものから切り離され、自分にふさわしい場所に戻った――ここがわたしにふさわしい場所なのだ。すでにガーダと愛する男のあいだには測り知れないほど大きな隔たりがあるようだ。その途方もない広がりの反対側まで思考の範囲を広げることはできないが、かれが永遠に自分のもとを去ったことはわかった。

ヴァルが出立したあと数日間、時間の機能はガーダを苦しめることだけのようで、刻一刻かれが離れていき、想像もつかない未知の世界へ向かっていることを思い知らせた。そこへさよならもいわずに行かせてしまったのだ。罪悪感はつねに消えない別離の悲しみをさらに大きくした。励ましの視線を送ることもせず、かれの心痛を増大させる言葉を吐いたことを思い出すと、自分がとんでもなく身勝手な人間に思えた。自分の悩みで頭がいっぱいで、かれの気持ちを考えられなかったのだ。今まで自分がヴァルとかれの愛にふさわしい人間だと思ったことはなかった。今、ガーダはあらゆる点でヴァルを失望させたような気がして、かれを失うのも当然だと思いはじめた。

数週間が過ぎると、ガーダは交互に訪れる無気力状態と絶望状態からすこしずつ抜け出し、周囲の人びとの優しさに励まされて徐々に元気を取り戻した。愛しあう若い夫婦と悲しい別離の話は大勢の人の共感を誘った。誰もがガーダを好きにならずにいられなかった。病気と悲しみのせいで、ベッドに横たわる彼女は以前にもまして子供っぽく見えた。幼い少女のように無雑作に垂らした髪は白っぽくて、かすかに緑がかっているので、若いトウモロコシのやわらかな毛を思わせる。どんな心遣いに対しても恥ずかしそうに感謝する態度はいじらしい。彼女はおずおずと療養所の生活に馴染みはじめたが、その無邪気さと人に感謝するところにはみなを引きつける特別な魅力があった。彼女は友達のつくり方を知らないので、今でも本気で人と親しくすることはなかったが、代わりに療養所のペット的存在になった。彼女がベッドから出て動きだすと、療養所の職員も患者も子供をかわいがるように彼女を扱った。ガーダも子供のようにみなの心遣いを喜び、幼いころに経験できなかった甘やかしを存分に楽しんだ。彼女はほっそりとして、やわらかな長い髪を垂らし、ヴァルが選んでくれたよく似合う地味な服を着ていたが、魅惑的な操り人形や美しい人形のような上品な雰囲気と魅力をもっていた。ところが、まわりからのどんな誘いにも気づかないようだ。人を引きつける力があるにもかかわらず、表面上は療養所の過熱した情緒的な雰囲気に呑みこまれず、淡々とした態度をとりつづけ、病室と食堂と庭園の遊歩道のあいだをぼんやりとうわの空状態で動きまわっていた。本当の意識はどこかほかの場所にあるようだ——おそらくヴァルと一緒なのだろう。

ところが、体は着実によくなっているのに、ガーダは退院させてほしいと頼まなかった。愛情に満ちた家庭という安定した幸せな環境を知らないため、別離の悲しみから立ち直ると、今、いる場所に満足した。幸福は当てにならないものだと悟っているので、今はどんな変化をも恐れ、変わることがもっと悪い結果をもたらすのではないかと思った。

ガーダは別れの重圧に耐えかねて口走ったことを忘れてくれるようヴァルに頼んでいたが、それは聞き届けられたらしい。かれから届いた励ましの手紙には、ガーダのいない生活にも慣れたと書かれていた。自分がすぐには必要とされていないようなので、彼女はうれしかった。なにもしていないことが大目に見てもらえたからだ。ヴァルは仕事と一緒に与えられた住まいで快適に暮らしているらしい。仕事場は近くの大邸宅のなかにあるそうだ。雇い主のルイ・モンベーロは大変な資産家で、しょっちゅうヴァルを自宅に招いて食事を振る舞っている。ほとんどすべての手紙に書かれていたのは、辛抱強く養生して完全に病気を治すように——全快するまで絶対に退院しないように——ということだった。そのため、とつぜん夫がすぐに来てほしいと書いてきたときには、ガーダは驚いた。ずっと一緒に暮らせるほどよくなっていないなら、一度会いに来てくれるだけでもいいとのことだった。理由は書かれておらず、手紙は急に終っていた。〝絶対に来てくれ。きみが必要なんだ。大至急来てほしい〟

部屋のなかにいるのはガーダひとりだった。今、読んだもののせいでうわの空状態が打ち破られ、彼女は警戒心を抱いた。いったいどういうことなのだろう？　なにがあったのかしら？　なにを恐れているのかわからないまま、彼女は訳のわからない脅威が迫っているような気がした。そこで、誰かに支えてもらわなくてはならないと思い、療養所の所長に会いに行ってヴァルから届いた手紙を見せた。所長が手紙を読んでいるあいだ、ガーダは今まで何度もそうしたように、所長の妻子の写真が置かれている机の脇の椅子に腰かけていた。今は一月初旬、いたるところに新年の華やかさや、行いを改めようとする決意の虚しさを表すものが見える。過去のものをきれいさっぱり取り除いた机の上は、戸外の殺風景な花壇と同じだ。この部屋に驚くような秘密などあるはずがない。はやくもガーダの気持ちは落ち着きはじめた。所長は穏やかな口調で尋ねる。「感情的な手紙ですね――裏になにがあるのかわかりますか？」ガーダはゆっくりと首を横に振り、菫色の目を見開いて所長を見つめた。ふたたび意識がぼんやりするのを感じながら、ヴァルはなにを騒いでいるのだろうと考えた。今の彼女は、夢うつつの状態にいて目覚まし時計が鳴っているのに断固としてその音を聞こうとしない人間のようだ。

「さて」――所長は父親のようにガーダの肩に片手を置いた――「わたしの忠告は、ほうっておきなさいということです。おそらくご主人は衝動的に――一時的な気持ちの乱れで――この手紙を書いたのでしょう。今ごろはすっかり忘れていますよ。ご主人はとても分別のあるかたでしたからね」

父親のような人物に支えられてガーダは心の平安を取り戻した。だが、なにもかも今までどおりであってほしいと願いながらも、返事を出さなかった手紙のことは忘れられなかった。なぜか心の奥に入りこんでしまったようだ。あえてそのことは考えなかったが、毎日、同じ行動を繰り返しながらも、心の片隅にはいつも手紙のことがあったため、漠然とした不安感に邪魔されて療養所の生活と日課に没頭できなかった。

無意識の緊張状態が続くなか、ガーダは抑えつけている不安が確実なものになるか、消え去るのを待った。ヴァルがふたたび手紙を書くまでにいつもより長い時間がかかった。しかし、つぎの手紙が届いたときにはガーダもほっとした。手紙の内容は前回と打って変わり、明るく、愛情にあふれ、楽観的だった。読みにくい字で書かれた追伸のなかで、かれはこの前の手紙に書いたことは気にしないようにと伝えていた。〃――ぼくはどうかしていたのだろう。もちろんなにがあっても治療を途中でやめてはいけないよ〟

やはりなにも問題はないのだ。ほっとしたあまり、ガーダは声をあげて泣きたくなった。だが、つぎの瞬間、子供みたいに踊るような足どりで部屋のなかを歩きまわった。これでまたなんの心配もなく療養所の一員でいることができる。ふいにあの心をかき乱す手紙が悪夢だったように思われた。返事を出さないで本当によかった。

その後数日間、ガーダは上機嫌だった。大きく目を見開き、白っぽい髪をなびかせて、小さな舞踊人形のように動き回り、月の住人のことなど考えないように、手紙のことも考えなかった。ふたたびうわの空状態になったのは別の手紙が届いたときだ。その手紙に貼られた切手も消印も同じだが、宛名の筆跡がヴァルのものとは違っていた。かれがまた手紙を書いたにしてははやすぎる。それに、どんなことがあろうと、ガーダ宛の手紙をタイプで打つことなどない――けれど、その国にはヴァル以外に知りあいはいない。つまり、それはヴァルに関係のある手紙にちがいない。ガーダはそう自分にいい聞かせた。はっきりした意識を取り戻そうとするかのように、あるいはひょっとすると、取り戻さないようにするかのように――ヴァルが病気だったらどうしよう?

ガーダはベッドの端に腰をおろすと、震えながら封筒に入っている一枚だけの便箋を取り出した。そこにはタイプでこう打たれている。

〝あなたは道徳心というものをおもちなのでしょうか？　ご主人がどうなろうとかまわないのですね？　さもなければ、なにが起こっているのかご存じないのでしょう？　ご注意申しあげますが、すぐにこちらにいらっしゃらないと、ご主人の身も心も失うことになりますよ〟

それ以外はなにも書かれていない。署名もない。

その問題を直視できないのか、ガーダは顔をそむけた。顔には怯えた表情が浮かんでいるが、意識ははっきりしない。体は恐怖を感じているのに、意識は朦朧としたままでなにもわからない。それでも、すこしだけわかりはじめた。誰かが名前を伏せてヴァルのことを書いてきたのだ。これはどういう意味なのだろう？　まったく見当がつかない。いやいやながら手紙を読み返したが、やはりわからなかった。ひとつひとつの言葉の意味はわかるけれど、全体としてはまったく理解できない。けれど、今回は大げさな文面から下劣で不愉快なものが飛び出し、夢想の防壁を突き抜けていつも守られている弱い部分にぶつかった。ガーダは押し殺した叫び声をあげ、細い手脚を妙な具合に伸ばして仰向けに倒れた。その姿は乱暴な子供に壊された華奢な人形が、絹のような白っぽい髪をふり乱し、服をくしゃくしゃにして横たわっているかのようだ。

それでも、ガーダは母親から意志の強さを受け継いでいた。ひ弱そうな外見が彼女に似つかわしくない意志力を隠していたのだ。最近は休眠状態にあると思われた夫への愛情が、今、勢いよく目を覚ました。ヴァルが現状に満足しているかぎり、ガーダは安全な療養所の管理下で伸び伸びと過ごし、かれのためにはやくよくならなくてはならないと自分にいい聞かせていた。かれが望んでいるのは墓石の上に置かれる理想化された大理石の少女像ではなく、健康で生き生きとした妻なのだ、と。そうして自分がなにもしないことを正当化したのだ。差出人不明の手紙を読んで野蛮な俗世間の暗部から汚泥を投げつけられたようなショックを受けたものの、すこし気持ちが落ち着くと、夫が自分を必要としていることがわかり、かれのもとへ行かなければならないと思った。どういう事情なのかはわからない。どうすれば病弱で世間知らずの自分に社会の暗黒面など理解できるだろう？　こんなことは初めての経験だ。それでも、ヴァルが危機に直面しているのはわかる。それだけわかれば十分だ。ガーダはそれ以上考えて時間を無駄にはしなかった。すでに多くの時間を無駄にしている。大急ぎでヴァルのところに行こう、と彼女は心に決めた。

ガーダは所長に退院を願い出たが、いい返事はもらえなかった。彼女の夫から働きかけがあったかと思うと、所長はなおさら気が進まず、こらえ性のない若者に急かされて退院を許可することを不快に感じた。しかし、ガーダは所長の反論をものともせず、聞く耳をもたなかった。すでに肉体以外のものはすべて病院を出ていったのだ。ガーダの頑固さに気づいた所長は、今まで穏やかで素直だった女性になにがあったのだろうと首をひねった。今の彼女はどんな反論も受けつけない、固い決意を秘めた目で所長を見つめている。

「わかりました。それなら行きなさい！」所長はしぶしぶ折れたが、自分が承諾しようとしまいと、ガーダが出ていくことはわかっていた。それでも、権威ある自分に異議を唱えて不快感を与えた彼女に怒りを覚えた。「いいですか、あなたはわたしの忠告を無視して、自分の責任で行くのですからね」

所長の脅かすような口ぶりもガーダにはこたえなかった。ひとつだけ心配なのは、自分が行くことを知ったヴァルが止めようとするかもしれないということだ。急がなければならない、急がなければ。けれど、どのように手はずを整えたらいいのかわからなかった。内気で世間知らずで、一年以上も完全に社会から切り離されて暮らしていたのだ。誰の手も借りずに長旅の準備をするのは大変なことだ。それでも、絶対にヴァルのところへ行くと心に決めていた。そしてなんとか準備は整った。

無事に定期船に乗りこみ、ヴァルのところに行くまで休みなく続くリズミカルな振動の音を聞いたとき、初めてガーダは緊張をほぐすことができた。内奥にある意識がひたすら目指していた場所に船が運んでくれているかと思うと、たまらなくうれしかった。さらに、ここまで来るために誰にも、自分にもわからないほど頑張ったせいで、どれだけ多くのものが奪われたかに気づいた。疲れきった体は使いものにならず、頭は朦朧として機能停止状態に陥っている。ときおり、本当に船に乗ったことが信じられず、驚いたように甲板を見渡した——自分がこんな真似をするはずはないと思ったのだ。

そして、行く手に待ち受けるもっと大きな試練を考えまいとして、ふたたび茫然自失状態に戻り、なにをしたいとも思わず、誰とも話したいと思わなかった。

＊　＊　＊

ガーダはこの休息期間をありがたいと思っていたのだが、それももう終りだ。これからまたもがきはじめなければならない。今度は想像を絶する異国の恐ろしいものに立ち向かわなければならないのだ。身支度を整えて洗面具や寝間着をしまったあと、ガーダは気持ちを落ち着かせてヴァルと再会することを考えようとした。ところが、夫に会うと思っても、もう熱狂的な喜びは湧きあがってこない。だが、彼女にはまだその意味が理解できないようだ。ガーダは自分にいい聞かせた。〝わたしはヴァルの妻なのよ。かれと一緒に生きていくわ。わたしたちは前と同じように幸せに暮らせるでしょう〟けれど、あたりまえの衝動に従って愛情や幸福を求めることができないのは承知していた。さらに、別の不愉快な問題が自然な感情に影を落とし、彼女の顔を――隠しごとがないために妙に無防備に見える顔を――曇らせた。今、身支度が終わると、その顔に怯えた表情がよぎった。

ふいにガーダの脳裏に差出人不明の手紙が鮮明に浮かび、それに含まれている忌まわしい不可解な意味や、耐えがたいほどの重い責任が思い出された。今でもひどく疲れているし、世の中のことはほとんど知らないので、過度の重荷には耐えられない――あの別離のときと同じようにヴァルをがっかりさせてしまうだろう。不安と自分を卑下する気持ちに押しつぶされそうになり、ガーダは開いた舷窓の下にある寝台に腰をおろした。

そこに座っているうちに、頭上の甲板から足音や話し声が聞こえてきた。船は妙に静かに動いている。波や風の音は聞こえない。窓外に目をやると、陸地に囲まれた平らな水面と、滑るように目の前を過ぎていく灰色の防波堤が見えた。もう港に入っているらしい。夜が明けてからそれほど時間が経っていないような気がする。ガーダは身支度も整い、すぐにでも動きだせる状態だったが、相変わらず風通しの悪い船室のなかで座ったまま、今までにない頭上のざわめきに耳を傾けながら、船員たちが甲板を洗う際に流す水の音を思い出していた。ふだんこの時間に聞こえてくるのはその音なのだ。

ガーダは未来に向かって進むことを怖がり、船上生活の昨日の日課にしがみついた。航海中ずっと続いていた日課は今、崩壊しかけている。きれいな模様に編みこまれていたビーズが作り変えられるために解かれているかのように。航海は永遠に続いてほしかった。空想の世界では永遠に続くはずだった。そうなれば、夫との関係に入りこんだ恐ろしい新たな要素に立ち向かう必要はない。けれど、その要素が自分の愛よりも強いことがわかるのではないだろうか。以前と変わらずに夫を愛し、かれだけを求めているけれど、かれは別のものを求めているのではないかしら。

今までガーダはいろいろなことに耐えながら目的を達成してきたが、心の片隅にはいつも、自分たちが見つけた幸せは戻ってくるという信念があった。けれど、それが間違っていたらどうしよう？　なにができるだろう？　なにもできやしない。とことんヴァルを愛しつづけるかもしれない。けれど、無理やり幸せを取り戻すことはできない。でも、それがなかったら、いつか幸せが戻ってくるという希望がなかったら、歩みつづけることができない。力尽きてしまう——目的を失ってしまうのだ。

このとき、ふいに船が動いていないことに気づき、ガーダは慌てふためいた。永遠に続いていくと思われたエンジンの振動も止まっている——いつのまにそんなことになったのだろう？　慌てて髪をとかして顔に白粉をはたくと、彼女は甲板へ上がった。

タラップはすでに下りているものの、乗客が下船できるようになるまでにすこし手間どった。ガーダが甲板に出たとき、群がっている乗客のあいだに、乗船してきたいかにも役人らしい人間の姿が見えた。誰もが手摺りに近づいてなにが起こっているのか見たがった。甲板の片側に大勢の人が押し寄せているため、ほかの部分には人けがない。ガーダはこの空間をひとり占めした。彼女のことを気に留める者はいない。ガーダは興奮した群衆を羨ましそうに眺めた。彼女だけがざわめきと混乱状態に神経をとがらせ、途方に暮れ、戸惑い、未来に対する不安に取り憑かれていた。ヴァルが迎えに来てくれなかったらどうしよう？　急に体がふらついたので彼女は積み重ねてある椅子に寄りかかった。

そのとき、いきなり自分の名前を呼ぶヴァルの声が耳に飛びこんできた。ガーダの胸に恐怖とも感動ともつかない感情が湧きあがった。顔を上げると、かれの姿が見えた。彼女はここでヴァルに会うとは予想していなかった。会うとしても、だいぶあとになってから埠頭のどこかで会うと思っていたのだ。ところが、不思議なことにヴァルがこちらにやってくる。白っぽい色のスーツを着ているので日焼けした肌の黒さが目立ち、温かみのある茶色の髪の先端は陽光にさらされて色あせ、きらきら輝いている。ヴァルは並はずれた美男子なので、このような場所でほとんどの人が気もそぞろなときでも、何人かがかれのほうを向いたり、かれの動きを目で追ったりした。いつものように、ヴァルは明るく生き生きとした顔に屈託のない笑みを浮かべ、楽しげな目つきをしている。けれど、今のガーダはもうかれの魅力に気づくことができなかった。覚えてはいるけれど、はっきりと認識できないのだ。かれのすばらしい性質に気づくこともできない。今までそのよさが完全にわかっていなかったようだ。ガーダの体にヴァルの腕が絡みついた。陽光に温められた、すこしざらざらする頬が彼女の頬に触れた。ふいに涙で頬が濡れたが、すぐにそんなことは忘れ、ガーダは失われた月日を埋めるようなことや、かれがいなくてもなんとかやってきたことを話そうとした。

「あなた……」どんなに言葉を連ねてもふたりが離れていた長い時間を埋めることはできないし、再会の喜びを伝えることはできない。こんなふうにヴァルが永遠に抱き締めていてくれたら……もっと強く抱き締めて、記憶を押し出し、過去と未来を押し出してくれたら……なにもかもなくなっても、すべてを価値あるものに思わせるこの歓喜だけがあればいい……。

あまりにもはやくヴァルはガーダを抱いている腕を緩めて彼女を放した。「ダーリン、どうしてあんな椅子のうしろに隠れていたんだ？　やっぱりきみは来なかったのかと思いはじめていたところだよ……」聞き慣れたヴァルの声。めったに深刻にならない、ユーモアを交えた、魅力あふれる話し方だ。それでもまったく同じではなく、どことなく以前と違う。ひょっとすると、前は気づかなかったなにかが際立っているだけなのかもしれない――すこし自信ありげな雰囲気が漂っているが、それは間違いなく以前はなかった。

「わたしが来たことを怒っていないわね……？　迷惑だと思っていないでしょう……？」ガーダは自分がなにをいっているのか、ヴァルの顔を見てなにを探しているのかほとんどわからなかった。それでも、自分にはわからないなにかがあるのではないかと懸命にかれの顔をうかがった。時の流れがヴァルを変えていない証拠はないか、と。それは見慣れない日焼けとこざっぱりした服のせいだと思いこもうとしたが、たしかにどこかが以前と違う。けれど、それがどこなのか突き止めることはできなかった……。

「迷惑だと思う機会さえくれなかったじゃないか？」ヴァルは冗談めかしていったが、それを聞いたガーダはぞっとした。一瞬、褐色に焼けた端正な顔の下にある、もうひとつの不機嫌そうな顔をかいま見た気がした。一瞬、かれの顔から仮面がはずれたかのようだ。だが、すぐに幻影は消えた。ヴァルはガーダのゆるやかに垂れている、強い日差しを受けて色が抜けた髪から爪先まで全身をなめ回すように見ている。「前より若く見えるね——十四歳半というところかな」ヴァルは感傷的ではない愛情を込めた、からかうような口調でいった。そんな口調で語りかけられると、ガーダは絶対に抗えないのだ。今も抗おうとはせずにかれの魅力に身を任せ、深刻な問題を考えるのはあと回しにして、これ以上かれが変わったことを思い悩むのはやめた。

にもかかわらず、ヴァルのすばらしさに驚嘆しながらも、かれが変わったという印象は頭の片隅から消えなかった。行く手を阻むものがなくなったので、ほかの乗客が上陸しはじめないうちに、ヴァルとガーダは真っ先にタラップの下に着いた。彼女は振り返って船を見た。巨大なクレーンに囲まれた定期船はちっぽけな玩具の船のようだ。こちらを見ているいくつもの顔は、すこし前まで慣れ親しんでいたのに、今は忘れ去られようとしている。航海はすでに忘却のかなたに去った。夫の生き生きとした存在感とくらべたら、幽霊のようにぼんやりとしている。褐色に焼けた体と白っぽくなった髪は陽光の限りないエネルギーを秘めているようだ——以前のかれが王子だとしたら、今は半神半人に昇格している。

今のヴァルがつましい暮らしをしていたころとどれだけ変わったかというのは、大きな車の運転席に乗りこむときのさりげない様子を見れば一目瞭然だった。かれはそんなパワフルな、なんとなく不気味な感じがする、流線型の車に以前から慣れているかのように振る舞っている。車が走りだすと、ガーダは神経をぴりぴりさせながらも、かれの巧みなさりげないハンドルさばきに見とれ、すばらしい車だと褒めた。

「そう、四年前のものにしては形がいいだろう。ルイはもっと新しいモデルを三台持っているんだ――だからこれをくれたんだよ」

「こんな立派な車があなたのものだというの?」

「ぼくたちのさ」ヴァルは片手をハンドルからはずしてガーダの手を撫でた。「相変わらずうぶなんだね――きみが大人になっていなくてうれしいよ」

車は町をあとにして交通量の少ないゆるやかな葛《つづら》折りの山岳道路を走りつづけた。ガーダはヴァルにもたれかかり、満ち足りた思いでくつろいでいた。かれに触れているときはいつもそうだった。その感触は彼女から考える力を奪うようだ。

＊　＊　＊

ガーダは通り過ぎる風景にほとんど注意を払わなかったが、なだらかに起伏する乾いた丘陵はぼんやりと覚えていた。焼けつくような太陽の下、幾重にも重なる丘はどこまでも続き、あたりには荒涼とした、不毛の、干からびた、色のない世界が広がっていた。車には冷房がついているものの、彼女は暑さや強い日差しに苦しめられた。わが家となるコテージに着いたときには心底ほっとした。以前、ヴァルが手紙の中でコテージのことを説明してくれたので、すぐに庭がどこにあるのかわかった。とても気持ちのよいところで、緑に覆われ、涼しく、さまざまな花が咲き乱れている。乾ききった大地を何十キロも走ってきたあとだけに、そこはオアシスのようだ。もうあのような風景は見られない。白い平屋の建物の周囲に植えられた背の高いユーカリの木が、衝立代わりになって日差しをさえぎっている。この趣のある木立とその内側に巡らされたハイビスカスと夾竹桃の生け垣に囲まれた家は人目につかず、外界から切り離されているように見える。

今にも疲労感に呑みこまれそうになっていたことを忘れ、ガーダは車からとび降りると、うっとりとあたりを見回した。

「すてき――本当にすてきだわ!」彼女は有頂天になって大声を張りあげたが、まずどこに目を向けたらいいのかわからなかった――ベランダの支柱に絡みつき、生い茂る葉で屋根を覆っている巨大な葡萄の木がいいだろうか。それとも、こざっぱりした服装をした褐色の肌の召使いがいいだろうか。かれらは〝幸運と幸せを祈る〟ために甘い香りのする白い花を彼女に贈りたいと思っているらしい。

興奮しすぎてベランダに用意されたテーブルに着くこともできず、ガーダは家のなかを見るといい張った。「すばらしいわ」ヴァルがつぎつぎにドアを開け放ったたび、彼女はその言葉を繰り返した。本当にどの部屋もすばらしかった。広々として、ほの暗く、家具が少なく、むき出しの床はぴかぴかに磨き抜かれている。しかし、ヴァルの日焼けした男らしい端正な顔を引き立たせるには申し分ない背景となるものの、ガーダにふさわしい部屋ではなかった。彼女の微妙な魅力を生かすにはもっと優しい雰囲気の額縁が必要なのだ。冷ややかで徹底的に簡素化された部屋にいると、彼女は哀れっぽく見える。今は疲れているせいかなおいっそうか弱そうで、顔色も透き通るほど白い。

ベランダで昼食をとるためにテーブルに着いたとき、ガーダの表情はずっと明るく、生き生きしていた。木漏れ日が降り注いであちこちにやわらかなモザイク模様を作り、絶えず揺れ動くきらめく光をまき散らした。ときおりガーダの髪にも陽光が当たり、いちばん明るい部分を輝かせることもあった。彼女にはこれ以上牧歌的な場所は考えられなかった。この状況に満足しなければならないと思った。それなのに、しだいに募る不安とヴァルが変わったという思いを抑えられなかった。食事が終わってふたりきりになったときには、かれとの関係がうまくいっていないことを認めるまでになった。自分の知らない出来事が障害となり、ふたりのあいだに一年という時間よりもはるかに大きな隔たりができてしまったのだ。気持ちが通じあっていたころのすばらしい親密さを思い出し、ガーダは懐かしそうに考えた。いつかまたあんなふうになれるのだろうか？　今、ヴァルはなにを考えているのかしら？　かれは煙草に火をつけながらぼんやりと目をそらし、なにかに気をとられているかのような表情で庭を見渡した。ふいにガーダはヴァルの頭のなかから締め出され、突き放された気がした。今までそんな気持ちになったことはない。あまりにも意外な、あまりにも不穏な感情なので、思わずぼんやりとヴァルを見た。かれは上着を脱いで椅子の背に掛けている。そのとき初めて、ガーダはヴァルが着ている美しいシルクのシャツに気づいた。どう見てもあつらえ品で、ポケットには小さなモノグラムの刺繡が施されている。それに合わせたイニシャル入りのカフスボタンは、腕時計と同様初めて見るもので、以前かれが着けていたものよりずっと垢抜けている。

無意識のうちに気を紛らしたいと思い、ガーダはヴァルを観察していたのだが、かえって新たな不安を引き出す結果になった。かれはずっと療養所の費用を払っていたのに、どうして今までよりも贅沢な身なりができるのだろう？　ガーダは考えはじめた。だが、慌てて不実な自分を責め、ここは本国よりも物価が安いにちがいないと判断した。世間知らずでうぶな彼女があっさりとそんな解釈を受け入れたのは、ヴァルが暗にほのめかしていたからだ。贅沢は自分の生き方にふさわしいもので、とうぜんのことだと考えている、と。急にこれ以上黙っていられなくなり、ガーダは口を開いた。「なにを考えているの？」ヴァルに聞こえないではしいと思っているのか、低い声でせかせかといった。同時に、落ち着かなげにバッグを開くと、コンパクトを取り出して顔を隠すように持ちあげ、いたずらに白粉をはたいた。緑色を帯びた陽光を受けて彼女の顔は幽霊のように見える。やつれていて、まったく魅力的ではない。

「ダーリン、どうしてそんなものを顔につけるんだ?」ガーダの問いには答えず、ヴァルは手を伸ばしてコンパクトを取りあげた。「そのままのほうがずっときれいじゃないか」

ガーダはなにもいわず、劣等感に苛まれながら激しく首を振った。その振り方があまりにも激しいので、髪が顔に掛かり、ふたりを隔てる幕となった。ヴァルはわたしを笑っているにちがいない、とガーダは思った。彼女の疑念が強くなったのは、ヴァルが笑いながらこういったときだ。「とにかくそのほうが好きだ」

ふたりはまた黙りこんだ。ガーダは髪の毛越しにヴァルを見た。かれはふたたびなにかに気をとられ、遠く離れた不可思議な世界へ引きこもろうとしている。彼女が無視したいと思っている不吉なものがまわりに集まり、顔のない不気味な影となって円陣を組んでいるようだ。そのなかからつかみ取りたいと願っていたつかのまの幸せは、はやくも彼女の手を離れていった——ヴァル自身が離れていったように。かれを呼び戻そうと、ガーダはおずおずときいた。「なにも問題はないのね?」危機を早めることを恐れながら、気まずそうにうつむいて組みあわせた手を見た。

危機は起こらなかった。ヴァルはこういっただけだ。「ああ、なにも問題はないよ」かれはガーダを見ていない。姿勢も表情もまったく変わらない。相変わらず自分の世界に閉じこもったままだ。かれが本心を語ったとしたら、このようにいったことだろう。「きみがここにいること以外、なにも問題はないさ」まもなくガーダが到着するという知らせが届いたとき、ヴァルは不快な驚きを感じた。しかし、元来のんきな性格なので、人を傷つけることを好まないし、人が悲しむのを見るのもいやなので、ガーダの到着を阻止することもできず、この状況をなんとかうまく切り抜けようと思ったのだ。久しぶりにガーダと再会し、忘れていた彼女のあどけない魅力を目の当たりにしたとき、愛の絆を思い出した。しかし、今は一時の愛情も消えて、しだいに退屈になり、いつになったら逃げ出せるか考えていた。

「本当に問題はないのね?」

ついに注意を引きつけられてヴァルはガーダを見たが、彼女にとって今が大事なときだということにはまったく気づかなかった。「どうしたんだ? きみをちやほやするのが足りないというのかい?」ほほ笑みながらテーブルの上に身を乗り出すと、ガーダの顎の下に手を当て、垂れさがる髪の重みを受けて下を向いている顔を持ちあげようとした。

ガーダは顔を赤らめ、ヴァルを見ずに口ごもりながらいった。「あなたは……ずいぶん口数が少ないけど……」といったものの、「まだちゃんとキスしていないでしょう」とはいえなかった。ヴァルが立ちあがってテーブルの反対側に来ると、彼女はどぎまぎして椅子に座ったまま尻込みした。

「おい、おい、ご機嫌斜めになりそうなのかな？」ヴァルはガーダの肩に手を置き、驚いているふうを装った。「ぼくがちょっと口を閉じるたびに、悪いことを想像するんじゃないだろうね？」

愛情のこもったからかうような言い方は以前と変わっていない。かつてはどんなにガーダの機嫌が悪くても、ヴァルに話しかけられると、かならず楽しい気分に引き戻されたものだ。かれは変わっていないと信じたかった。以前のままのおどけたような照れた話し方、以前のままの優しさを内に秘めた声だと思いたかった。不本意ながらも同じでないような気がしたのは、まったく同じと思える声にある以前との違いを感じとったからだ。それは肉声と録音された声との違いともいえる。あたかもかれが記憶をもとにその声を再生しているかのようだ……。

「ごめんなさい……わたし、すこし疲れているんじゃないかしら……」ガーダは困惑顔で苦しげにつぶやいたが、相変わらずヴァルの顔を見なかった。

「かわいそうに――きっとそうだよ――ぼくが気づくべきだったね」ヴァルはほっとしながらガーダの言い訳に飛びついた。とつぜん、今まで障害物ばかりで先が見えなかった道が開けた。「きみは横になって休みなさい。そのあいだにぼくは事務所に行って仕事を片づけてくる――長くはかからないよ。ぼくがいないあいだに昼寝をするといい」ほっとしたせいで愛情が戻ってきた。かれは手を取ってガーダを立ちあがらせると、船の上でしたようにしっかりと抱き締めて頬を寄せた。たちまちヴァルの感触がもつ不思議な力が魔法のように襲いかかり、ガーダの頭がぼんやりした。とにかくそれは以前と変わらない強い力だ。薄いシルクに覆われたたくましく若い体に抱き締められると、ガーダはうっとりとなり、〝さあ、かれはキスしてくれる〟ということしか考えられなかった。いつのまにか瞼は下がり、力強い執拗な力のなすがままになった。唇を開き、長いあいだ待ちつづけた夢のような恍惚の瞬間が訪れるのを期待しながら、われを忘れ……待ちつづけたことも忘れ……なにもかも忘れた。ヴァルの口は驚くほど軽く彼女の肌の上を動いて両方の頬に、額に、喉に触れた。それは子供たちが〝バタフライキス〟と呼ぶ、睫毛で相手の頬を撫でる愛情表現のように、ほとんど気づかないくらいに軽やかで、実体がなく、まったく感触がない。まるで幽霊にキスされたかのようだ。ヴァルは本当にキスしてくれたのだろうか？　それとも、わたしがそう思いこんだのかしら？　実のところよくわからない。ヴァルはいきなり彼女を放すと、ベランダの階段を駆けおり、木立の下に停めておいた車のほうに向かった。「行ってくるよ」ヴァルはいったあと、運転席に乗りこんで元気よく手を振った。車は排気ガスを吹き出し、砂利を踏みしめ、走り去った。

ガーダは驚くのと同時に落胆した。こんなふうにヴァルがいなくなったことを、それに先立つ中途半端な抱擁を——あれを抱擁と呼ぶことができるなら——どう考えていいのかわからない。以前のヴァルは十分に愛情を注いでくれ、けっして冷淡な態度はとらなかった。先ほども肉体の魔力でわたしの心を奪ったから、やりかけたことを終わらせるために戻ってくるだろう、と彼女はいくぶん期待していた。心のなかでさまざまな感情が入り乱れているので、しばらくその場から動かなかったが、どう見てもヴァルは戻ってきそうにない。ふたたび疲れていることに気づき、彼女はベッドに横になるために家のなかに入った。

すでにスーツケースが開けられ、中身が取り出されていた。召使いはわずかばかりの所持品をこのうえなく丁寧に手際よく片づけてくれたが、ひとつだけ、ばかげた間違いを犯していた――来客用の部屋にガーダの服を吊るし、身の回り品をすべてきちんと並べておいたのだ。よりにもよってこんなときにそんなひどい間違いを犯すなんて、とても信じられない。めずらしくガーダの心に怒りが込みあげた。ただちに荷物を全部ヴァルの部屋に移させよう。そう心に決めて苛立たしげにベルを鳴らした。ところが、誰も出てこない。今は昼寝の時間なので、召使いは全員別棟の宿舎に引きあげているのだ。家のなかをくまなく見て回ったあと、人のいる気配がないことがわかり、ガーダはいつもの忍耐力を取り戻した。それどころか、こんな間違いがすこし滑稽に思えた。「それなら、わたしを誰だと思ったのかしら?」ヴァルの部屋の鏡に映る自分の姿に問いかけ、かれが戻ってきたらおもしろい話を聞かせることができると思い、くすくす笑いはじめた。

ヴァルのベッドの横に立ち、靴を脱いで横になろうとしたとき、ガーダは妙なためらいを覚えた。ふいに侵入者になったような気がして、思わず立派な部屋を見回した。そこに並ぶ高価な品々のなかには見覚えのあるものはひとつもなく、どれをとってもふたりが一緒に暮らしていたころにあったものではない。どうしてこのように贅沢なものを持っているのか、ヴァルに説明してもらわなければならない――かれの新しい持ち物を、この部屋をきちんと紹介してもらわないうちは、ここでくつろぐことはできない。このベッドを自分のものとして使うことはできない。けれど、来客用の寝室で不意の訪問者のように休むのは――それもできないことだ。ガーダはふたたびベランダに戻った。午後の暑さのなかであらゆるものが眠っているようだ。木陰に広がる草地が涼しげで気持ちよさそうに見える。ガーダは頭を載せるクッションを持ってそこに行くと、地面に寝ころんで思いきり体を伸ばした。

目覚めているのでもなく、眠っているのでもない状態で、ガーダは中途半端なまま終った抱擁の夢を見ながら横たわっていた。彼女がいつも愛しているヴァルの肉体は、今は以前にもましてすばらしい。かれがここにいなくても、その肉体がもつ不思議な力はガーダの全身に影響をおよぼしている。滑らかなシルクに覆われた彫像のような上半身……広くて硬い胸は下に行くほど狭くなり、細い胴は骨盤にすっぽりと収まっている……夢のなかでガーダは愛おしげにかれの体の輪郭をたどった……。

夢のなかに足音が入りこんできた。夢の世界でヴァルの体に執着しているガーダにとって、足音にはひとつの意味しかない――かれが帰ってきたのだ。目覚めてからもすこしのあいだ、彼女は夢が続くのをそのままほうっておき、期待に胸をふくらませながら愛が満たされるときを待った。すると、足音が止まったので目を開いた。

すこし離れたところでガーダを見ているのはヴァルではない。白っぽい服を着た、彼女の髪とは色合いが違う白っぽい髪の、とても背の高い痩せた男だ。年齢は定かではなく、青白い端正な顔をしている。ガーダは慌てて起きあがったが、がっかりしたのと急に夢から覚めたせいで、今日は二度もめずらしく攻撃的な衝動が湧きあがり、憤然とした口調でいった。「ここは個人の家の庭ですよ――あなたはどなた？　なにかご用ですか？」

見知らぬ男は一歩引き下がった。今しがた通り抜けてきたハイビスカスの生け垣の隙間のほうに申し訳程度に退いたあと、赤い花に囲まれてたたずんだ。「失礼しました」男の声は低く、妙にあたりに響き渡る。「なにかお役に立てることはないか――家のなかは万事うまくいっているかどうか――と思って見に来たのです。ぼくはルイ・モンベーロという者です」

「あら、まあ……」ガーダの口から戸惑いと驚きの混ざった声が漏れた。彼女は草の上に座りこんだまま、大きく目を見開いて夫の雇い主を見上げた――かれはガーダが想像していた落ち着いた中年の大富豪とはまったく違う。この男性の年齢を当てるのはむずかしい。ヴァルより二、三歳しか年が違わないようだが、きちんとした礼儀正しい態度のせいでずっと年上に見える。細身で筋肉質で背が高く、頑強な雰囲気もあるが、顔の輪郭も体の線も滑らかですっきりしている。髪も肌も服もすべて同じ中間色なので、まるで白っぽい石に彫られた像のように見える。強烈な日差しにもめげずに長々と見つめている目を見て、白いビー玉を思い出しながら、ガーダは平静を取り戻し、とげとげしい言い方をしたことを謝った。

「謝らなければいけないのはぼくのほうですよ」ルイはいった。「勝手に入りこんだぼくが悪いのです。これがぼくの癖だとは思わないでくださいね――もう二度とこんなことはしませんから」

まだすこし戸惑いながらも、ガーダはたいしたことではないので安心するよういった。さらに、家のなかはなにも問題はない、と。どうしてこの人は帰らないのだろう？　そう思いながら彼女は赤い花に囲まれてたたずむルイを見た、ふと気がつくと、どの花も彼女に向かって舌を出している。ガーダはヴァルに会いに来たのかと尋ねた。ルイは違うと答え、必要なものが揃っているかどうか見に来ただけだといった。「やはり来てよかった」初めてかれは笑顔を見せた。「本当に必要なものがなんなのかわかりましたからね」ルイの口は小さくて血色が悪いので、冷たい印象を与えるけれども、このことも食肉動物を思わせるきれいに揃った真っ白な歯も、かれのほほ笑みの不思議な魅力をそこなうものではない。

ほほ笑んでいるときのルイは魅力的だ、とガーダは思った。けれど、彼女がそのことを十分に理解する間もなく、ルイはベランダに現われた召使いのほうを向き、不可解な言葉で指示を出した。そのあと、振り返ったときには今までの冷たい、笑みのない顔に戻っていた。

「よかったら、しばらくここにいて、連中がきちんと仕事をするかどうか見ています。でも、あなたの昼寝《シエスタ》のお邪魔はしませんよ」そういったあと、ルイは庭の反対側へ行き、ガーダにもてなす必要のないことを教えた。彼女には、木漏れ日が揺れるユーカリの木陰をゆっくりと行ったり来たりしている、とびきり背の高い、彫像のような姿が見えた。陽光にも負けない彫像は、樹皮が剝がれてところどころピンク色になっている幹のあいだを歩いている。その木肌は日に焼けて皮が剝けた人間の肌のようだ。

ほどなくやかましい話し声が聞こえてきたかと思うと、浅黒い肌の男が大勢現われた。庭に置く揺り椅子の部品と思われる金属や帆布を持ち、分厚いクッションや日よけを頭に載せて運んでいる。ルイは指図を出すために戻ってくると、ガーダが座っている場所からそれほど遠くないところに椅子を組み立てさせたあと、男たちを追い払った。「試してみませんか?」王座を勧めているかのごとく、優美な身ぶりでうやうやしくガーダを誘った。

ガーダは人から優しくされることに慣れていないので、ルイにちやほやされたからといって、ことさらに感動することはないだろう。返礼として考えられるのはせいぜいお茶を出すことくらいだった。けれど、かれがそんな心遣いをしてくれたのは自分を気に入っている証拠だと思い、自信をもった。ガーダはルイの隣に腰をおろすと、徐々に緊張を解いた。かれはよく響く声でゆっくりと、地面に座ってはいけない理由を説明した。さらに、さまざまな危険生物、たとえば蛇や蜘蛛や蠍の話をして、そのなかから有毒なものと大蜥蜴のように無害なものを見分ける方法を教えた。大蜥蜴は獰猛そうに見えるためにしょっちゅう殺されているが、害がないばかりか、実際には有益な生き物で、作物をだめにする虫を食べて生きているとのことだった。それを聞いてガーダはヴァルの話を思い出した。ルイはこの国に関する本を書いているので、ヴァルはかれと一緒に未開の荒野へ探検に行ったことがあるそうだ。ガーダは夫に関係のある話に今まで以上に興味をもって耳を傾けた。

カップが空になると、すぐさまルイはそれを草の上に置いて立ちあがった。「どうか動かないで。そこに座っているあなたの姿を頭に焼きつけさせてください。あなたはとても魅力的だ――まるで――」ガーダの知らない画家の名前をあげた。

ガーダはうぶで世間知らずなために人見知りをしていると思われがちだが、そんなふうに間接的な表現でお世辞をいわれたため、ほとんど恥ずかしさを感じなかった。また、本当にガーダが絵画のなかの少女であるかのように、ルイがうっとりと見つめると、彼女は血の気のない唇の端に浮かぶ笑みの魅力に引きつけられた。

実のところ、ルイはつぎに打つ手がわからずに思案していたのだ。かれの意思は明確で揺るぎない。かれは会う前からガーダの存在を好ましくないと思っていた。彼女は順調に動いている自分の生活の歯車を狂わせるだろうから、ここに留まらせるわけにはいかないし、できるだけはやく追い出さなくてはならない。しかし、ガーダ自身は未知数だ。今まで彼女のような人間とは関わったことがない。初めから彼女を驚かして心の扉を閉めさせ、問題をむずかしくしないよう用心しなければならない。だが、時間を無駄にして、別の勢力が動きだすのを許すこともしたくない。

ルイは人生の大半をこの国で過ごしてきた。ここには古き時代の不思議な魅力があふれ、根絶されていない魔術信仰の風習が残っている――まだほとんど調査されていない地域にはさまざまな部族がいて、古代の儀式を行い、人間の生贄を捧げているといわれている。長年、ここの空気を吸いながらまったく影響を受けずにいるのは不可能だ。本の題材を探すうち、ルイはたいていの白人よりもはるかに多くその空気を吸いこんでいた。ほとんど気づかないまま、その空気に含まれている得体の知れないものを吸収していた。今も、つぎになにをいったらいいのかわからずに立ちつくしながら、わざと洗練された西欧人の自己を一時休止状態にして、この土地特有の魔力が自分のなかに流れこみ、取り憑くのをそのままほうっておいた。

ルイは自分自身にさえ今、していることをほとんど認めなかった。それはときおり用いる有効な手法だが、公然と、はっきりと意識して用いることはない。西洋に生まれた文明人として、一時的に自己を放棄することはつねに秘密にしているのだ。異国の魔力と一体化したり、自分から近づいたりする前に、いつもこの手法をとっている。あたかもつかのま、自分に背を向けておきながら、そのことには気づいていないかのように。教養ある文明化された心は不安と驚きを感じながら待っている。すると、強い薬を注射されたかのように、たちまち古代の得体の知れないものが入りこんで全身に不思議な震えが走り、途方もない力がみなぎって意気揚々となるのだった。それに――その状態に――自分を預けさえすればいいのだ。かれは有頂天になった。生者も死者も、儀式に参加している数えきれない人びとの力をもらい、すっかり強くなった気がした。

「こんなところまでやってくるなんて、あなたの勇気はすばらしいなあ」一時の感情に駆られたかのようにルイはいった。とつぜん若々しい自然な口調で話すと、ほほ笑みを浮かべたときのように見た目も若くなった。驚いたガーダはどういう意味なのかきいた。

ルイはガーダを見下ろした。「怒ったりしないでしょうね?」相変わらず若々しい口調を装い、それに合わせて自信がなさそうな目つきをした。それもまた相手の目をごまかすための作戦なのだった。

ガーダはきょとんとしてうなずいた。いったいなにが起こるのだろう? 椅子が揺れ動くため、別の角度からルイの顔を見ることができた。ふいにいやな予感がして不安になった。怯えた表情を浮かべる大きな傷つきやすい目を見つめながら、ルイはほくそ笑んだ。ガーダを蔑みながら――近いうちにこの娘を始末してやると思いながら――古来の魔力がひそかに接近していることを確信した。すると、すこし酔っ払ったような気分になった。しかし、ガーダの目に映っているのは相変わらずヴァルの裕福な雇い主で、端正な顔立ちのとても礼儀正しい男性だった。また、豪勢な揺り椅子を用意させるような思いやりと優しさをもちあわせた人だ――そんな人と一緒にいて緊張するのはばかげている。ルイはふたたび話しはじめた。かれの口から出てきた言葉は今まで話していたこととはなんの関係もないようだが、ガーダの疑念を払い、友好的な反応を引き出すことは確かだった。

「去年、ご主人が来てくれたおかげで、今までとはずいぶん変わりました。仕事の面だけでなく、仲間として――友人としても――力になってもらっています。金持ちというのは孤独なものです。富と友人の両方を手に入れるのは無理だと思いはじめていたところでした――だが、かれがそうでないことを証明してくれたのです。ぼくたちは一緒にいろいろなところへ行きました……森林地帯や山岳地帯へ……そうやって人間は理解しあえるのです。周囲何十キロも人っ子ひとりいない僻地でふたりきりになると、そのときこそ人間の本当の姿がわかる……ひと晩中語り明かし……ほかのものはすべて闇のなかに消えて、途方もなく大きな暗黒のなかにふたりだけが取り残される」朗々たる声が跡切れた。ルイがふたたび話しはじめたとき、血の気のない口の端にぞっとするような笑みが浮かんだ。

「あなたまで友達になったような話し方になってしまった。しょうがないなあ。でも、ふだんは誰にでもこんな話し方をするわけではないんですよ。あなたの話をたくさん聞かされていたから、よく知っている気になったのかもしれない。あなたは信頼できる人です。そうでなかったら、こんな話はしません」笑顔が消えて重々しい口調になった。「というのも、これはたまたま手に入ったものではなくて――個人的な、とても大切なもので――この広大な未開の国にふたりきりでいる男同士のあいだで育つ特別な友情なのです」

ルイは雄弁ではない。ガーダが心を打たれたのはかれの口から出た言葉のせいではなく、それが示唆するものに含まれる不思議な力のせいで、まるで芝居を見ているような気持ちにさせられた。広大な異国の土地は危険に満ち、野生動物や有害生物があふれ、困難ばかりで報われないにもかかわらず、人の心を引きつけ、独得の不思議な謎めかしい魅力をもっている。敵意に満ちた暗闇のなかでふたりのちっぽけな人間は、その広大さと古代の狡猾さや残酷さに立ち向かっている。ガーダには孤独なふたりを繋ぐ絆の強さがわかるような気がした。個人的にはルイが自分を信頼して打ち明け話をしてくれたことをうれしく思い、自尊心を高められて気をよくしていたが、無意識のうちにそれでヴァルに対する失望感を埋めあわせていたのだった。

ルイはガーダを見つめながら、自分の声がもつ不思議な力で彼女を支配した。声という無形の手で子猫のガーダを撫でまわすかのように。そして、ガーダがつかのまの不安を忘れるまで待った。疑うことを知らない子猫が満足そうに喉を鳴らすと、かれは軽く平手打ちをくらわした。「だからかれは手紙を見せてくれたんですよ」

「なんの手紙ですか?」一瞬、なにやら判然としない恐ろしいことが頭をよぎり、ガーダは怯えた口調できいた。

「あなたが療養所を出たときに医者が書いた手紙です」

この話を聞いてガーダは安心した。だが、すぐに安心は怒りに変わった。ヴァルが療養所の所長から届いた手紙の話をしてくれなかったからだ。怒りの矛先は目の前にいる男性に向けられた――どうしてヴァルはルイ・モンベーロに手紙を見せたのかしら? 怒りと驚きを覚えつつ、ガーダは無言のままルイを見つめた。

ルイは自分が引き出した反応に満足し、自分にそんな力があることにわくわくするような感動を覚えた。勝利の喜びに全身が震えたにもかかわらず、悲しそうにうなだれると、ぼそぼそという。

「やはり怒っているのですね――ぼくが気に障るようなことをいったから……」その口ぶりは本当に傷ついているように聞こえる。気をつけるんだ、今はやりすぎてはいけない。ルイはそう自分にいい聞かせながら、ガーダが口にしそうな簡単な言葉を使った。「これでぼくを嫌いになって追い払うのでしょうね」――実のところ、世慣れしたかれには似合わない言葉だ。

ルイは伏し目がちに見て、相手が自分の言葉を真に受けていることに気づいた。実際、かれのいうことはほとんど当たっているので、心優しいガーダは態度を軟化させた。いかにも動揺している様子のルイを見て彼女の機嫌は直った。かれを責めるのは筋違いだと思ったのだ。「違うんです」ガーダはため息をついた。「ちょっと驚いただけです」疑うことは性に合わないのでさらに説明した。「手紙の内容もわかりませんし、主人があなたに見せた理由もわからないものですから。それにしても、主人がそんなことをするなんて変ですね」ガーダの大きな菫色の目はまっすぐにルイを見つめた。その無防備な大きく開け放たれた窓を通してルイは彼女の心に攻撃を加えているのだ。

ルイはガーダの目をのぞきこんだかと思うと、すぐさま視線をそらし、ひとり言をいうかのようにつぶやいた。「あなたはいい人で、美しい……」本当に感動しているような口ぶりだ。ひょっとすると、彼女の顔に浮かぶ子供のような、すこし垢抜けない表情に本当に心を動かされたのかもしれない。その表情は短い人生のなかでずっと続いている愛の欠如によってつくり出されたものだ――この問題にヴァルが関わっているかぎり、ルイはその欠如を永遠のものにするつもりだった。つかのま心が揺らいだものの、すぐに別の邪悪な力がかれの心を支配し、哀れみの情や純真さに感動する気持ちが居座る隙間はなくなった。目に見えない多くの仲間が押し寄せてきて、最後まで儀式をやり遂げるよう急きたてている。とても心を動かされている暇などないのだ。

「こんな寂しいところにいたらどんなに人の結びつきが強くなるか、わかってもらえるといいのですが」ルイはいった。「兄弟よりも親しい関係になるのです——同じことを考え、同じように感じるらしいのです」今までかれはガーダに近づかなかった。ところが、いきなり歩み寄ると、揺り椅子を吊りさげている鎖をつかみ、しげしげと彼女の顔を見た。「ご主人のしたことはけっして背信行為ではなく……無神経な行為でもありません……もちろんそんなふうには考えないでしょう?」

「まあ、わたしにはどんなふうに考えていいのかわかりません!」ガーダは激しい語調でいった。ルイの話し方に焦れったそうなところがあるので、急に彼女は苛立ち、悲しくなったのだ。かれが目の前に立ちはだかっているのはいやだった。かれの腕のあいだに閉じこめられているような気がする。ガーダは顔をそむけて体をひねった。かれがそばにいると、威圧感を感じる。もっとも、ルイは気遣わしげに穏やかな目つきで見下ろしているだけなのだが。それでも、彼女はそれ以外になにか隠されたものがあるのを察知した。確かではないけれど、奇妙な薄い色の目のなかに冷酷な恐ろしいものをかいま見たような気がする。だが、すぐにかれは穏やかな表情でそれを隠した。今度はガーダが探るようにルイの顔を見たが、こんなに近づいていてもつまらない発見しかなかった。頬骨を覆う分厚い皮膚は青白くて肌理が粗い。広がった毛穴は以前かかった天然痘の跡といってもいいくらいだ。縄のような色をした髪の生え際近くに目立たない疣《いぼ》がある。好みのむずかしい男性が選びそうな、高価な石鹸や煙草やオーデコロンの混ざりあった香りがする。ガーダは視線を下げてルイの胸のあたりを見た。かれは上着のボタンをはずし、相変わらず両腕を伸ばして前屈みになっているので、胸元が大きく開き、モノグラム入りのポケットがついたシルクのシャツが見える。〝ヴァルのモノグラムと同じだわ〟ガーダはそう思ったが、なぜかがっかりした。もちろんイニシャルは違うけれど、同じデザインの刺繍が施されていたのだ。どうしてこんなことで心が乱れるのか、どうしてあの差出人不明の手紙のことを思い出したのか考えようとはせず、ただこの場から逃げなくてはならないと思い、体重をうしろにかけ、椅子を揺らしてルイから離れようとした。けれど、かれが鎖を握っているかぎり、椅子を動かすことができない。にわかにガーダは無力感に襲われた。恐ろしい夢のなかで体が麻痺して動けないときと同じだ。ルイはこの状況と彼女の動きを完全に支配していた。相変わらず穏やかで優しそうな表情を見せているが、その表情をだいなしにするような確固たる自信やずうずうしさがみなぎっている。まばゆい陽光を反射して明るく輝く目は強烈な白色光を放っているかのようだ。どうしてヴァルは救いに来てくれないのだろう？　出かけてからもう何時間も経つのに……にわかに怒りが爆発し、ガーダは口を開いた。「どうして主人があなたに手紙を見せたのか、まだわからないのですけど」この人はなんて鈍感なのかしら！　実際、彼女はそんなことを考えていた。そんな近くに立ったら相手がいやがることをどうしてわからないのだろう？

「まあ、怖かったんでしょう」あたりに漂う緊張感に気づいていないのか、ルイは辛抱強く答えた。「安心したかったんですよ」子供を相手にするように、穏やかな静かな声で優しく語りかけた。だが、その話し方からは大人の知恵や自信も感じられるのでガーダは苛立った。とつぜんこれ以上我慢できなくなった。

「な、に、が怖かったのですか？・」ガーダは憤然とし、甲高い声でヒステリックにいうと、またしても背中をそらして全体重をうしろにかけた――ところが、今度は驚いたルイが鎖を離したので、椅子は制御不能になり、きーきーというおかしな音を立てながら勢いよく前後に揺れた。その音とともに情容赦なく追い打ちをかけるような声が聞こえてくる。ガーダは半狂乱になりながら思った。なにをしてもこの揺れは止まりそうにない。

「あなたが怖かったのでしょう……自分自身が……自分の愛情が……誘惑を退けるほど強くないことが。あなたの勇気を知っているから、あなたがためらわずに自分の健康や生命までも危険にさらすことを知っているから――弱気になったときにあなたのすばらしすぎる、寛大すぎる申し出を受け入れるかもしれないことを恐れていたのです……たとえあなたと愛しあうのは危険だと医者から注意されていても……」

ルイの話の意味がわかりはじめると、ガーダの顔に苦悶の表情が広がった。揺り椅子の動きは徐々に遅くなったが、彼女は最初の激しい揺れで寝そべったまま、唖然としていた。彼女は急に小さく見えた。怪我をして寝かされている子供のように、みすぼらしい古着の束のように。ルイが誰かもわからないのか、もうなにも感じられないのか、ぼんやりとかれを見上げた。

ルイは当座の目的を達したので、それ以上時間とエネルギーを無駄にはせず、立ち去ることにした。ガーダは気を取り直してかれを見送ろうとした。体を起こして別れを告げたあと、ぼんやりと髪を撫でつけた。紅潮していた顔は青ざめ、虚ろな表情と緊張感が浮かんでいる。

訪問者が去ったあと、しばらくガーダはその場に留まっていた。打ち明け話をしてくれたのがヴァル本人ではなく、初めて会った赤の他人だったことにショックを受け、呆然としていた。そもそもこれはあまりにも異常な状況なので、頭がぼうっとしてなにも考えられなかった——言葉ではいい表せない状態だったのだ。激しく揺さぶられたせいで、あるいは感情が高ぶったせいで、あるいは両方のせいで、すこし気分が悪くなった。揺り椅子から下りてもっと安定感のある場所へ行きたい。

ガーダはぼんやりと家のなかに入った。日よけの陰になっているのでそこは涼しいし、人けがない。どの部屋もがらんとしていて、人の住んでいる気配が感じられない。まるでそこに住んだ者がいないか、これから住む者もいないかのようだ。〝やっぱり間違いではなかったのね〟そう思いながらガーダは自室になるはずの部屋のドアを開け、きちんと並べられた自分の持ち物を見渡した。召使いに荷物を動かすよう頼まないでよかった……

急に訳もなく恥ずかしさが波のように押し寄せてきて、極度の孤独感と同化した。子供時代を過ぎてからそんな気持ちになったことはないし、またそうなるとは思ってもいなかった。ガーダはベッドに倒れこみ、そのまま動かなかった。しばらくして車の音が聞こえ、そのあと彼女を呼ぶヴァルの声がした。ガーダは返事をすることも動くこともしなかった。ヴァルはドアを開けたかと思うと、静かに閉めて忍び足で去っていった。

今、ガーダはひとり取り残された。どれほど疲れているのかも気づかなかった。あまりにも疲れているので、もうなにも考えられない。夢うつつのあいだをさまよいながら、永遠にこの静かな部屋にいたいと思った。むずかしすぎる問題や重すぎる責任とは関わらず、眠ったまま、あるいは夢うつつのまま一生を過ごしたい。

＊　＊　＊

それからだいぶ時間が経ったようだ。ヴァルがふたたび現われて、とがめるような口ぶりでもうすぐ夕食の時間だといっている。初めてガーダはかれの顔を見たくないと思った。ヴァルがふたりだけの秘め事を部外者に話したせいでひどく傷ついたからだ——彼女には絶対にそんな真似はできない。今、ヴァルの存在感にガーダは困惑した。あまりにたくましく、あまりにすばらしい肉体をもつかれを見ると、これから先ずっと禁じられていることを思い出してつらくなるのだ。ガーダは愛情と情熱を区別していない。彼女の愛は完全なものだから、たとえどんな部分でも切り捨てたら完全さをそこなうことになるのだ。彼女の愛は誇らしげに語られるすばらしいものになるどころか、ずっと隠しておかなければならない恥ずかしいものになってしまった。

ヴァルは黙りこくっているガーダに腹を立て、不機嫌そうな表情で彼女を見下ろした。数カ月前、ルイとの関係が尋常ならざる方向に進みはじめたとき、慌てて妻に手紙を書いてすぐに来てくれるよう頼んだのは、自分を守るために彼女の存在が必要だったからだ。まもなくかれの態度は変わり、あっというまに雇い主との新しい関係によって生み出される多くの利点のほうが、最初に抱いたわずかな嫌悪感よりも重要になった。そのため、ガーダから返事が来なかったこともかえって都合がよかったのだ。それでも、自分の手紙に返事を寄こさなかった彼女は許せなかった。今はガーダがやってきたことをひどくいやだと思っていて、かつて抱いた不満もまだ心の奥に残っており、黙りこんでいる彼女を見ているうちにそれが表面に出てきた。今夜、ガーダのために時間を割かなかったら、もっと楽しむことができただろう。そのことを考えると、ヴァルは駄々っ子のように、ガーダを放り出して車で走り去りたい衝動に駆られた。それこそ、夫に来てほしいと頼まれたときには知らん顔をして、来てほしくないときにやってきた彼女にふさわしい仕打ちなのだ。

しかし、今度もまた、もって生まれた優しい気質が勝った。ヴァルがガーダをなだめて楽しい気分にさせようとすると、もちろんそれはうまくいった。絶対に彼女はヴァルの魅力に抗うことができないのだ。その夜、かれは陽気で機嫌がよかった。まるで新婚時代に戻ったかのようだった。とはいえ、あのころのままというわけにはいかない。幸せな日々は忘却の彼方に消え去ってしまったのだ。ヴァルの気分が長続きしないことに気づきながらも、ガーダはそれに屈服した。かなりはやい時間にガーダがベッドに入りたいといったとき、ヴァルは引き留めなかったが、最後までうまくやろうと心に決めて彼女の部屋までついていき、背後のドアを開け放したままにして逃げ道をつくった。

「ここでだいじょうぶかな？　つまり、居心地はいいかという意味だけど」

それはヴァルがどんな客に対しても用いる如才のない決まり文句だ。それにしても、なんという強情っ張りなのだろう。内心、ヴァルはそう思った。けっきょくガーダの機嫌をよくするために骨を折り、挙げ句の果てにこんなことまでいわされて、今夜の予定はすべてふいにしてしまった。ふたりの部屋が別だという話題は最後までもち出してはならないので、ヴァルはガーダの気持ちをそらそうと虚しい努力をした。読み物や飲み物がほしくないか、枕や毛布の追加がいらないかなどときいた——

その問いには返事が返ってこなかった。というのも、彼女は口がきける状態ではなかったからだ。

ガーダにしてみれば、口から出てこない事柄がすべて宙を飛び交っているので、この静寂が妙に騒々しく思えた。彼女が強く意識していたのは差出人不明の手紙に関することや、ヴァルに呼ばれたときではなくて今やってきた理由についてなにも話していないということだ。けれど、今さらそんな話をしても手遅れのような気がする。もっとはやい機会に話しておくべきだった。たとえば船上で初めて顔を合わせたときか、遅くともここに来る途中に。今、そのことを考えると、どうしてかれの手紙を無視したのか説明できないことにも気づいた。実のところ、自分でも理解に苦しむのは、〝きみが必要なんだ〟とヴァルが書いてきたとき、どうして返事を出さなかったのかということだ。自分の説明できない振る舞いを恥じ、恐怖のようなものを感じて、ガーダは慌てて自分の不満のほうに注意をそらした――不満が真っ黒な洪水となってあっというまに心に押し寄せると、ほかのものが入りこむ余地はなくなった。どうしてヴァルは妻のことが書かれている所長の手紙をルイ・モンベーロに見せたのだろう？　さらにもっとひどいことがある。どうしてなにもいわずにわたしをこの部屋に追い払ったのかしら？　どうしてかれは何事もなかったかのように振る舞えるの？　ガーダにはとうてい理解できなかった。ヴァルは自分のベッドからわたしを追い出し、説明する必要などないと考えているらしい――些細な問題なので話題にする必要もないとばかりに、知らんふりをしている。急に目頭が熱くなり、涙があふれてきたので、ガーダはささやくような声でいった。「そんなにつれない態度をとるなんて、わたしがなにをしたというの?」そういったあと、無言のままたたずみ、心の傷を強く握り締めた。すると、その痛み以外はすべて消え去った。差出人不明の手紙のことも、自分の説明できない沈黙のこともすっかり忘れた。自分の行いに責任があることにもまったく気づかず、深く傷つき、困惑したような、非難がましい表情でヴァルと向かいあった。なにも悪いことをしていないのに殴られた子供のように。

ヴァルは落ち着かなげに部屋のなかを見回していたが、ガーダを見てはいなかった。しかし、ガーダが目に愛情とひどく傷ついた表情を浮かべて見つめると、ヴァルも彼女のほうを向かざるをえなくなった。その結果、従順だけれども独占欲がかいま見える、慎み深い憧れのまなざしをまともに受け止めた。そのまなざしは強引に愛の力を行使しているようだが、ずいぶん前にかれはガーダの愛に応えることをやめていたのだった。

ヴァルにとってふたりの恋愛は過去の出来事なので、ガーダのまなざしに気づいたとき、最初に感じたのは驚きだった。彼女は苦しげな、ものほしそうな、非難がましい目つきで見つめている。今でもヴァルと深い関係にあるかのように。ガーダの気持ちがぼくとどんな関係があるのだ? まさか彼女はふたりのあいだに今でも愛情があると思っているわけではないだろう? ヴァルは疑わしげにガーダを見たが、彼女の親しみをあらわにした表情からそのとおりだと気づいて腹を立てた。彼女の顔から放たれる情熱的な愛の光に衝撃を受けた。だが、もうそれに惹かれることはなく、すこし不快感を覚えた。ヴァルは憤慨しながら自分にいい聞かせた。ぼくが助けを必要としているときに見棄てておきながら、今になってあんな目つきで見つめる権利はない。夫からの手紙を無視したのは、もう愛していないといったのも同然ではないか。自分の態度が正しいと思いこんでいるヴァルは、ガーダの苦悶の表情を見ても不満が募るだけだった。今夜はひたすらガーダを楽しませようと努めた。それなのに、今になって彼女は騒ぎを起こし、ぼくが苦労して手に入れた心の平和をかき乱したのだ。

「きみがなにをいいたいのかわからないな」心を鬼にしてヴァルは冷たくいい放った。「ぼくたちが同じ部屋で寝られないことくらい、わかっていたはずだろう」

「どうしてだめなの？　いつもそうしてきたのに……」最初、ガーダは驚いたようにいったが、しだいにたどたどしい話し方になり、きまり悪そうに黙りこんだ。

ヴァルはガーダをちらりと見たが、彼女の顔がほんのりと薔薇色に染まっているのに気づいて嫌悪感を覚えた――顔を赤らめながらも、ガーダはヴァルから目を離そうとせず、慎み深さと独占欲を見せてしつこくかれを求めている。それは誤解に基づくものなので、ヴァルには耐えられなかった。ひたむきな愛情など必要としていないことが――そんなものはなんの価値もないことが――どうしてガーダにはわからないのだろう？　彼女の顔からほとばしり出るあからさまな愛に辟易し、ヴァルは窓辺に行って掛け金をもてあそび、話をしているあいだも手元から目を離さなかった。

「きみの病気のせいなんだ。そんなことはわかりきっているじゃないか」言葉のなかにレモンの酸っぱい果汁でも入っていたのか、ヴァルは妙な具合に口をとがらせた。だいたいこんな状況は不愉快なことときわまりない。もともと騒ぎは嫌いだし、人を傷つけるのもいやだ。暗黙のうちに了解されるべきことを無理にいわされたことがひどく腹立たしい。それでも、ガーダが今も過去に生き、空想の世界にしかない愛を糧にして生きている様子を目の当たりにすると、すこしかわいそうになった。だが、こんなことになったのはガーダのせいだということを思い出し、ふたたび彼女の存在は迷惑だと思った。ガーダの熱愛は無用だということをわからせなければならない。自分が女学生の憧れの的のようなものになっていることを知ったら、友人は大笑いするだろう。かつてガーダの一途な愛は勇気と誇りの源だったが、新しい生活では邪魔になる。慎重に行動しないと、現在関わっている世界の仲間の笑い物になる。

ガーダはもうなにもいわなかった。ヴァルはもう彼女を見ていない。大きな輝く目と目を合わさずにいると、いつもの楽観的な考え方が戻り、明るい見方ができるようになった。ガーダがここにいるのは迷惑だが、まんざら悪いことでもない。彼女がいれば、広まっていた噂も自然に収束するだろう。ほかにもこの状況を活用する方法があるかもしれない。洗練された女友達と違い、少女のような雰囲気をもつガーダはかなり魅力的だ。正しく対処すれば、その違いもそれなりに価値があるはずだ。無邪気で、屈託がなく、白に近い髪のガーダは社交界の人気者になるかもしれない――彼女を厄介者ではなく、役立つものに変えよう。しかし、なによりもまず、ふたりの問題を解決しなければならない。

ヴァルはガーダのほうを向き、今度は元気よくいった。「もうひとつ理由がある――ルイはよくかなり遅い時間まで仕事をするんだ――かれがその気になると、ぼくたちは午前三時、四時まで仕事を続ける。ときにはあっちの大きな家で――仕事場のソファーで――寝ることもあるんだよ。そうでないときは、庭を通り抜けて歩いて帰ってくるかもしれない。だから寝室を別にしないと、きみは休めないだろう」

「あなたはいつ休むの?」ガーダは小さな声できいたが、相変わらず無防備なまなざしで一心に見つめている。ヴァルはまたしても落ち着かなくなり、ふたたび窓をいじりはじめた。「ああ、ぼくはどこでも、いつでも寝られるんだ」うわついた口調でいった。「ひと晩寝そこなったら、つぎの日に寝るだけさ」

しばらくのあいだ、ガーダは黙りこみ、かれの言葉と言外の意味をじっくりと考えた。「それなら、あなたとはあまり会えないような気がするけれど」ようやく不安そうにいった。

「ああ、残念ながら」ヴァルはまた元気よくいった。ガーダの口から漏れたかすかな声を――不幸せな子供のようなつぶやきを――耳にして、自分をすこしいやな人間だと思った。しかし、こんな経験は二度としたくない。きっぱりとガーダに思い知らせよう。自分は誰にも邪魔されずに人生を歩むつもりだということを――自分はもう彼女の言いなりになっていたつまらない若者ではないことを。それがいちばん親切なやり方なのだ。ヴァルはそう自分にいい聞かせた。一度にすっぱりと断ち切る――それですべてが終る。そっと切って苦しみを長引かせるよりもずっといいのだ。自分の言葉が相手に十分理解されるまで待ってから、かれはさらにいう。「すこしでも機会を与えてくれたら、きみがここに来る前にこのことを説明していただろう。きみは人の意見を聞こうともせずに勝手に突っ走ってしまったんだね、ダーリン」最後はいくらかふざけるように、とがめるようにいい、彼女を責めるのと同時に許した。

ガーダはなにもいわない。だが、彼女がここに来ることについて、以前ヴァルがまったく違う見方をしていた理由を問いただそうとしているようだ。ヴァルは自分の手紙に返事を寄こさなかったガーダを非難しているものの、そのことは話しあいたくないので、彼女の注意をそらすためにすかさずいった。「とにかくきみと一緒にいる時間をつくるようにするよ――心配しないで」ヴァルはガーダに近づき、肩に手を置いて彼女を引き寄せようとした。ところが、とっさに彼女は身を引いた。顔からは輝きが消え失せ、大きな目は翳りを帯びている。

困惑の表情を浮かべる小さな白い顔、大人の苦境に置かれた少女の顔、それを見てヴァルの心に優しい気持ちがよみがえった。自分の立場は明らかにしたのだから、今度はガーダをかわいがり、もう一度幸せにしたいと思った。今度は身を引かずにガーダがすり寄ってきたので、柔毛に覆われた小動物を撫でるように彼女の髪を撫でた。ヴァルは彼女を傷つけたくなかった。ガーダがなにもきかずに新しい生活を受け入れてくれたら、ふたりが一緒に楽しく暮らすことも可能だろう。ヴァルは楽観的になり、自分が望むガーダ像を心に描きはじめた。陽気で、自立心があり、みなに好かれ、人から羨ましがられる所有物、悪意のある噂から守ってくれるもの。たちまちかれは確信した。ふたりのあいだにある問題はどちらにとっても都合のよい方法で解決した。ぼくはほかの娘なら飛びつくような人生をガーダに約束しているのだ。

「まず最初にするのは運転を習うことだな」気持ちが高ぶるあまり、ヴァルはひとり言をいいはじめた。「そうすれば、ときどきぼくが外出しても問題ないだろう。車がいつもここにあるよう手配するよ。そうすれば、きみはいつでも好きなときに乗れるだろう――ぼくは別の車を使えるからね」

ガーダはすっかりおとなしくなり、息もしていないかに見えた。ひと言も話さずにいたら、ヴァルが手を離すのを忘れて永遠に胸にもたれさせてくれると思っているのだろうか。彼女はヴァルの言葉に耳を傾けまいとした。かれがすぐ近くにいること、髪を撫でる手のやわらかな感触以外はなにも気づくまいとした。ふたりのあいだにはもはやどんな絆もない。そのため、なおさらかれの肉体の存在が絶対不可欠なものになったのだ——自分の体にかれの体の感触が伝わってくるかぎり、耐えられないものはない。ところが、今、ヴァルはガーダの新しい服を買うことについてなにかいっている。その言葉が耳に入ったとたん、彼女は安っぽく見られているような気がしてがっかりした。この状況自体が安っぽいごまかしに思える。まるで悲しみの代償として新しいドレスが買い与えられるかのようだ。それでも、自分の頭を撫でる手の動きが機械的だと気づいたものの、かれが手を離すことにはまだ耐えられなかった。無力感に苦しみながらガーダは抑えきれない涙が目からあふれるのに気づいたが、それを拭うために体を動かそうとはしなかった。

胸に広がる妙な温かい湿りけを感じ取ったとたん、ヴァルの思考の流れが止まった。視線を下げても、自分が撫でている色のない髪と滑らかな頭の曲線、魔法にかかったように自分にもたれかかっている痩せた体しか見えない。身動きもせず、声もたてずにどうやって泣けるのだろう?　それでも、間違いなくガーダの涙は本物だ。ヴァルはその涙に同情しなかった。またしても優しい気持ちが消えて、にわかに怒りが湧きあがった。ぼくがガーダの将来の幸せを考えている最中にめそめそするとは、なんて恩知らずなのだ。もうすこしでそういいそうになったが、急に考え直してやめると、彼女が泣いていることに気づかなかったふりをした。「お嬢さんはもう寝る時間だよ」以前の優しい口調を真似していった。だが、まったくうまくいかないので、ガーダにつかみかかられ、しがみつかれ、力ずくで引き留められるのではないかと心配になった。ヴァルの目的は彼女の感情に巻きこまれないうちに逃げ出すことだ。そこですばやく向きを変えると、ガーダを見ないようにしながら大股に歩いて部屋から出ていき、ほっとしながらドアを閉めた。

ヴァルはそんなに心配しなくてもよかったのだ。ガーダには騒ぎを起こす意志も気力もなかった。涙に気づかないふりをして慌てて立ち去る夫を見つめながら、引き留めたいとも思わなかった。本人の意に反して引き留めておくほうがはるかにつらいだろう。

〝そう、おしまいなのね――あの人はもうわたしのことなどなんとも思っていないんだわ〟そう思いながら、ガーダは長いあいだ自分に取り憑いている悲運を逃れられないものとして無抵抗に受け入れた。戦うという考えは頭に浮かばなかった。現状を変えるために自分ができることはなにもないようだ。ずいぶん前、療養所にいたときにこの絶望的な場面を予想し、ヴァルを失っても当然だと思った。ガーダは強い罪悪感に襲われていたため、自分の行動についてまったく弁明していないことを見落としていたようだ。おそらくそのせいでますます混乱し、心を痛め、ベッドに入ってからもずっとこういいつづけていたのだろう。〝わたしはなんて恐ろしい……いやな女なのかしら……ヴァルはどんなにかわたしを嫌っていることでしょう……〟しだいに枕は涙で濡れた。それからだいぶあと、ガーダは厳しいお仕置を受けた子供のように、誰もいない部屋で泣きながら寝入ってしまった。

この現実とガーダが夢見ていた再会はまったく違っていた。今、夢のなかで彼女はつねにヴァルを探し求めたり、はるかうしろから追いかけたりしているが、どうしてもかれに近づくことができない。どの夢のなかにも糸が張り巡らされているかのように、罪悪感と劣等感がガーダに絡みついて、想像もつかない終局へ導いていくのだった。

＊　＊　＊

翌朝、ガーダが身支度を整えたときには、ヴァルはもう家にいなかった。こんなふうに初日から伝言も残さずにかれが出かけていったため、昨夜、出した結論がさらに揺るぎのないものになった。ヴァルはわたしを必要としていない――来てほしくなかったのだ。わたしは厄介者でしかないのだから、できるだけはやくまたどこかへ行かなければならない。かれに自由を与えるのが最後の愛の証なのだろう。

けれど、まずあの差出人不明の手紙のことをヴァルに話さなければならない。あの手紙はやましい秘密のように混乱した心に重くのしかかり、いつまでも胸にしまっておくと、ますます罪が深くなるような気がする。それでも、どんなことでもヴァルを完全に失うことよりはましに思えるので、心の重荷を取り除きたいという気持ちより、もうここにいる理由がないことを恐れる気持ちのほうが上回っていた。

ガーダは不安に苛まれながら夢うつつの状態で一日を過ごし、車の音が聞こえるのを待ち、夫はいつも何時ごろ戻るのだろうと考えた。だが、召使いに尋ねる気にはなれなかった。ガーダが当てもなく行ったり来たりしていると、無表情な黒い目が彼女の動きを追った。なぜかこの小さな家のなかではどこにいても落ち着くことができない。かすかな光を放つむき出しの床を見ると、潮が引いたばかりの濡れた砂浜を思い出す。そこには足跡ひとつ残っていない。彼女の足は軽すぎてどんな跡も残すことができないのだ。どうしてそれがそんなにも悲しげに見えるのか、ガーダには説明できなかった。また、一般社会にいたときと同様、ここでも自分は見棄てられた無用な人間で、自分の願いや幸せは考慮されず、最終的に第三者がすべてを決定する場所を当てもなく動き回っているような気がするのだが、そんな考えを明確化することもできなかった。悲しみのあまり、彼女はやっと脱却した子供時代に退行し、現在も過去も人生はどうにもできないもので、自分はそれに翻弄される犠牲者にすぎないのだと思った。

家のなかにいてもくつろぐことができないので、ガーダは庭に出ていった。けれど、昨日はあんなにも彼女を喜ばせた牧歌的な風景はなく、目に見えるのはすぐにも立ち去りたくなるような場所だけだ。彼女は絶望感に押しつぶされそうになった。どうやってひとりで生きていく勇気を見つけたらいいのかしら？　結婚生活が破綻したのは仕方のないことだと諦めてはいたが、まだ離婚とかひとりで新生活を始めるといった具体的なことは考えられなかった。それよりも彼女の思いはあの不吉な手紙に戻った――あの話をヴァルにもち出すいちばんいい方法はなんだろう？

あいにくその晩、ヴァルにその話をする機会はなかった。黄昏は短くてあっというまに冷えこんできたので、戸外でタイヤが砂利を踏みしめる音がしたときには、ガーダは家のなかにいた。その音を聞きたくて一日中、彼女は耳を澄ましていたのだ。いざそれが聞こえたとたん、不安のあまり心臓が激しく鼓動しはじめた。昨夜、ふたりがどんな別れ方をしたかを思い出すと、拒絶されるのではないかという不安で身がすくみ、なにもいわずにその場に立ちつくした。

ガーダの控えめで不安げな表情は、ひと言の説明もなく一日中ほったらかしにされても当然だといわんばかりだった。ヴァルは気がとがめたが、同時に漠然とした苛立ちを覚えた――それを隠すためにきびきびした元気な態度をとり、今夜ルイの屋敷で開かれる晩餐会に出席することを彼女に思い出させた。なにを着ていこうか？　すぐに支度に取りかかろう。そういいながらガーダの部屋についていき、衣装戸棚を調べて一着を選び出したあと、着替えをするために自分の部屋に行った。昨夜と同様、ガーダはまた一時的な休息時間に入った気がした。心地よいけれど、まったく現実離れした感覚だ——そんな感覚にあっさりと身を委ねたのは、自分が現実の存在だと思えなかったからだ。

ガーダが連れていかれた大邸宅の印象は、かすんでいて暑いというものだった。彼女は自分が軽くて、小さく、もろいものになったような妙な感覚に襲われた。明りに引きつけられて闇のなかから舞いこんだ蛾が、きらめきの真っ只中にいる自分に気づいて驚いているかのようだ。なにもかもが現実とは思えず、別のもっと大きな次元に運びこまれた気がする。天井の高い細長い部屋には柱廊がつき、たくさんの家具調度が設えられ、途方もなく大きな絵画が並び、巨大な骨壺のような装飾品には茎の長い花があふれんばかりに生けてある。広々とした艶やかな床の反対側にいる大勢の人を見て、ガーダはなんとすてきな、なんと騒々しい人たちなのだろうと思った。きらびやかに着飾った女性たちを見て、ガーダは寝間着姿で来てしまったような思いにさせられた。ヴァルの考えで彼女はウェディングドレスを着ているのだが、それは純白でまったく装飾がないものだ。まさに夢見心地でヴァルと並んで歩きながら、ガーダは自分を守ってくれるかれの存在をありがたいと思った。かれがいなかったら怯えていただろう。ヴァルとガーダが集まっている人びとに近づくと、話し声が小さくなった。思いがけない沈黙に驚いたガーダは、気まずそうに夫の顔を見た。それに応えてヴァルが晴れやかな笑顔を見せたので、彼女はなおいっそう驚き、ますます夢見心地になった。

そのとき、ヴァルはガーダに対して本物の愛情を抱いた。上流社会の友人たちとガーダの違いを目立たせるという単純な作戦が効を奏し、彼女がみなにいい印象を与えている様子に満足した。期待どおり、ガーダも調子を合わせているようだ。絶妙のタイミングではにかみと愛情が混ざりあった表情で夫を見つめ、女性たちを味方に引き入れ、彼女たちから競争相手と見なされないようにしたのだ。ヴァルは満足げにほほ笑みながら、「あなたが天使と結婚していらしたこと、どうして教えてくださらなかったの？」という女主人の問いに答えた。この堂々とした雰囲気を漂わせる、真っ白な顔の、吸血鬼のように真っ赤な口をした女性は、近づいてくるガーダをずっと目で追っていたが、今度は彼女を連れて回り、ほかの客に紹介した。

飾りのない白のドレスを着て、かすかに光るまっすぐな長い髪を垂らしているガーダは、本当に中世の絵画から抜け出した天使のようだ。しかし、子供のころに軽蔑され無視されたことがこたえているため、自分の髪は鼠の尻尾、脚はマッチ棒、顔は死人のようだと思っていた。そのため、魅惑的な人びとの注目を浴びてガーダは満足したし、うれしかったが、相変わらずすべてが幻のように思えた。それでも今までほど人を怖がらなくなり、すこし緊張をほぐした。

思いがけなくヴァルが愛情のこもった視線を投げかけてくれたので、今は頭が痛いにもかかわらず、お世辞をいわれたりシャンパンを飲んだりしたとき以上にガーダは大きな目を輝かせた。彼女の席はルイ・モンベーロの隣だった。晩餐会は延々と続いたが、ガーダがもうひと口も喉を通らないことを話すと、ルイはこれ以上彼女に料理を出さないよう使用人に命じた。かれはとても優しく、特別な気遣いを見せてくれたので、ガーダは昨日の別れ際に抱いた好意的ではない考えを改めないわけにはいかなかった。さらにこんなことも考えた。ヴァルからあのような残酷な話を聞いてわたしがショックを受けないよう、ルイは憎まれ役を買って出てくれたのだ。だからわたしの反発を受けて苦しんでいるのは、ヴァルではなくてルイなのだ。

晩餐会のあとは映画が上映される予定だった。上映中は暗がりのなかで静かに座っていることができるし、これ以上話をしたり、愛想よく振る舞ったりしなくてもいい。そう思うと、ガーダはうれしかった。慣れないアルコールを飲んで一時的に気持ちが高揚したものの、はやくもその効果は消えかけている。そのために頭痛がさらにひどくなった。けれど、飽き飽きするほど長い食事のあいだずっとそうだったように、ヴァルの優しいまなざしのことを考えずにいられなかった。あのまなざしは――幻を糧に生き延びている愛がけっして報われないことは確かなのだが――ガーダにとって漠然とした希望をつくりあげるのにどうしても必要だったのだ。今、彼女はあたりを見回してヴァルを探しながら、大広間でかれが隣に来てくれるかどうか考えた。ところが、ヴァルはすでに赤いドレスを着た女性の隣の席に着き、いつもガーダにするようにほほ笑みかけ、その女性の顔を輝かせている。だが、ガーダのほうに目を向けることもしない——彼女がいることも忘れてしまったようだ。

ばかげた希望はそんな頼りない土台の上につくりあげられていたのだ。今までガーダの気持ちを引き立ててくれたものはとつぜん崩壊した。幻の支えを失った彼女は途方に暮れた。こんな洗練された裕福な人びとのなかでわたしはなにをしているのだろう？　男性たちの日焼けした顔、化粧品で輝く女性たちの顔、どれも同じに見える。まるで同じ仮面をつけているようだ。どれも冷ややかで、薄笑いを浮かべ、ごてごてと飾りたて、感情がない。どれも愛情、哀れみ、あるいはもっと優しい感情を表すことができない。華やかで、冷たい、活気に満ちた、凡俗な仮面を見て、ガーダは震えあがった。これから先ずっとあの仮面に囲まれて、新参者のわたしは自分が場違いな人間だというのを思い知らされ、不安な日々を過ごすのだろう。

急にこの場から逃げ出したい衝動に駆られ、ガーダは痛む頭に手を押し当てながら、以前の習慣で無意識のうちにヴァルのほうを見たが、今はかれの助けを期待すべきでないことを思い出した。一瞬、ヴァルが見えなくなった。かれは消えてしまった。だが、すぐにかれも仮面をつけていることに気づき、悪夢を見ているような思いがした。ヴァルの褐色に日焼けした端正な仮面はほかの男らしい仮面と区別がつかない。ここ以外の環境は知らないのか、ヴァルはすっかりくつろぎ、ほかの人びとと同様、ガーダにとって知らない人間になっている。

ふいに恐ろしくなってガーダは顔をそむけたが、頭がくらくらし、あたりが暗くなった。けれど、暗くなったのが頭のなかなのか、感情のない単調な話し声が響く部屋のなかなのかよくわからない。「ちょっと外に出ましょう」親しみを込めた優しい声がガーダの耳に飛びこんできた。ふと気がつくと、誰かに体を支えられている。不思議なことに、いつのまにか涼しく薄暗い庭園にいた。あたりには花の香りや異国の大地の匂いが漂い、生い茂る黒い葉の隙間から無数の星が見える。驚いた子供のようにガーダが腰かけている石造りのベンチに触れると、何時間か前に沈んだ太陽のぬくもりがまだかすかに残っている――これは魔法の力によるのだろうか。一瞬、あたりに広がる壮大な、謎に包まれた、未知の世界をかいま見た気がした。けれど、すぐに自分の苦境が壁のように立ちはだかり、その世界を覆い隠した。ガーダはゆっくりと視線を上げて目の前にたたずむ背の高い人物を見た。それがルイ・モンベーロだというのはわかっていた。それなのに、なぜか今、気づいたように思えた。

「どうかしたのですか?」ガーダは気まずそうにききながら、はっきりしないルイの顔を見ようと目を凝らした。しだいにずらりと並ぶ仮面の記憶は薄れていったが、思い出すと今でも体が震える。

「別に」ルイは平然と答えた。「なんでもありません。誰も気づきませんでしたよ」たしかにふたりは細長いガラス戸を通り抜けて目立たないように出てきたので、ほかの人の興味をかき立てることもなく、網戸越しに人目を引くこともなかった。ただし、夫婦の片方であるヴァルは別だった。ルイはわざとヴァルの注意を引きつけ、なにが起こっているのかわかるようにしておいたのだ。「あなたが具合悪そうにしていたものですから――あそこはカーテンが全部引かれていたので暑かったのでしょう。あなたは慣れていませんからね」目の前にルイの堂々とした大きな体が立ちはだかっているので、またしてもガーダは小さくて、軽い、ひらひら飛び交うつまらない生き物になった気がした。だが、そんな考えはばかげていることがわかり、すこし安心したが、今でもあの恐ろしい仮面は忘れることができなかった。今の自分は八歳くらいにしか見えないだろうと思いつつ、すぐさまガーダはきいた。

「あっちへ戻らなくてもいいのですか？」

「もちろんその必要はありません」一瞬、ルイの笑顔に白いきらめきがよぎった。「車でお宅までお送りしましょう。それとも、あなたがだいじょうぶそうなら、庭を通ってぶらぶら歩いていってもいいですよ――近道があるので、ちっとも遠くありません」

ガーダは慌てて立ちあがると、どうぞおかまいなく、ひとりで帰りますといった――ルイを客から奪おうとは夢にも思わなかったのだ。彼女が申し訳なさそうに異議を唱えると、ルイはそれをあっさりとはねつけた。無言のままガーダの腕をつかみ、ひんやりとする闇のなかへ連れていった。「ひとりでは迷ってしまうでしょう。とにかく数分で着きますから」こんなことをするのは当然だといわんばかりに、落ち着きはらい、途中にあるさまざまの木や植物の話をした。あたりは暗すぎてあまり多くのものは見えない。なだらかな坂を下り、ぎっしりと花が植えられた花壇のあいだを抜けていくと、黒と灰色の世界に住む幽霊のように、さまざまな甘い香りが忍び寄ってくる。

「すぐに家に入りたいですか?」コテージの庭の端に作られた生け垣の近くまで来たとき、ルイがきいた。ガーダがひどく疲れていなければ、彼女がときどき座って過ごせるような涼しい静かな場所に案内したいというのだ。「そこはあなたにぴったりですよ。まったく人目につかない場所なのです。そこに行く者はいませんからね」

ガーダはルイと一緒に行きたくなかったが、あたりに響き渡る不思議な声に逆らいきれなかった。妙に説得力のある声は頭のなかで響いているような気がする。よく通る、穏やかな声でせがまれると、自分の意志をなくしたかのように、彼女はルイとともに闇のなかを進んでいった。

ガーダに見えるのは山脈の影のような、生い茂る葉の巨大な黒いかたまりと、下のほうでかすかにきらめく黒い水だけだ。垂れさがる長い枝が羽根のように軽く揺れてガーダの髪をとかした。あたりには涼しげな青葉の香りや、まったく日の当たらない水の匂いが漂っている。

ルイは立ち止まった。かれの横に並んだとき、ガーダは足下の水に気づいた。「柳の木陰はいつも涼しいですよ」ルイはいった。「小さなボートもあります。妻のために用意したものなのですが――

ずいぶん前、結婚したてのころに故郷を思い出させようと思って。でも、なぜかうまくいきませんでした。なぜかわからないが、妻はここを気に入らなくて。家から遠すぎるのかもしれない。とにかく今はまったくあれに近寄りません。妻がここに来なくなってから、もう何年も経つでしょうね。それでも、ずっとあのボートにペンキを塗り、水が漏れないようにしてきたのです。ときどき乗ってくれませんか？　誰かに喜んでもらえるとうれしいのです」

ガーダはすぐに承諾した。ルイの打ち明け話にうっとりと聞き入っているうち、すこし前までかれと一緒に行くのがいやだったことも忘れた。ふたたびルイは声の力で彼女を支配した。今、その声はとても人間のものとは思えず、夜そのものが話しかけているかのようだ。同時に、その声には妙な喚起作用があるので、延々と続く幻滅、誤解、終わりかけた人間関係が心のなかに呼び覚まされ、いつのまにか彼女は話し手の都合のいい方向に引っ張られていた。ガーダはルイがもっと話してくれるのを待った。ところが、今、かれは黙っている。しばらくすると、いきなり池に背を向けた。漠然とした失望感を覚えつつ、彼女はルイとともにコテージに戻った。

家のなかの明りを受けて葡萄の葉は驚くほど不自然な色に見え、暗がりを歩いてきたせいでベランダそのものもいやに明るい感じがする。ルイはガーダと一緒に階段を上がらずに芝生で立ち止まった。彼女はベランダで足を止めると、振り返って別れの挨拶をし、送ってきてくれたことに感謝した。明るい場所に来たとたん恥ずかしくなったのでルイの顔を見なかったが、かれは光の当たらないところにいて彼女を見上げている。

「ちょっと待って」ルイは優しく声をかけた。ガーダは驚いたようにかれを見たが、本当に驚いたわけではないし、かれの口からつぎにどんな言葉が出てくるのかだいたい予想がついた。「これだけいわせてください」――なおいっそう優しい、おだてるような話し方になった――「ぼくで役に立てることがあったら、いつでもいってください」いかにも自然な語り口で訴えながら腕を伸ばして片手を差し出した。「約束してくれませんか?……お願いです……」明かりの当たらないところにいるため、ルイの姿ははっきり見えない。かれは片腕を伸ばしているが、近づこうとはしない。ガーダは呆気にとられたように、遠く離れたところにいるように、かれを見つめた。ほかの人間に吹きこまれたかのごとく――自分自身のものではないかのごとく――不思議な思いが頭に浮かび、自分と思考を抑えきれなくなった。心の片隅では自制心を取り戻さなければならないと承知しているけれど、途方もなく優しい思わせぶりな声と戦いたくなかった。ふたりが離れているにもかかわらず、その声は彼女の耳元で、あるいはもっと近くで聞こえているようだ。

「ときには、愛する人より比較的知らない人間のほうが話しやすいこともありますよ」ルイはつねに優しい口調で語りかけ、今度は思いやりや理解が込められた声音で月並みなことをいった。「出しゃばりな人間だと思わないでくださいね。困ったときにはぼくがいることを知ってもらいたいだけなのです」

相変わらずガーダは返事をしなかった。それでも、ルイが近づいてこないので安心していた。しだいに不思議な考えに慣れていき、それほど違和感を覚えなくなった。

「見知らぬ国に来ると、最初はなにかと大変です。誰が信頼できる人物か見きわめるのはかならずしも簡単なことではありません――ぼくを信頼に足る人間だと思ってもらえるといいのですが」

耳に残る優しい声を聞くとはなしに聞きながら、ガーダはどうしようもなく不思議な力に引きつけられた。わたしの頭にあの考えを吹きこんだのはルイなのだろうか？　それとも、かれはなにか引き出そうとしているのかしら？　ガーダは自分の思考がばかばかしいくらいに揺れているのに気づきながら、そのばかばかしさが問題なのかどうか考えた。

「ぼくを信頼してくれますね？」ひっきりなしに聞こえてくる優しい声はガーダの頭のなかで響いているようだ。話し手はずっと顔を上げて彼女を凝視している。実際には見えないのに、ガーダはルイの澄んだ目を強く意識していた。かれは強烈な輝きを放つ目を大きく開き、一心に彼女を見つめている。優しい思わせぶりな声と同様、彼女は見えない視線に引きつけられた。その視線は彼女の頭のなかに入りこみ、好きなように思考のなかを動き回っている。

「ええ」ガーダはなす術もなく小さな声で答え、ルイの情けにすがった。できることはなにもない。今やかれの思いのままだ。子供のように大きく目を見開き、ぼんやりとルイを見つめているが、そのまなざしは苦しげでもあり、うっとりしているようでもある。ルイはわたしになにかしてほしいのだ――それはなんなのだろう？　魔法のように迫ってくるルイの意志力を感じてガーダは怯えたが、同時に引きつけられた。あたかもふたりのあいだで胸に秘めた不思議な感情が、愛情のように強いものが通いあったかのように。ガーダの目には催眠術にかかっているような表情が浮かんでいる。そして、かろうじて聞きとれる程度の声でぼんやりと話しはじめた。「ちょっと力になっていただきたいことが……手紙のことで……」その言葉を引き出したのがルイの意志力だというのはガーダも承知していた。抵抗しなければならないことも。しかし、彼女を引きつける力はあまりに強い。ルイは実物よりすこし大きな恐ろしい長身の黒い影法師になっているが、それから発せられる確固たる意志が見えるようだ。「ちょっと取ってきます」ガーダは消え入りそうな声でいいながら向きを変えると、震える足を動かして家のなかに入った。

どうやってここまで来たのかほとんどわからないけれど、ガーダは自室に着いた。第三者からメッセージが届いたかのように、とつぜん差出人不明の手紙をルイに見せるという考えが浮かんだが、それは絶対に必要なことに思えた。どういうわけか、差出人不明の手紙をルイに見せれば、ヴァルが療養所の所長の手紙をルイに見せたことが帳消しになり、自分が負った心の傷が癒されると思いこんだのだ。どうしてルイがそんなことをさせたいのか、自分に問いかけはしなかった。今でもガーダはルイの勢力下にあり、またしても執念深いかれの意志が、彼女に迫ってくる。それを意識しながらもはっきりしたことはなにも考えず、手紙を隠してある引き出しに近づいた。そして、すぐさま手紙を持ってベランダに戻り、待っている不思議な影法師に手紙を差し出した。自分がなにをしているのかということはまったく考えなかった。自分がその場にいないかのような、ぼんやりとしたうわの空状態になり、日常生活の意識は停止していた。「読んでもかまわないのですか?」とルイが尋ねると、ガーダは催眠術にかかっているような表情でゆっくりとうなずいた。

ルイは前に進み出て便箋を明りのほうに向けた。ガーダはかれの顔に浮かぶ妙な笑みと輝きに気づいたが、実際に顔がほころんでいるわけではない。なぜなら筋肉はまったく動いていないからだ。相変わらず彫像のようにその場にたたずんだまま、ルイは手紙を読み、晴れやかな超然とした表情を浮かべている。その手紙になにが書かれていようと、かれにはどうでもよかった。大事なのはそれを自分のものにすることだ。それでも、手紙を読んですこしおもしろがった。このような手紙を見たのは初めてではないし、これが最後でもないだろう。誰がそれを書いたのか、というよりは、誰がそれを書かせたのかについてはだいたい見当がつく。なぜなら自分の妻はタイプライターを使えないからだ。独特の屈折した考え方をするルイはこの一件をおもしろがった。

手紙から顔を上げたとき、ルイの目に入ったのは小柄な女性の哀れな姿だった。明かりを背にして暗がりにたたずんでいるので、髪の縁が白金色に輝いている。彼女はうっとりとルイを見つめている。ふたりの視線が合った瞬間、かれの目から飛び出した火花がガーダの目に入りこんだ。ルイの声が彼女の頭のなかに入りこんだように。今、彼女は二重にルイに支配され、二度もかれの魅力の虜になった。ガーダは大きく目を見開き、うっとりとルイを見た。かれは勝ち誇ったように顔を輝かせ、今は満面をほころばせて笑っている。

「こんなものを気にしてはいけません――くだらないですよ。ひとつだけ、この手の不愉快な問題に対処する方法があります――」ルイは相手を安心させるようにいいながら、両手でなにかを引き裂く身ぶりをした。「かまいませんか?」

「えっ、ええ、どうぞ!」ようやく口がきけるようになったので、ガーダは語調を強めていい、ルイの魔力に完全降伏した。かれは頑丈そうな手で便箋と封筒を二度引き裂いてから、それをポケットに押しこんだ。几帳面な性格なのだろう、とガーダは思った。たちまち大きな重荷を下ろした気分になった。いとも簡単に片づいた――責任を転嫁しただけだけれど……もう思い悩む必要はない。

その夜、ガーダはひとりで寝ることを前夜よりもすんなりと受け入れた。それはルイが友達になってくれたからだ。どうしてかれを信じてはいけないのだろう？　かれはわたしを信じてくれた。打ち明け話をしてくれたし、いつも優しさと思いやりを示してくれた。自分が受け入れられているという魔法にかかったガーダは安心し、それ以上考えなかった。礼儀正しく真面目で魅力的なルイがわたしの夢を守ってくれるらしい。なにが目的なのかはきかなかった。けれど、かれの顔は勝利を目前にした人間のように意気揚々と輝いていた。誰が手紙を書いたにしろ、ルイは勝つにちがいない。ヴァルは安全なのだ。

＊　　＊　　＊

翌日もガーダの態度は変わらなかった。相変わらずぼんやりとうわの空状態で、いるかいないのかわからなかった。ルイのことを考えたり、手紙や自分のしたことを考えたりはしなかった。けれど、だいたい情勢が好転していることは想像できた。ルイは差し迫る危険を察知し、それを避ける態勢を整えているのだろう。重すぎる責任から解放されたので、ガーダは今まで以上に軽くなったような、さらに非現実的なものになったような気がした——肉体から遊離したごとく、午前中も午後に入っても当てもなくぶらぶらしていた。

そのとき、来客があった。身だしなみのいい小太りの男だ。ガーダには何者なのかわからなかったが、召使いはよく知っているらしく、彼女の指示を待たずに茶菓を運んできた。その男はここに長居するつもりなのか、ゆったりと椅子に腰かけると、モンベーロ邸専属の医師だと告げた。昨夜、具合の悪かったガーダを心配したルイが、ちょっと見に行ってほしいと医師に頼んだのだそうだ。

このことに不愉快な驚きを覚えたのと同時に、ガーダはわれに返った。ルイはなんということをするのだろう。出過ぎた行為――お節介――といってもいいくらいだ。彼女は冷ややかな腹立たしげな口調で、どこも具合の悪いところはないといいきった。実際、慣れていないのですこし暑さ負けしただけだと思っていたのだ。

ところが、小柄な医師はビスケットをちびちびとかじりながら、それならあのことは事実ではないのかと尋ねた。医師の忠告にそむいて療養所から出てきたのではないか、と。

それを聞いてガーダは本気で怒りだした。そもそも、ひと目見たとたんこの医師が嫌いになった。厚かましい小男は悪意のこもった目つきでちらちらと彼女を見ながら、ビスケットをかじりつづけ、まるで自宅にいるかのようにくつろいでいる。それにしても、こんなことをするとはルイもひどすぎる、とガーダは思った。かれの行為は度を超している。けれど、たぶん善意からしてくれたのだろう。個人的な問題は秘密にしたいから、あちこちでいいふらしてほしくない。それをルイにはっきり伝えなくてはならない。精いっぱいよそよそしく厳然とした雰囲気を出そうとしながら、ガーダは必要なら医者を呼ぶことくらいできるといい、別れの挨拶をした。ところが、彼女の話が理解できないのか、茶菓の載ったトレイから離れたくないのか、小柄な医師はただ笑みを浮かべてカップを持ちあげただけだ。ガーダは部屋から出ていき、かれがひとりでお茶を飲むようにした。

ルイの差し出がましい行為のせいでガーダはすこし不安になった。だが、来客が立ち去ったあと、すぐにそのことは忘れ、そろそろヴァルが帰ってくるころだと思いながら庭に出て待った。今日はいつもと違い、かれは車を使わずに仕事場から歩いてきたにちがいない。ほどなく家のなかからガーダを呼ぶ声が聞こえた。どうやら反対側から家に入ったらしい。かれの怒りに満ちた声を聞き、ガーダはなにかあったことを察知した。彼女がドアを開けるか開けないかのうちに、ヴァルのどなり声が響いた。「今度はこの家を病院にするつもりなのか……」

「どういう意味なの?」相手のいうことが理解できず、ガーダは驚いて目を見張った。ヴァルの視線の先を目で追うと、テーブルの上に体温計と体温表の束が置かれている。それとあの招かれざる客とがすぐには結びつかなかったが、すこししてそんなものを置いていったのがあの医師だと気づいた。一瞬、混乱した未熟な頭に浮かんだのは、それが自分を倒そうとする恐ろしい陰謀の一環ではないかということだ。人間だけでなく、この家とルイの屋敷のあらゆる無生物もその陰謀に加担しているようだ。ガーダは体温表をつかむと、細かく引き裂いて床にばらまいた。「ひどいわ!」荒々しい口調で叫んだ。「あの人を寄こしたのはルイなのよ——わたしはなんの関係もないわ——あの人がこんなものを置いていったことも知らなかったの――」そのとき、ふいに自分の手が目に入った。不思議なことに昨夜の出来事が鮮やかによみがえり、同じことをしているルイの手を見ているような気がした。初めて昨夜の出来事の意味がわかりはじめると、ガーダは大きな衝撃を受けた。胸のなかに恐怖と罪悪感が込みあげてきた。昨夜の出来事に対する自分の責任を否定することはできない。昨夜、わたしがしたことは、ヴァルの手紙に返事を出さなかったことと同様、裏切り行為のような気がする。怒りと非難の言葉を浴びせられても当然なのだ。わたしのほうがずっと悪い。ヴァルがわかっている以上に。ガーダは最後の紙片を落とし、あたり一面に散らばった紙屑のなかで立ちつくすと、両手で顔を覆い、薄い肩を震わせて激しく泣きだした。

ヴァルは腹立たしげにガーダに背を向けると、別の部屋に行って強い酒を飲んだ。かれは怒りを覚えるのと同時に傷ついていた。こういった類のことには向かないのだ。涙や騒ぎは嫌いだった。望みは楽しくのんきに暮らすこと、ほかの人間にも同じようにしてほしいということだけだ。それなのに、ガーダがここに来てからというもの、面倒ばかりだ――誰でも彼女がわざとぼくを手こずらせていると思うだろう。昨夜はモンベーロ邸できちんと振る舞っていたと思ったら、あとになってみなに病弱だという印象を与え、なにもかもだいなしにした――ここの人びとは強靭な体と精神をもっているので、病弱な人間を忌み嫌っているのだ。

すこし前にルイとこの話をしたばかりなので、ヴァルの怒りはことのほか強かった。初めから雇い主に結核の話は秘密にしておくよう注意された。人びとは愚かにも病気に対して異常な恐怖心をもっているから感染を心配するかもしれない、と。今度はモンベーロ夫人が難色を示し、ガーダがここにいてほしくないといっているようだ。それはどうでもいいが、うんざりしたルイがついにガーダを療養所へ送り返すべきだといったのはどうでもいいことではない。ルイの差し出がましい態度に腹を立てたヴァルは、誰のためでもそんなふうにガーダを追い払うつもりはないことを明言した。そのあとは気持ちを落ち着かせてルイを説得し、悪意のある噂に対する盾代わりにガーダをここに置いておいたほうがふたりにとっていいことをわからせようとした。しかし、雇い主は納得せず、相変わらずヴァルの考えに反対した。ガーダが友人たちにいい印象を与えたことに気づいていたので、ヴァルは自分の考えに固執した。

ルイがときおり冷淡になったり、横柄になったりしながら、けっして妥協しない態度を見せたので、ヴァルは自分が否定されたような気になり、思わず怒りを爆発させた。話しあいが終ったあとは不安になり、相手の高圧的な態度に憤慨したあまりやりすぎたのではないかと心配になった。ガーダを守るために口論し、彼女のために失職の危機にさらされたかもしれない。そんなことを考えながら家に戻ると、誰にでも見えるようなところにあの不愉快な表が置かれていた。妻は健康だと繰り返しいってきたことが誤りだと証明しているようなものなので、頭に血が上った。腹が立ったのも当然なのだ。

しかし、酒を飲みおえたころにはすこしガーダがかわいそうになり、ふたたびルイに対して怒りを覚えはじめた。彼女を追い払えというとは、自分をなにさまだと思っているのだ？　あまりにもひどすぎる――誰にいわれようと、そんなことは受け入れられない。

ヴァルは別の部屋に行き、ガーダがしょんぼりと座っているソファに腰をおろすと、自分が悲しませたことはすっかり忘れて彼女を引き寄せた。「そんなに情ない顔をしないでくれ。きみがつらい思いをさせられるなんてひどすぎるよ――きみが悪いわけではないのに」

しかし、ふたたびガーダは悲嘆に暮れているかのように泣きじゃくりながらいった。「わたしが悪いにきまっているわ――あなたはわたしのことなど嫌いなのでしょう！」

「いや、違うよ。ばかなことをいうんじゃない」ガーダがヒステリックになっていると思い、ヴァルは小声でなだめ、彼女が緊張を解くまで励ますように抱き、彼女が肩にもたれかかってもそのままほうっておいた。しばらくのあいだ、ぼんやりと髪を撫でながらどうしたらいいのか考えた。

ヴァルはルイに屈伏したくなかった。断続的ではあるけれど、ガーダに対する愛情がよみがえり、そのときは彼女の存在が迷惑だということを忘れた。ヴァルは彼女と一緒にいたかったが、本当に求めているのは独自の生き方だった。むずかしいのはそれを手に入れるためにどこまでやるか決断することだ。なぜなら自分がどこでルイと繋がっているのかよくわからないからだ。かれにとって自分が絶対に必要なのかどうかもよくわからない。ヴァルはこんなふうに考えたかった。金持ちの男が常人の理解を越えた欲望を満たすのにひと役買うことで、自分だけがかれの人生に潜む孤独感と虚無感を和らげることができるのだ、と。しかし、それも確かではない。ふたりきりでいるときでも、ルイにはどことなく近寄りがたい、自制しているような、謎めいたところがあるので、理解に苦しむのだ。取り返しのつかないことはしたくない。最善の策はしばらくなにもせずに成り行きを見守ることだろう。

その間、ガーダの熱愛はありがたいもので、ルイとの諍いでしょげていたヴァルは自信を取り戻した。今は彼女の子供みたいに垢抜けないところも大目に見ることができる。それとくらべると、自分が有能で、経験豊かな、世慣れた人間に思えるからだ。無批判に敬慕されてくつろぐのは心地よい。ガーダのかわいらしくて、子供っぽい、自然なはしゃぎようをヴァルはおもしろがっていた。彼女はまさにうれしくて踊りだしそうな雰囲気だった。

もちろんヴァルに注目されてガーダは有頂天になったが、それが長続きしないことは――それでなにも変わらないことは――承知していた。すでにすべてが失われたことは察知していたのだ。熱烈な愛の輝きが永遠に消えた以上――もう二度とひと晩中ヴァルのすばらしい体の横で眠ることも、たくましい胸に抱き寄せられることもない以上——今はかれが与えてくれるつかのまの幸せを慎ましく喜んで受け入れた。晴れやかな笑みを浮かべて一心不乱に夢のような時間をつかまえようとしながらも、いつなんどき霜にやられて萎れるかわからない晩夏の花のような、はかないかれの優しさに触れるたび、不安に打ち震えていたのだった。

この幻の夏、午後、ヴァルが仕事に行っているあいだ、ガーダはルイに教えてもらった池に出かけ、いちばん暑い時間でも戸外にいた。コテージのなかではくつろぐことができないのだ。というよりも、そこにいると、根本的な疎外感を忘れることができないのだった。その家は彼女の個性を受け入れようとしないだけでなく、敵意をもっているように思えた。けれど、池は友好的だ。ガーダはずいぶん前に別の女性のために用意された小さなボートのなかで横たわり、けだるい時間をまどろみながら過ごした。ときにはおぼろげな夢想にふけり、ときには柳が微風にそよぐ溜息のような音に心を和ませた。ときおり枝のあいだから浅黒い顔がのぞいても、怪しむこともなく、庭師のひとりだろうと思って気にも留めなかった。ぎこちない手つきで池の真ん中までボートを漕いでいき、岸から自分の姿が見えないくらいに寝そべったのも、いかにもいそうなスパイの目を逃れるためではない。水と空としなやかに垂れる緑枝がつくりあげる、この爽やかな人目につかない自分だけの世界で、子供が感じるような喜びを味わっていただけなのだ。池は意外にも透き通っていて底が深く、水面はまばゆい陽光を反射してダイヤモンドのようにきらめいている。池のまわりには柳が茂り、平石を敷きつめた小道を辿れば、ほどなくハイビスカスの生け垣に着く。そこからコテージの敷地になっているので、必要なときにはすぐに逃げ帰ることができる。

しかし、邪魔をしに来る者などいなかった。ルイのいうとおり、そこはまったく人目につかない場所なのだ。たびたびひとりで出かけるうち、ガーダはそこを特別な場所と考えるようになった。ある日の午後、暑いさなかに警戒心を解いてうとうとしていると、耳慣れない足音と話し声が聞こえたので、驚いた彼女は目を覚ました。

ガーダは立ち聞きをするような人間ではない。だが、夢の世界からもち越されたよくわからない衝動に突き動かされたのだろう。見覚えのあるふたりの人間に声をかけることもせず、ふたりに見えないよう横になっていた。そのうちに自分の存在を知らせる機会を逸してしまい、今さら声をかけるのも気まずくなった。顔を上げなくても、小さなボートのゆがんだ肋材の隙間からふたりの姿が見える。夫はのんきそうで若々しく見えるけれど、雇い主は髪の毛一本乱さず、いつものように冷ややかな、生気のない、彫像のような厳しい表情を見せている。ガーダがそんなことを考えていると、ヴァルの口惜しそうな声が聞こえた。

「わからないのは、どうしてぼくにひと言の相談もなく、あなたに手紙を見せたのかということなんです」

ヴァルはルイとの関係が今でも緊張状態にあることを話していなかった。だが、すぐにガーダはふたりの仲があまりよくなさそうだと察した。けれど、水面を渡って聞こえてくるルイの声は妙に一本調子で、苛立っているようなところはない。

「奥さんはほかの人間に見せていたかもしれないんだよ——これできみも危険だというのはわかるだろう」

ふたりが話しているのはわたしのことなのかしら？　目覚めたばかりで頭がぼんやりしているものの、そんなことを考えただけでガーダは不安になった。落ち着かなげに体を動かすと、かすかにボートが揺れた。気づかれるのではないか、遅ればせながら自分の存在を知らせなくてはいけないのではないか、そう思っているうちにつぎの言葉を聞き逃した。あらためて見ると、ふたりの男は水際にたたずみ、ルイが持っている紙切れを見ている。ガーダにはすぐにそれがなにかわかった。見てわかったというよりも、直観的にわかったのだ。その紙切れは間違いなく彼女がルイに破らせた差出人不明の手紙だ。

ガーダの頭のなかは大混乱に陥った。どなりあう声が聞こえ、それとともに不信、怒り、失望、恥ずかしさ、困惑、苦悩といった感情が湧きあがった。〝あの人を信じたのに——友達だと思ったのに〟

これが混乱のなかから生まれた最初のまとまった考えだ。そのつぎにこんな考えが浮かんだ。〝信じないわ〟ガーダに見えるかどうか試しているように、ルイが妙な仕草で不揃いの四角い紙片を差し出したので、彼女は目を凝らした。しかし、その正体がはっきりわかっていながら、いまだにルイに裏切られたことが信じられなかった。いいえ、絶対にありえない。そう思いながらも、ルイがヴァルに紙片を渡すのを見ながら心のなかでつぶやいた。〝そう、だからあれを取っておいたのね……〟混乱状態は耐えがたいものになり、もう筋の通った考え方はできなくなった。

今にも頭が破裂しそうになったとき、とつぜん葛藤は終った。こんなことはありえない。だから現実であるはずがない。ガーダには新たな次元に移る能力があるので、あたかも透明の壁の反対側にいるように、そこから起こっていることをすべて見聞きすることができるのだ。もうなにも心配する必要はない。どれも現実の出来事ではないのだから。すっかり安心した彼女は満足げにボートに横たわると、ガラスの壁の外で緊張を解いて休眠状態に入り、現実が一時停止している光景を眺めた。耳に届く言葉にはなんの意味もないのだ。

「まだ彼女に旅行の話をしていないのか?」

「折を見ていうつもりですよ」ヴァルは答え、もう興味がないかのように無雑作に紙切れをポケットに押しこんだ。だが、ルイの思惑どおり、差出人不明の手紙に対してガーダが意外な対応をしたことを知って動揺していた。妻のことはすべてわかっていると思っていたので、彼女の意外な行動に不愉快な驚きを感じていたのだ。ふいに自分が腹立たしげな話し方をしたことに気づき、ガーダに対して激しい怒りを覚えた。自制心をなくすのもガーダのせいだといわんばかりに――彼女がいると、すべてうまくいかないのだ。

ルイに庭を歩こうと誘われたとき、ヴァルはこの数日間、頭を悩ませていた雇い主との冷たい関係を終らせようと心に決めた。ところが、ガーダの名前が出たとたん、ヴァルはふたたびけんか腰になった。それは彼女に対する忠義立てからではなく、あれこれ指図されるのに我慢できなかったからだ。妻に対して抱いているのは主に習慣と思い出だけが頼りの気の抜けた愛情だ。そんな感情も今は不満に――彼女のせいで雇い主との関係が悪化したと思う気持ちに――呑みこまれている。今、ヴァルにとってガーダはまったく重要ではなかった。不可解な白っぽい色の目でかれを見つめる長身の男とくらべたら、彼女はなんの価値もない。どうしてガーダはここに来なければならなかったのだ？そう思ったとたん、抑えつけていた感情が爆発し、ヴァルは垂れさがっている枝を折った。落ち着きのない小学生のようにその場にたたずみ、しなやかな枝をねじったり曲げたりしながら、なにを話したらいいのか、どうやって事態を収拾したらいいのかわからずにいた。

「いいかい、ヴァル、きみはひどいよ」またしても人の注意を引きつけずにおかない妙な声が聞こえた。「ぎりぎりまで知らせないのは、ガーダに対してもぼくに対してもひどいんじゃないのか」

またしてもガーダか……どうして彼女のことから離れられないのだろう？　思わずヴァルはかっとなった。「あなたがガーダのことを心配する必要はありません。彼女はあなたとはなんの関係もないでしょう」相手の口調が冷ややかなだけ、ヴァルの話し方は熱っぽくなった。連れの男に無表情な目で凝視され、今にも自分を抑えきれなくなりそうだ。すこし高いところに立っているルイはあらゆる意味でヴァルを見下ろしている。無意識のうちに手に持った枝から葉をむしりながら、ヴァルはもうひとりの男を見た。その顔に浮かぶ超然とした尊大な表情は、ヴァルに金で雇われた人間という弱い立場を思い出させるためのものだ。

「きみは奥さんの気持ちを重視しないようだから、約束を重視することもしないんだろうね」一本調子の気味の悪い声が聞こえてきたので、驚いたヴァルは怒ることも忘れてぼんやりといった。「約束？」まるでそんな言葉は聞いたことがないかのようだ。

「誰かと紳士協定を結んだとき、きみは名誉にかけた約束をしたはずじゃないのか？」ルイは口元にかすかな嘲笑を浮かべて物憂げに、おもしろがっているように、顔を赤らめてうろたえている青年を見た。青年相手に闘牛ゲームを楽しんでいるかのように。いずれゲームに飽きれば牛は殺してしまうのだ。「ぼくたちの取り決めの大事な点は、いつでもどこにでもぼくと一緒に行きたいというきみの意向だったんだよ。きみが土壇場になって断るなら、旅行そのものを延期しなければならない――きみは〝しない〟と約束したことをしようとしているんだ」

「断るつもりはありませんが――」

「そうしなければならなくなったらどうする？　ガーダがきみを行かせないといったら？」まったく揺るぎのない、静かな、すこしおどけたような声には催眠作用があるようだ。その声はいつまでも続き、暑い午後の奥深くに入りこんで永続的にこだましている。やがてヴァルはあまり確信がなさそうにいった。

「そんなふうに考える理由はないでしょう」

「とんでもない。奥さんが無期限の旅にきみを出さない理由ならいくらでもあるさ」とつぜん冷たい辛辣な話し方に変わったので、非現実の防壁の背後で聞いていたガーダでさえ驚いた。話している男にはこれ以上ゲームを続ける気はなかった。そろそろ決着をつけるときだ。「いいかい、ヴァル、きみはぼくのために働くことができないんだ。だからガーダの夫でいたまえ。ぼくは奥さんに悪意などもっていない――彼女はかわいい人だ。だが、かわいい人だからこそ、ぼくに対するきみの義務と相反する権利をもっている。彼女はしょっちゅうきみの仕事の妨げになることを要求するだろう。きみはなんの束縛もない自立した人間としてぼくの役に立ってくれた。しかし、妻帯者のきみはもう自由じゃない。今は状況が変わった。もうきみを当てにすることはできない」

ヴァルは傷つき、怒り、動揺した。「そんなふうに思っているのなら、ぼくは辞めたほうが……」

最後までいいおわらないうちに、ヴァルはそんな言葉を口にしなければよかったと後悔した。とんでもない間違いを犯してしまった——罠にかかったのだ。だが、どうしてルイが罠を仕掛けなければならないのだ？　単純なヴァルはすっかり混乱し、かれをもてあそんでいる男のなすがままになった。興奮し、傷つき、子供のように慌てふためき、なにがなんだかわからないまま目の前にいる男を見つめ、ぼろぼろになった枝を投げ捨てた。まさかルイは自分の辞意を真に受けはしないだろう？

いっぽう、ガーダは透明の壁を通して不思議なものが見えると思っていた。その光景の非現実性に疑いを抱いたとしても、夫の狼狽ぶりを見れば疑いは消え去っただろう。現実の生活では、現実の世界では、ヴァルは明るく、颯爽として、自信に満ちている。そのかれがあんなふうに悲しそうな唖然とした表情を見せるはずがない。長身の雇い主のそばにたたずむ夫は、あらゆる点でとても小さく見える。不思議なことに、非現実的な光景のなかにいるふたりのうち、ルイのほうが現実的に見えるので、ガーダの注意はかれに引きつけられた。ルイは妙な形で連れの男以上に深くガーダと関わっているようだ。ルイの意識が水面を越えてガーダのもとに届き、自分と彼女を結びつけている。だが、彼女がそこにいることを知っているはずはない。どんな理法にも反するけれど、ガーダはルイの意識に引きこまれる感覚を振り払うことができなかった。そのせいでますます非現実感を抱きながら、ルイがふたたび口を開くのを待った。

「この状況ではそれがいちばんいい解決法なのかもしれないな」

穏やかだけれど油断のならない声が水面を渡ってきたとき、ガーダは定期船のまわりで飛びはねていたイルカを思い出した。あんなにおもしろいものは見たことがない。あんなに重くて大きいのに、虹のように軽やかで、とても現実のものとは思えなかった――ルイの声が不思議な力でボートもろともガーダを揺り動かすと、彼女はうっとりとその声に耳を傾けた。耳に入るものは音だけで意味はない。彼女の頭は言葉をどこかへ捨て去った。意味はあとで考えればいい。今はあの声に耳を傾け、うっとりすることしかできないのだ。「たぶんイネスが一緒に来てくれるだろう――かれはなかなか切れる男でね。だが、きみは慌てて結論を出さなくていい。急がなくていいから、落ち着いて冷静に考えてくれ」すると、もうひとりの男が腹立たしげにいう。「たしかにあなたはかなり冷静ですね」ガーダにはその声がほとんど聞こえず、ヴァルがルイをにらみつけていることにもほとんど気づかなかった――不思議な力をもつルイの声が聞こえてくるのを待っていたのだ。

「ねえ、ヴァル、誤解しないでくれ。ぼくはきみとの友情を大事にしているからこそ――」今までと変わらない穏やかなおもしろがっているような声だ。もう深刻ぶった調子はなくなり、嘲るような響きがあるものの、ガーダにとっては魅惑的だった……それももう聞こえなくなった。ルイが肘をつかんでヴァルの体の向きを変えたあと、かれの先に立って池から離れていったのだ。

ガーダが茫然自失状態で見ていると、ふたりの男は生け垣の切れ間まで歩いていき、しばらくそこにたたずんだ。最後に口を開いたとき、はやくもルイはヴァルに背を向けていた。冷ややかなよく響く声がまたしてもガーダの頭に入りこんだ。けれど、相変わらずそれは音だけで、外国語を聞いているかのようだ。けれど、そんなことは気にせず、あとで意味を考えることにした。

「伝染病だというばかげた噂のせいで、みなが偏見をもたなければいいが……」

夫の姿が生け垣の向こうに消えたとたん、ガーダはかれのことを忘れて、自分のほうに近づいてくるもうひとつの人影を見た。不思議なことにそれは実物よりもずっと背が高く、まるで彫像が歩いているようだ。彫像のような堂々とした、超然とした雰囲気を漂わせながら、その人影は彼女のほうに向かってくる。歩き方ははやいのにすこしぎこちなく、寂しげで、謎めかしい、妖しい魅力を振りまいている。

日が沈みかけているので柳が途方もなく大きな影を投げかけ、地面から二メートル以内にあるものはすべて暗緑色の帳《とばり》に包まれている。しかし、それよりも高いところから斜めに差しこむ陽光がルイの無表情な顔に当たっている。そのため、かれの顔は青白い明りのように輝き、日光よりも明るく、不可思議な歓喜の光を放っている。

ガーダはルイが自分に気づいていると確信していたので、かれが水際に来ると、語りかけてくるのを待った。ところが、ルイは小さなボートに目を向けることもせずに、すばやく通り過ぎ、鬱蒼とした柳の黒いカーテンの向こうに姿を消した。彼女はがっかりしたというよりも、信じられない思いがした。

ガーダは起きあがると、独得の曖昧な仕草で髪をかきあげながら、とつぜん夕映えに染まった世界をぼんやりと見回した。池全体に金色の光が差しこみ、木の幹は赤々と輝いている。垂れさがる葉は黄金の台座にはめこまれた無数のエメラルドのペンダントのようだ。ガーダは目がくらんだ。この輝きも非現実的な世界の延長に思えるし、まるで舞台の一場面を見ているようだ。今でも自分が見聞きしたことを完全には理解していないが、ふたりの男が話していた言葉の意味はしだいに明らかになり、頭のなかで回りだしたレコードを止めることができなかった。彼女はそれに耳を傾けようとしなかった。魅力的で快活な夫が不利な立場に追いこまれ、傷ついたふがいない表情を浮かべていたことなど知りたくない。ガーダは自分にかけられた魔法にしがみつき、ルイを親切で優しくて頼りになる友達だと思いつづけようとした。けれど、すでに魔法は解けている。まったく別の冷酷で打算的な人物像が浮かびあがると、今までなかった恐ろしい疑心が生まれた。外見は当てにならないし、見た目どおりのものなどないのだ。ガーダは自分がどこにいるのかさえわからないような気がした。ふいに間違ったドアを開け、すべてが以前とは微妙に違う世界に入りこんだような感覚に襲われた。すぐに自分が慣れ親しんでいる世界へ戻らなければならない。

ガーダは急いでボートを岸につけて土手をよじ登り、急ぎ足で小道を進んだ。こんな緊急時でも異常なほど用心深く、子供がするように石の上だけを踏んでいった。石のあいだの地面に足がついたら大変なことが起こるのではないかと心配しているかのように。太陽は姿を消した。たちまち風が冷たくなった。あっというまに黄金色の光は消え、あたりは敵意に満ちた暗く冷たい世界に変わった。一歩進むごとに色がなくなっていく。黒い木立は不気味な姿を見せ、水面はぞっとするような砲金色の光を放っている。

ガーダはふと足を止めて耳を澄ました。わかっているのは、間違った部屋に入りこんだような気持ちになったから、慣れ親しんだもののところに戻らなければならないということだけだ。ここに留まるのは危険だけれど、その危険がどういうものなのかはっきりしない。今、危険が背後に迫ってきた。名状しがたいなにかが近づいてくる——彼女はゆっくりと振り返った。

恐ろしいことに、池も柳も空も先ほどとはまったく違う様相を呈している。ちょっと目を離している隙に暗くて恐ろしい裏の世界に変わっていた。木立の向こうにある広大な未知の土地もその世界の一部だ。ガーダには人間を受け入れようとしない、荒涼とした、広大な異国の土地の存在が手に取るようにわかった。生き物の住んでいない丘が大海の波のように果てしなく重なりあっている。どこからともなく恐ろしい土の山が盛りあがり、不気味な黒い津波となって押し寄せ、今にも襲いかかろうとしている。彼女は途方に暮れた。どうしたらいいのかまったくわからない。

怖くなったガーダは前に進みはじめたが、つぎの石の端を踏みそこなってよろめき、倒れそうになった。だが、すぐに悪夢から覚めかけた子供のように両腕を伸ばして一目散に走りだし、自分と見失った安全な世界を見つけ出そうとした。

＊　＊　＊

ヴァルは家のなかにいたが、動揺し、腹を立て、戸惑い、驚いていた。仕事を辞めるつもりなどまったくなかった。なぜか魔法にかけられたように騙されて、いちばんしたくないことをしてしまった。それがルイのせいだとは考えつかなかった。ガーダのせいだと思ったのだ。なにもかも彼女が悪いのだ、と。ヴァルは気づいていないが、ルイの話はほとんどすべて、ヴァルとガーダを対立させるためのものだったのだ。今のヴァルには、長いあいだ放っておいた虫歯のごとく、ガーダが自分に悪影響をおよぼすように思えた――それを取り除くまで、心身の調子はよくならないだろう。信じられないことに、ほんの数日間で彼女は首尾よく損傷を与え、一年以上かけて築きあげた新しい生活をぶち壊し、おまけにぼくを笑い物にしたのだ。

ヴァルは顔をしかめながらポケットから引き裂かれた手紙を取り出した。しかし、手紙自体にはなんの興味もないので、いつまでもそのことを考えていなかったし、断片を繋ぎあわせようという気にもならなかった。ぼんやりと物思いにふけりながらいつも穏やかな顔に困惑の表情を浮かべ、椅子に座ったまま紙切れを折りたたんでは開き、また折りたたんでいたが、最後は丸めて暖炉に投げこんだ。かれはガーダだけでなく、自分に対しても腹を立てていた。ルイの思惑どおり、自分をばかな人間だと思っていた。妻が内緒でなにをしていたのか知らなかったのだから。しかし、ばかな人間に見えるよう仕向けられたこと以上に苛立ち、憤慨したのは、この国で別の仕事を探す際にガーダの病気が妨げになるかもしれないからだった。別れ際のルイの言葉がヴァルの心に入りこんで激しく攻めたてた。

ヴァルは不機嫌そうな表情を浮かべつつ、堅苦しい姿勢で椅子に腰かけ、脚を前に伸ばし、片手にグラスを持っていた。めったに関わることのない自分の正直な部分に引きこもり、我を通すために将来を危うくするのは愚かなことだと認めた。特別の才能もなく、専門教育も受けていないので、ルイと離れたら将来はない。一年以上勝手気ままな生活を続けて、しだいに贅沢を好むようになったから、以前の暮らしに戻らなければならないとなれば、ひどくこたえるだろう。せっかくここの生活にも慣れたのに、母国へ戻るかと思うと、わびしい田舎町に戻って安月給の退屈な仕事をするかと思うと、とても耐えられない。

ふいに外で動くものがヴァルの注意を引いた——ガーダが庭を通って走ってくる。かれは椅子に座ったまま、薄暗がりのなか、髪をなびかせながら近づいてくる小さな人影を見つめた。彼女は腕を前に伸ばしてよろめきながら歩いているが、疲れ果てているのか、とても弱々しく見える。ガーダがベランダに着いたとき、はやくもヴァルには今わの際の喘ぎのような息づかいが聞こえた。部屋に入る途中、彼女は怯えた目つきで背後を見た——その目つきが尋常ではないので、思わずヴァルは外を見て彼女が追われているのかどうか確かめた。しかし、薄暗い庭にはなにもいない。怒ったヴァルは自分にいい聞かせた。ガーダの怯えた目つきは見せかけなのだ——正当な怒りからぼくの注意をそらすためにひと芝居うったのだ。

ガーダは腕を伸ばしたままヴァルのほうに進んで保護を求めたが、拒絶されるかもしれないという考えはまだなかった。安全なところに戻らなければならない。わかっているのはそれだけだ。ドアを見つけなければならない。大きく見開いた目はなにかを見落としているらしい。そこに座っているヴァルの姿がほとんど目に入っていないのだ。自分のことはわかっているけれど、周囲の状況は正確に把握していない。ヴァルはガーダがなんとなくふつうでないと思った。顔つきがおかしいし、不可思議な狂気じみた表情が浮かんでいる、と。だが、ひどく腹が立っていたので、この妙な表情の意味を深く考えることもできず、いきなり激しい口調で責めた。「どういうつもりでぼくのことが書かれた手紙をルイに見せたんだ?」ガーダの動機に興味はないものの、とがめるようにいった。

ヴァルの冷たく非難がましい口調に驚いたガーダは、急に立ち止まって腕を下ろした。だが、かれの問いに答えようとはしなかった。かれの口からそんな言葉が出てきたのは、あくまでも自分を悪者にするためだと思ったからだ。けれど、今は目の前の椅子に腰かけているむっつりとした男に目を向けた。その男はウイスキーを飲み、険しい表情でガーダをにらみ、彼女に怒りをぶつけることに全力を注いでいる。いつもの明るくて人のいいヴァルとは似ても似つかない。またしてもガーダの頭に外見は当てにならないという考えが浮かんだ。どうしてそんな間違いを犯したのだろう? ヴァルのところへ行こうと思っていたのに、ここにいるのは怒り狂った見知らぬ人間だ。その男の仮面のような顔は憤然とした表情を浮かべて彼女と向かいあっている。一瞬、ぼんやりとした恐ろしい記憶がよみがえってきたので、ガーダは困惑したが、すぐにそれは最近生まれた恐怖の海に沈んだ。ガーダは誰ひとり、なにひとつ信じられなかった。彼女は途方に暮れた——けっきょくそういうことになるのだった。

立ち止まったとたん病人のように震えだしたことにガーダは気づいていなかった。ふと気がつくと、倒れた感覚がないにもかかわらず、いつのまにか床の上にいた。なにが起こったのだろう？　どうして急にそんな弱々しい妙な気持ちになったのかしら？　こんなところでなにをしているの？　体から力が抜けている。まわりにはかすかに光る滑らかな褐色の濡れた砂浜が広がり、そこには足跡ひとつない。彼女は途方に暮れた……どうしたらいいのかわからない……。

そのとき、とつぜんヴァルの足が見えた。すぐ近くに脚と踝がある。間違いなくすぐそばにあり、間違いなくかれのものだ。ガーダにははっきりとわかった。とくに靴はよく覚えている。ずいぶん前にふたりが一緒に暮らしていたころ、かれがスエードの靴は嫌いだといったことがあるからだ。ということは、本当にヴァルなのだろうか――わたしの知っているヴァルなのかしら？　ガーダは目を上げてかれの顔を見ようとしなかった。四つんばいになってのろのろと前に進むと、かれの脚にしがみつき、体を押しつけながらささやくような声でいった。「ヴァルなの……？」あまりにも怖くて目を上げることもできない。

脚に押しつけられる薄い胸やしがみついている腕の感触は、愛情のこもった反応を呼び起こすどころか、ヴァルの心を嫌悪感で満たした。かれはガーダを振り払いたくなった。脚自体に蹴りたい欲求があるかのように、筋肉が引きつった。かれは懸命に意志力をはたらかせて動かないようにし、あくまでもガーダに苦痛を与えたくないという理由から自分を抑えた。歯をくい縛り、口を固く結び、なにがあっても我慢しようと心に決めて、無言のまま座っていた。それにひきかえ、ガーダのほうはひとりでにそうなるのか、喉の奥からときれときれに言葉が飛びだした。「自分がどんなにいやな女なのか――ひどい女なのか――よくわかっているわ。誰も愛する資格などないのよ……あなたを失っても当然なのでしょう。でも、ヴァル、どうかここにいさせて……あなたなしには生きていけないの……絶対にあなたに迷惑はかけないわ……わたしを見なくていい――話しかけなくてもいいの……あながしたいことは絶対に邪魔しないわ。でも、ときどきあなたに会わせて……お願いだから追い払わないで……」ガーダはこのようなことをいうつもりではなかった。それどころか、そんな取り乱した喘ぐような話し方になったのも彼女の責任ではないようだ。彼女にはどうすることもできなかったのだ。

その間、ヴァルはじっと動かず、ガーダの言葉に耳を傾けることも理解することもしなかった。あらゆる機能は自制することに専念して、立ちあがりたい、ガーダを払いのけたい、どこでもいいから逃げていきたいという衝動と懸命に戦っていたのだ。ようやく涙が彼女を黙らせてくれたとき、ヴァルはありがたいと思った。ズボンの薄い生地に覆われた肌に涙の湿りけと熱い唇の感触が伝わってくる。ガーダは無我夢中でかれの膝であろうと太腿であろうと、口の届くところならどこにでも唇を押し当てている。ヴァルにとってこれはひどくいやな状況で、胸が張り裂けそうだった。目の前にひざまずいているガーダのなすがままになっているかと思うと、ぞっとした。彼女の白っぽい髪はだらしなく肩に掛かり、小さな痩せた体は熱でもあるかのように震えている。だが、ヴァルはかわいそうだと思わなかった。それどころか、わずかに残っていた哀れみや優しさのかけらも、今、与えられている苦しみにかき消された。

そのとき、とつぜん車のタイヤが砂利を踏みしめる音が聞こえたので、ヴァルは心底ほっとした。続いて紛れもないルイの声が聞こえた。「おーい！　支度はできたか？」

個人的な危機の真っ只中にいたヴァルは、今夜、ある伝統儀式が行われることを忘れていた。それは雇い主がぜひとも出席したがっていたものだ。今、ヴァルの脳裏を楽観的な考えがよぎった。ルイが迎えに来てくれたということは、恐れていたほどひどい状況にはならないかもしれない。まだすべてを失ったわけではないのだ。ひょっとすると、まだ今の職を守ることができるかもしれない。ヴァルは筋肉に力を入れて立ちあがる準備をした。ところが、相変わらずガーダが狂ったようにしがみつき、夢中になって脚をつかんでいるので、腕力を使わないと動くことができない。

もちろん行かなければならない。自分の将来はそれにかかっているのだから。ガーダが行かせないようにするなら、彼女を押しのけなければならない。そう思いながらも、つかのまヴァルはためらった。ガーダの幻影と同じようにあまりにも生々しい記憶がよみがえったからだ。かつて彼女は実在していたのかもしれないが、忘却のかなたに去った蜜月期間と同様、今は存在していないのだ。彼女の亡霊は都合の悪いときに消え去った日々から舞い戻り、悪意のない謙虚さを示しながらわが身を捧げ、こういっている。「わたしはあなたにふさわしい美しい女じゃないわ。でも、心からあなたを愛するつもりなの、いつまでもずっと……」

自分の呼びかけに返事がないのでベランダに上がっていたルイは、部屋のなかをのぞいて事情を呑みこんだ。「そろそろ出発する時間だ」ヴァルに声をかけた。かと思うと、不審そうな目つきで床にうずくまっているガーダを見た。そばで傷ついた小鳥が飛ぶこともできずに翼をばたつかせているのを目にした猫のように。これで一件落着だ――よかった。部屋のなかは暗いうえに家具が邪魔しているため、ルイにはガーダが見えないかもしれない。かれはヴァルにそう思いこませて、あたかもここに男ふたりしかいないような話し方をした。「ちょっとメモをとってくれる人間が必要なんだ。だが、きみが行きたくないなら、イネスに電話するよ――たしか今夜は暇なはずだからね」

ルイはガーダに気づいたそぶりは見せない。だが、ボートに乗っていたときと同様、彼女はルイが気づいていると思った。かれに背を向けていても、近くにたたずむルイの様子ははっきりとわかる。並はずれた長身に恐ろしい雰囲気を漂わせるかれは神か悪魔の彫像のようだ。尊大な表情を浮かべる顔はほほ笑んでいるわけではないのに、不思議な明るさを発散している。今でも夕陽が当たっているかのように、暗がりのなかでかれの顔が異様に輝くと……またしても恐怖が黒い津波となって押し寄せ、今にも砕けようとしている……。

絶望的になったガーダはヴァルを見上げた。声は出さずに唇を動かしてかれの名前を呼び、涙に濡れた青白い小さな顔を上げて、最後に必死で訴えようとした――自分の愛に全身全霊を賭けていることを。まさか今、ヴァルがわたしを見棄てるはずがない……。

ヴァルは断固としてガーダに目を向けず、彼女の頭越しに遠くを見つめていた。ところが、今は心ならずも目を合わせてしまった。翳りを帯びた深い窪みの奥から大きな目が苦悩をあらわにし、このような窮地にあっては、ほかのときなら礼儀上つけている覆いも取り去ってかれを見つめている。

ヴァルはぞっとし、ショックを受け、嫌悪感すら覚えた。消え去ったはずの感情をこのように恥ずかしげもなく表すのは見苦しいといってもいいくらいだ。すかさずかれは顔をそむけた。だが、その前にガーダの目に浮かぶあからさまな恐怖と哀願に気づいた。本当に見るに耐えないものだ――人に見せるものではない。とても人間の目の表情とは思えない。そのとき、ヴァルの脳裏に長年抑えつづけていた記憶がよみがえった。子供のころ、田舎に住んでいたとき、犬に襲われた野兎を見たことがある。何匹もの犬にずたずたに引き裂かれる前、野兎の目にあのような表情が浮かんでいた。とつぜんあのときのように気分が悪くなった。ヴァルが木陰で吐くのを見て、農夫はおもしろがって笑っていたものだ。今、かれは逃げ出さなければならないと思った。吐き気をもよおしたせいで弾みがついた。あのひどく傷ついたまなざしから逃れ、意識のなかから締め出さなければならない。いちばん必要なこと以外はすべて忘れて、ヴァルはいきなり立ちあがると、なにをしているのかほとんどわからないまま、荒々しくガーダを押しのけて部屋の反対側に歩いていった。

奇妙な弱々しい叫び声とともにガーダは磨き抜かれた床の上で滑ってころび、腕を広げたまま仰向けにひっくり返った。そのあとはもう声をあげず、肘で体を支えながらヴァルのうしろ姿を見つめた。にわかにその顔はひどく青ざめ、眼窩からあふれ出す翳りにうっすらと覆われているようだ。いちばん必要としているときに、ヴァルはわたしを置き去りにした。わたしはヴァルを失った。すべてを失ったのだ。もちろんずいぶん前からそのことはわかっていた。けれど、それを知りながら生きることはできないので、非現実的なこと、認識されていないことにしておいたのだ。今、ガーダはすべてを失ったことが現実だと認めざるをえなかった。それがどういうことなのかはっきりと理解しながら、去っていくヴァルを見つめた。あたかも希望そのものが遠ざかるのを見ているかのように。

ルイはガーダが発した妙な声を聞き、希望が断末魔の叫びをあげたことに気づいていた。今、彼女に目を向けると、やつれた顔の上に小さな女の骸骨が重なって見えた。すでに死の影が差している肉体から手を切りたくて、せっかちな髑髏《されこうべ》が早目に現われたのだろうか。ルイはガーダを女とも人間とも見なしていなかった。彼女に関心をもっているのは、あくまでも儀式の遂行に必要な生贄という見方をしているからだ。白っぽい石のような感情のない目は非情さと冷淡さを込めて彼女を見つめ、そこにあるものに満足すると、勝利を見越して輝きだした。はやくもルイは最後の瞬間の不可思議な歓喜を感じることができた。死者も生者もすべて、かれを通して禁じられた古代の魔術の山場に参加するのだ。ルイは異様に熱っぽい目つきで準備の整った生贄を見ると、これ以上することはないと納得した。これで心おきなく出発できる。自信をもって終焉のときを待つことができる。

ルイはふとわれに返り、つかのま忘れていた青年のことを思い出した。これ以上その男に対してもすることはない。かれも十分に罰を受けているのだから。近ごろ、ヴァルは自信過剰になっていたので、身のほどを思い知らせる必要があった——自分が受けた恩義を気づかせなければならなかったのだ。それも済んだから、たぶんヴァルは協力的になり、今までほど強引な態度はとらないだろう。いずれにしろ、つけあがったかれの鼻っ柱を折らなければならなかったから、ガーダがその作戦に都合のいい口実になってくれたのは幸運だったかもしれない。ルイは鷹揚な笑みを浮かべながらヴァルの横を通り過ぎて暗いベランダに出ていった。

その笑みは受け取る側にルイの高揚感を伝えたようだ。ふいにヴァルはすこし酔ったような、浮き浮きした気分になった。そのおかげで頭のなかから最終的にガーダのイメージが消え去った。あっというまに彼女は忘れ去られた。ガーダがこの世にいなかったかのように。ヴァルの思考の片隅に残っているのは、悲しげな救いがたい生き物の漠然とした記憶だけだ。それに対してなにもできないのだから、忘れるのが最善の策だ。自分が求めている〝生きる喜び《ジョワ・ド・ビーブル》〟とは正反対の絶望的な悲しみから逃れてほっとすると、ヴァルの顔には無邪気な笑みがこぼれた。かれは急いでルイのあとを追ってベランダの階段を下りたが、急にふたりの緊張状態が終わった理由を問いただしたいとは思わなかった。単純なヴァルにはふたたび友人と仲直りできただけで十分だったのだ。心配事が——不安や怒りが——なくなっただけで、たちまち何歳も若く見え、魅力的で明るい、にこやかな人好きのするハンサムな青年に戻った。

夕闇のなかを遠ざかっていく、ほほ笑みを浮かべたふたつの顔を見て、ガーダは耐えがたいほどの孤独感に襲われたが、懸命に立ちあがってあとを追った。しかし、ぎこちない足どりでベランダにたどり着いたときには、ふたりの男はすでに車に乗りこみ、額を付きあわせて話しこんでいた。ふたりが自分たち以外のものにいっさい関心を示さないことに強い衝撃を受け、彼女はとっさに身を引いた。

ヴァルとルイの深い絆を強調するかのように、にわかにヘッドライトがついてガーダを薄暗い世界に追いやった。車は光のなかを動きだした。彼女がなす術もなく見守っていると、車体の長い艶やかな車は滑るように走り、幽霊のような木立にはさまれた明るいトンネルを抜けていく。ふたりの男の黒いシルエットは仲むつまじそうに顔を近づけ、夢中になって話している。やがて車は急に曲がり、蛇のようにこっそりとすばやく姿を消した。

ふたつの顔が一度も振り返らなかったので、ひとり取り残されたガーダはさらなる孤独感を味わった――つかのま、その思いは耐えがたいものになった。彼女は半狂乱になってあたりを見回した。正気がどこかへ行ってしまうかのように。だが、すぐにそんなことはすっかり忘れ、われを忘れた。なにも問題はない――心は平穏といってもいいくらいだ。

虚ろに見える静かな風景が夜の闇に覆われた瞬間、光だけでなく人生までもこの世から消えたようだ。ガーダにはわからなかったが、ここで彼女の人生も終わったのだ。もう生きつづける理由はない。

すでにあらゆる感情を経験したので、今のガーダには不安も絶望も、ほかのどんな感情もなかった。あるのは悲しいということもほとんどわからない子供が抱く、漠然とした不快感だけだ。彼女の考えも子供っぽく、支離滅裂で、はっきりしない。人と会うのはいやだった。使用人が自分を探しに来て夕食のことをきくかもしれないと思うと、急に恐ろしくなり、絶対にそんなことは避けなければならないと思った。無意識のうちにガーダは家を出て歩きだしたが、なにをしているのかほとんど気づいていなかった。今はなんの苦もなく歩くことができる。筋肉が勝手に動いているようだ。風に舞う木の葉さながら軽やかに彼女は進んでいった。

日没時の冷えこみはなくなり、今、空気は暖かく、埃っぽい異国の匂いに満ちている。それがなんの匂いなのか、特定することはできない。異国の人、動物、花、食べ物、植物、しだいに冷えていく乾ききった大地、木、石、こういった匂いが人を寄せつけない荒々しい未知の大地の空気と結びついている。つかのま、ガーダは無気味な重苦しい雰囲気に気づいた。木立の向こうに広がる壮大な大地が原始的な獰猛さを彼女の意識に焼きつけているかのようだ。しかし、それもほんの一瞬のことだ。そのあと、彼女は夢遊病者のように虚ろな表情を浮かべ、さらに先に進んで別の見知らぬ世界に入りこんだ。

あたりは真っ暗ではないけれど、月は出ていない。空に瞬く無数の星が放つかすかな光を浴びながら、花をつけた茂みが時代遅れのドレスを着た少女のように並び、〝おばあちゃんの足音〟遊びの格好でたたずんでいる。少女たちは一緒に遊んでほしいわけではない、とガーダは思った。誰も彼女を引き留めようと腕を突き出さないし、星明かりの下、夢を見ているかのようにさまよい歩く彼女を落ち着きはらって静かに見守っているからだ。ガーダは池に向かっていることに気づいていなかった。それでも、こんもりと葉の茂る柳が大空に描く見慣れた山脈を見たとき、間違いなく目的の場所に着いたことがわかった。彼女は黒い水面を見下ろす土手にたたずんだ。彼女は不幸せな子供のごとく、秘密の場所に悲しみを隠したいという衝動に駆られてここまでやってきたのだった。

羽根に覆われたようなしだれた黒い枝の下、ダイヤモンドの星をちりばめた水面は秘密の世界の天井で、垂れさがる星座はシャンデリアだ。そここそガーダがいたい場所なのだった。ふいにこの世のあらゆる悲しみ、自責の念、愛されていないという思いからたまらなく逃れたくなった。望まれないままに生まれ出たこの世界からも。ここには誰ひとり、わたしに留まってほしいと思う者はいないのだ。

ガーダはなんとなく、不幸せなのは自分が悪いからだと思った。けれど、どうしてそうなのかはもうわからない。どんな悪いことをしたのかも思い出せない——すべてほったらかしにされたままで、話題にされることもなかった……すべてはるか遠い……昔のことに思えるし……さほど重要ではないような気がする。いつも自分が愚かだったというのはわかる。いつも自分には理解できないことばかりだった……誰も説明してくれなかった。けれど、もうそんなことはどうでもいい。

かさばった巨大な頭を下げて柳の木がひそひそとささやきはじめた。ガーダがその声に耳を傾けると、過ぎ去った日々は完全に消えた。今はひとつの世界ともうひとつの世界の境目にある、星のきらめく黒い水面が待っているだけ。

ガーダは柳の木を見上げていた。視線を下げると、足もとにはガーダに敬意を表して敷かれた銀の絨毯のような、輝く小道がまっすぐ彼女の望む場所へと続いている——その暗い水の下には、クリスマスの星のようにきらめく光の下には、自分だけの安全な秘密の世界があるのだ。ガーダには魔法によって奇跡が起こり、いよいよ到着することがわかった。さあ、もうじき家に帰る。まもなく光り輝く非現実的な夢の世界の真っ只中に行くのだ。無数の大きな星が不思議な光を放ち、すぐ近くで迎えてくれている。ダイヤモンドのきらめきで作られた星はあまりにも美しく輝いている。そこへ行きたい……一刻もはやく行きたい……彼女は大きく見開いた目で輝く星を見つめた。

ガーダは体が軽くなった気がした——空気よりも軽くなった。驚くほど楽にものすごい速さで進んでいく……銀色に輝く黒い広がりと冷たく暗い深みを通り過ぎると、さらに深い闇が彼女を包みこみ……あたりはますます暗くなっていく……彼女は輝く星を見つめていたが、やがて目は闇に覆われ、頭のなかが真っ暗になった。星は漂うガーダの髪に宝石をちりばめた冠をかぶせ、彼女が人間からはけっして与えられたことのないものを贈ろうとしているようだ。

7
楽園
　パ
　ラ
　ダ
　イ
　ス

その資産家の女性は両親にリジャイナ《女王》という名前をつけられたが、これほどぴったりの名前はないだろう。そもそも王位に就く者には長身が似つかわしいが、彼女は背が高いうえにいかにも女王然としており、つねに堂々と冷静沈着に振る舞っていたのだ。年を重ねるにつれて、〝女王のよう《リーガル》〟という言葉はますます彼女の最愛の体の動きを表現するのにふさわしいものになった。何人もの男と結婚しながらも、リジャイナにとって自分の体はつねに唯一の愛の対象だったのだ。

結婚当時、現在の夫は三十五歳だった。そのときは妻が夫の倍近い年齢だということに気づく者などいなかったが、用心深いリジャイナは危険を冒さず、かれを誘惑の手の届かないところに置くことにした。同時に、夫がいつもおもしろおかしく暮らせるように仕向けなければならなかった。そこで、かれを楽しませるために小さな楽園の建設にとりかかった。いわば特大の純金の鳥籠といったところだ。

リジャイナは実際面に疎くなかった。彼女が購入した土地はあたり一面美しい絵のような風景が広がり、果樹栽培の一等地でもある。気候は地球上のどこにも負けないほどすばらしい。繁栄している新しい町は快適な生活を送るために必要なものを提供してくれるけれど、それほど近くにあるわけではないので、危険なほど興味をそそる場所ではない。背後にそびえる山脈と前方できらめく青い海のあいだに広がる土地に、リジャイナは惜しみなく金を注ぎこんだ――低廉な労働力はいくらでも集めることができるので、彼女の財産はかなり使いでがあったのだ。実のところ、リジャイナは自分以外のどんなものにも興味がなかった。したがって夫にもまったく興味がなかった。だが、自分のために働く人びとから最高のものを引き出すこつを心得ていたし、財産は使いきれないほどあったので、〝この世の楽園構想〟はすばらしい成果を収めた。

リジャイナの夫は〝主人《マスター》〟という肩書きで、名目上の責任者だった。農園の経営は最終的に独立採算制という形になっているので、かれは十分に責任とやり甲斐を感じた。実際の労働に従事したのは現地に生まれ育った我慢強く、控えめな、褐色の肌の貧しい人びとだが、主人が労働者と直接関わることはまずなかった。多額の費用をかけて母国の人間を呼び寄せ、労働者の監督を任せたので、かれらと一緒にいることは多かった。人なつっこくてお人好しな夫は、白人の監督たちやその家族との付きあいがなかったら、不慣れな広大な土地で孤独感に苛まれたことだろう。監督の家を訪ねると、みな、いつも喜んで迎えてくれるようだ。

夫は子供好きなので――庭師頭の幼い娘スーザンはたちまちお気に入りになった――毎年、クリスマスの時期になると、子供たちのためにパーティを開いてくれるよう妻に頼んだ。ところが、リジャイナはこの願いを聞き入れようとしなかった。彼女の子供嫌いは病的といってもいいくらいで、どこであろうと、近くに子供がいるのは我慢できなかった。夫はなんとなくこのことと彼女の子供の噂を結びつけて考えた。彼女の娘はずいぶん前に死んだらしい。けれど、リジャイナはそのことをおくびにも出さなかったし、夫もきいてみようとは夢にも思わなかった。ふたりのあいだには心の通じあいというものがまったくなかったのだ。

夫はリジャイナに対して妙に丁重な態度をとっていた。彼女が自分のような者と結婚してくれたことがどうしても理解できなかった。それはとうてい報いることのできない、身に余る光栄に思えたのだ。かれは大きくて、たくましく、立派な体格の持ち主で、人好きのする顔は実年齢よりも若く見える。どこから見てもまともな人間で、誠実で、開けっぴろげで、今まで財産目当てにリジャイナと結婚した若い燕タイプの男たちとは正反対だ。もうじき七十歳に手の届く女性にとって、こんな男を虜にして自分のものにしておくことは一種の成功だった——勝利でもある。だが、そんなことなどかれには思いもつかなかった。

結婚後数年経っても、夫は圧倒的な力をもつ女性にはっきりと畏怖の念を抱きつづけた。リジャイナはかれの生き方を変えて主人に仕立てあげた。その結果、かれはあらゆる人間に頼られ、あらゆることを任されたのだ。今までたいしたことはしていなかったから、妻がつくりあげた新しい人格に感動せずにいられなかった。もともと特別な才能もなく、やりたいことも決まっていなかったので、実務家肌の理想主義者という都合のいい役割に飛びつき、自然と人間の心に楽園をつくった。そこでは誰もが楽しく幸せで、ひとつの大きな家族のように仲よく暮らすのだ。

　何年ものあいだ、かれは自分の楽園で楽しい時間を過ごしていた。子供は立入禁止となっているので、子供のような労働者に対して父親のような態度をとった。かれらのために小さな村を作り、別の機会には診療所や学校を建ててほしいと妻に頼んだ。リジャイナはふたつ返事で承知した。そのくらいの代価は安いと思ったのだ。

　夫はめったに妻と顔を合わせなかった。それでも、夕食の時間になると、ふたりはきちんとした服装で食卓に着き、延々と続く正餐のあいだ、礼儀正しい他人のように言葉を交した。妻と一緒にいるあいだ、夫はかならずしも気まずいわけではないものの、ずっと緊張し、努めて行儀よくしていた。かれは慎み深い人間で、本当に妻を敬慕していたので、そんなふうになるのも当然のように思えた。だが、それもすこし精神的な負担になり、ひとりでいるときよりもたくさんアルコールを飲んだ。

　月日は流れた。絶えず新しい玩具があり、それを教える人間がいて、モーターボートもあったので、かれはつねに興味を引きつけられ、おもしろおかしく暮らしていた。いつも忙しく、ほぼ満足していた。しかし、この気候ではなんでも急速に成長する。庭も果樹園も葡萄園も驚くほどはやく最盛期を迎えたので、今後はその管理が日常的な仕事になりそうだ。屋敷も出来上がり、これ以上付け加えるものはないほど完璧になった。内も外もすばらしい。こんな楽園の主人になったら、これ以上なにも望むものはないだろう？　ところが、楽園が完璧になると、なんとなく落ち着かなくなり、することがなくなったような気がした。それがなぜなのかはわからなかった。

いくぶんは年のせいだ。今のかれは間違いなく中年だった。まだ若々しく見えるものの、男盛りを過ぎたことは自分でも承知していた。もう目の前に未来が果てしなく広がっているとは思えない。またいくぶんは、もうあまりすることがなさそうに思えたからだ。やはり主人役には向いていないこともわかった。本当の主人なら、多くの労働者の生活を向上させることに専念しただろう。その分野ではまだしなければならないことが山ほどある。ところが、それに必要な熱意が欠けていた。褐色の顔にも飽きてきた。どれもみな同じに見える。しかも、海の砂のように無数にあるから、自分の努力など大海の一滴にすぎないのではないだろうか。なにもかも気が滅入る無意味なことに思えてきた。かれは自分の小さな世界で温かな心の交流を楽しみたいと願い、最善を尽くして主人の役割を果たしつづけた。だが、今はそれが見せかけにすぎないとわかり、もともとあった熱意も消え失せたような気がした。

このような状況のとき、リジャイナは初めて最愛の体が悪化するという屈辱的な兆候に直面した。彼女は歯を数本抜いてもらわなければならなかった。つまり、町の私立病院に入るということだ。入院はしばらく続いたが、彼女に手術以上に深い衝撃を与えたのは、無視することのできない死すべき運命の暗示だった。

この出来事によって、結婚してから初めて夫は自由を味わったが、まったく違う形で妻と同程度の影響を受けた。もちろんかれは忠実に妻を見舞い、果物や花や使用人からの伝言を届けた。看護婦はみな、かれを模範的な夫だと思った。しかし、見舞いが終われば、あとは自分の時間だ。かれは町に来ているので、当然そこに泊り、楽園ができたためにやめていたことを片っ端からやってのけた——観劇、ダンス、競馬。新しい人と知りあいになり、日ごとに楽しみも増えていった。

リジャイナは今まで夫を社会から完全に切り離すという間違いを犯していたわけではない。厳選した少数の部外者に自分たちの小さな世界に立ち入ることを許し、長年、定期的に双方の家を訪問しながらふつうの社会生活の幻影を守りつづけてきたのだ。いつものように従順で疑問を抱かない夫はこの領域を広げようとはせず、ときおりその限界に悩むことがあると、行き来できる範囲内に住んでいるのは隠居生活をしている物静かな年寄りばかりだと決めこんでいたのだった。

今、とつぜんかれはこの町に自分の好きなタイプの人びとが——若々しく、気さくで、明るく、エネルギッシュな人びとが――あふれていることを知った。みな、ずっと前からの友達のように思えた。自由を満喫するうちにすこし慢心した夫は、初めて意識的に妻を批判し、彼女が卑劣な手を使って自分をだましたのだと断定した。そのため、仕返ししようと心に決め、妻がまだ退院しないうちに新しく知りあった人びとを晩餐に招待した――もちろんみな、その招待に飛びついた。かれの屋敷の排他的性質や豪華さは人びとの語り草になっていたのだ。

夫は結婚以来経験したことのない胸のときめきと幸福感を味わった。人なつっこい性格なので、広い屋敷にひとりでいてもくつろぐことができなかったのだろう。だが、妻にだまされていたことを知って衝撃を受け、現在の浮き浮きした気分を味わったせいで、あることに気づいた。この数年間ずっと孤独で惨めだったし、なぜか楽園の暮らしにもほとんど喜びを感じられなかった。美しくて壮麗な屋敷も、そのすばらしさを分かちあう仲間がいなければ、いつまで経っても近づきがたい無意味なもののままだ。ところが今、唯一可能な方法で、自分と同種の人びとと、自分だけの友人と一緒に楽しもうとしている。

かれが初めて招待した客は、屋敷に到着したとたん喜びと驚きの混ざった声をあげた。しかし、晩餐が始まると、状況はおかしくなりはじめた。

とてつもなく大きな食堂には招待客を見下ろすように資産家の女性の肖像画が掛けられている。それはリジャイナが前夫と結婚していたときに当時のアカデミックなスタイルで描かれたもので、写真のようにリアルな絵だった。見る者をまっすぐに見据えている目はまるで生きているかのようだ。夫は招待客がくつろげるようあれこれ気を配り、すべて完璧にしたいと思ったので、肖像画の下に設置された照明を消すよう召使いに指示しておいた。ところが、食堂に入るや指示が守られていないことに気づき、厳しい口調で召使いにあらためて指示したが、招待客の注意を照明よりも肖像画に向けさせる結果になった。みなは思わず絵のほうに目を向けてすぐにまた視線をそらしたが、その間気まずい時間が流れた。

さらに、今度はとても妙なことが起こった。客の目が絵に向けられているあいだ、みなの注意がその場にいない女性に集まり、なぜか彼女の霊を誘い出したかのようだ。にわかに彼女の霊の気配がその場にみなぎり、あたりは敵意と緊張感に包まれた。召使いも女主人と結託し、これに加わっているらしい。あれほど親切にしたにもかかわらず、召使いが妻に味方して自分に逆らっていることを知り、夫は愕然とした。自分とはいちばん仲がいいと信じていた執事と従僕を見ると、職業上の冷静さの下に悪意と非難がかいま見える。招待客は理解することも無視することもできない敵意の的になっているのを意識し、晩餐が進むにつれてしだいに落ち着かなくなった。

主人役は全力を尽くして緊張を和らげ、憎悪に満ちた窮屈な雰囲気を打ち壊そうとしながら、何度もグラスを空にし、テーブルに着いている人びとを明るい気分にしようとした。しかし、そんな努力も無駄だった。楽しい会話を続けるべく頑張ったにもかかわらず、しだいに沈黙が長く耐えがたいものになり、ひとりだけはしゃいでいるかれが異常に興奮しているように不自然に見えた。さらに、たとえ一瞬でも怪しげな暗い影を追い払ってほほ笑もうものなら、死者の手が伸びてくるごとく、なにかが心に襲いかかり、明るい気分に水を差した。あたかも無言の声が、この家で笑ってはならない、楽しんではならない、誰もくつろいではならない――そんなことは禁じられている――と知らせているかのようだ。客は自分たちが慣れ親しんでいる和やかな雰囲気を消し去った訳のわからないものから逃げ出そうと、早々に引きあげた。

翌朝、リジャイナの夫はぼうっとしていたが、それは昨日の晩餐会のせいだった。ところが、別の場所でふたたび同じ人びとに会ったところ、なにも問題はなかった。みな、以前と変わらず親しみやすく陽気なので、昨夜の大失敗は悪い夢のように思われた。友人たちは昨夜の行動をうまく釈明し、たいしたことではないと片づけた。そこでかれは、妻が帰宅してもこの新たな親交の邪魔はさせないと心に決め、友人たちにまた来てくれるよう頼んだ。

リジャイナの退院の日、夫は荷物の処理を運転手に任せ、自分で車を運転して妻を家に連れてきたが、玄関に近づいたとき、使用人が全員外に並んで出迎えているのを見て驚いた。そのことについて誰も相談してくれなかったし、話してもくれなかった。そのようなことをするとはまったく知らなかった。召使いは自分たちだけで計画し、わざと主人を仲間はずれにしたのだ。

晩餐会の夜に召使いが反抗的な態度をとっているように見えたが、あれは気のせいだと思いはじめていたところだ。しかし今、目の前に並ぶ虚ろな顔を見れば、みなが本当に自分を痛めつけ、恥をかかせたいと思っていることがわかる。それにしてもどうして……？　つねづね自分は雇い主であると同時に友人であろうと努めてきたし、思いやりのない態度はとらなかった——それにひきかえ、妻は使用人をほとんど人間扱いしなかった。どうやら使用人にはそのほうがいいようだ。夫はそう思いながら、執事の歓迎の挨拶をさえぎった妻のそっけない感謝の言葉に耳を傾けた。

夫は賢くないものの、鈍感な人間ではない。かれがひどく傷ついたのは、仲間であるはずの監督までが執事たちと一緒になって長い列を作っているのを——自分に対してなにか企んでいるのを——見たからだった。監督の家を訪ねたときにみなの顔が輝いていたことを思い出し、あの温かい歓迎が見せかけにすぎず、自分は罠にかかったのかと思うと、屈辱感に苛まれた。それでも、かれは二度も危険に身をさらすような愚かな人間ではなかった。今までと違い、監督たちに対して冷たく、そっけない、非情な態度をとるという極端な手段に走った。ある日、庭師の家から飛び出してきたスーザンがあとを追ってきたとき、かれはもうすこしで態度を軟化させそうになった。しかし、子供はポケットのなかの菓子がほしいだけだ――欲得ずくの愛情を示しているだけだ――と自分にいい聞かせると、少女には目もくれずにどんどん歩きつづけた。誰もかれも陰で嘲笑っているにちがいないと思いこみ、無理やり疑い深くなり、口数も少なくなった。

夫は前もって妻に来客があることを知らせず、当日になってから既成事実《フェタコーンプリ》を突きつけた。即座にリジャイナは客を追い返すよう命じたが、夫に断わられたので、まさに魔女のような悪意に満ちた目つきでにらみつけたあと、悠然と部屋から出ていった。

入院したせいでリジャイナはいっきに老けこんだ。というよりも、自分の体に裏切られたショックで――完全に信じているわけではないけれど、自分の体も必滅の運命にあることを思い知らされたショックで――彼女のなかでなにかが壊れた。それでも、あくまでも外見上は今まで以上に強く尊大に見えた。背筋を伸ばしてまっすぐに立ち、老いが迫るにつれてさらに手ごわくなった。

リジャイナの心の奥底で毒蛇のように渦巻いているのは、老いに対する怒りだった。さすがの彼女も年齢には勝てない。それだけに怒りは激しかった。だから、このいちばんつらいときを選んで背信の一撃を加えた男には復讐しなければならない――いずれにしろ、かれは苦しみから逃れられないのだ。夫に唆されてわが領地に侵入した愚か者の前で、かれが軽蔑すべきつまらない人間だということを証明しよう。今やわが領地はわたしだけのものだ。リジャイナは自分の統治する空想の世界に夫の存在が必要だということを忘れ、たとえ女王には臣下が必要だとしても、今まで就かせていた〝主人〟の座から容赦なくかれを引きずりおろした。

執事も運転手も、家事を切り盛りする白人の使用人も、もちろん初めからリジャイナが本当の主人だと認めていた。いうまでもなく、あのように仰々しく彼女の帰宅を歓迎したのも、夫に対する軽蔑の気持ちを表わすためだったのだ。リジャイナは厳しく思いやりがないので、召使いはひとり残らず彼女を嫌っていた。それでも、彼女がもっている本物の貴族らしさに対しては尊敬の念を抱き、その結果、彼女にある種の敬意を払ったのだ。彼女の夫に対しては、ほとんど家にいないからというよりも、女主人と正反対だという理由から、自分たちと親しくしたがるかれを軽蔑した。そのような行為はかれの社会的地位を落とすと思ったのだ。

愚かな夫はこのことをまったく知らなかった。また、客が来たときに妻が自分の部屋にいてくれるかどうかもわからなかった。もちろんリジャイナがそんなことをするはずはない。客が全員揃うまで待ってから盛装して現われた。豪華なドレスと宝石できらびやかに着飾り、近衛兵のように背筋を伸ばし、顔には化粧品を塗りたくっていた。波打つ白髪はまさに白色合金のようだ。

近ごろリジャイナは痩せてきた。遠くから見ると、すらりとした長身は高級ファッション誌に載っている、信じられないほど白く細長い挿絵のようで、近づいてくるにつれ、なおいっそう現実離れしたものに見える。ありったけの宝石を着けているので全身がきらきら輝き、まっすぐに伸びた背骨のてっぺんに化粧品に厚く覆われ、気味の悪いほどやつれた、死人のような顔がのっている。しかし、外見は変わっているものの、今でも堂々とした雰囲気が残っているので、見ているほうもそう簡単に笑いとばすわけにもいかなかった。

当然のことながら客は仰天した。みな、のんきで気楽な人間ばかりで、伝統とか社会的地位とかいったものをもちあわせていないので、このような朽ちかけた威光の異様な姿など見たこともないし、想像したこともなかったのだ。困惑した客は、話のきっかけを作ってくれるものと期待して主人役を見たが、助け船が出されることもなく、まったく言葉が返ってこないので、急に落ち着かなくなり、不安げに顔を見合わせるばかりだった。

リジャイナの夫は口をきくことができなかったのだ。動くこともできなかった。メドゥーサのデスマスクを着けたとも思える顔を見たとたん、本当に石と化したかのようだ。かれはその女性が幽霊のように見えることにも――今にも死にそうなことにも――気づかなかった。このときは客と同様、彼女が人間とは違う、同情の余地のない、弱さとは無縁のものだと思った。幽霊の女王が王座に着くごとく、リジャイナは自分の肖像画の下に置かれた椅子に背筋を伸ばして腰をおろすと、生気のない顔を客のひとりひとりに向け、うわべだけの儀礼的な言葉をかけていった。

客は口ごもって思うように話すことができず、いつも夫がそうだったように、消滅しかけている貴族階級の特性に畏怖の念を抱いた。その特性があるために、孤独な病弱の老婦人はそこにいる全員を支配し、その場を思いどおりにすることができるのだった。

リジャイナは勝利を収めた。しかし、最終的に勝利を自分のものにするために多大な犠牲を払ったのだ。このように初めて私生活が侵害されたこと、臣下である夫が反抗したことで死ぬほど大きなショックを受けた。そのため、自分の肉体が不滅だと信じきれなくなっただけでなく、自分がほかの者より道徳的に優れているという信念を失った気がした。それがなかったら俗世間のなすがままになってしまうのだ。

しかし、致命傷を負いながらも、リジャイナは召使いを大切な盟友にして戦いつづけた。召使いはよく訓練された無表情な顔でテーブルを取り囲み、それとなく勝利に歓喜しているような雰囲気を漂わせた。食後、それが頂点に達すると、意気消沈した客は一団となって逃げ出したが、召使いは無礼にもいそいそと車まで送っていった。

客は逃げるのに夢中になっていたので、相変わらず黙りこんでいる主人役が見物人のようにポーチにたたずんでいても、立ち止まって別れの挨拶をすることもできなかった。かれらの慌ただしい引きあげ方は大敗走ともいってもいいくらいだ。どの車もいっせいにエンジンをかけ、庭内路を疾走し、高い錬鉄製の門をわれ先に通り抜けようと競いあい、危うく衝突しそうになった。門のそばには褐色の肌の下男が数人いて、明りのついた手提げランプを高く掲げていたが、何台もの車がめちゃくちゃな走り方で出ていくのを見て目を白黒させていた。

最後の車が走り去ったあと、召使いは屋敷のほうを向いた。明るい月の光を受けて白くなった顔は得意げに輝いている。ポーチの暗がりにたたずむ男には、それが言葉ではいい表せないほど無礼な態度に思えた。すこしして召使いが全員屋敷のなかに姿を消したので、ようやくリジャイナの夫は麻痺状態から抜け出した。すると、夜会を守るためになにもしなかった自分に無性に腹が立った。なにか思い切った手を打つべきだった——反乱の先頭に立つべきだったのだ。車に飛び乗って友人たちと一緒に走り去ったほうが、なにもしないでこんなところに突っ立っているよりはましだっただろう。

だが、もう手遅れだ。客が立ち去るときのざわめきが消えたとたん、騒ぎで一時止まっていたこの土地独得の雰囲気がふたたび洪水のように押し寄せてきて、深く暗い水のようになにもかも覆い隠した。かれは今まで以上にこの現実離れした雰囲気を意識した。なにもかもがうっとりするほど美しく、穏やかな空気にはさまざまな花の甘い香りが漂い、月光を浴びて遠くの海は輝いている。にもかかわらず、その美しさと月影に照らされて白い花びらを広げる薔薇の香りの裏には、不吉な意地の悪いものがあるように思われる。

今まで、漠然とではあるものの、誰もが幸せで楽しい生活を送ってほしいという単純な願いとは相反するなにかの存在を感じることがあった。今、急にそれがはっきりした。かれの生半可な理想主義をばかにしているのか、この土地そのものの声のごとく、静寂のなかに嘲るような笑い声が響き渡っている。

ひと晩中妻の意のままに操られたことを夫はひどく恥ずかしく思った。新しい友人の前で口もきくこともできず、手も足も出ない状態だった。今、あらためてリジャイナのせいでこの前の晩餐会がだいなしになったことを思い出すと、急に自分の失敗の原因が彼女にあるような気がした。リジャイナが反対勢力だとわかるや、この農園の経営がうまくいかなかったことも、自分が孤独で楽しくなかったこともすべて彼女のせいだと思った——なにもかも彼女が悪いのだ。〝主人〟と呼んだのも皮肉混じりにからかっていたにちがいない。彼女は以前から夫が治める世界の空気そのものに抵抗する力を注ぎこみ、敵対する気持ちを起こさせ、自分を挫折させようとしたのだ。夫はふいにリジャイナがいやになり、この土地がいやになり、両方から逃げ出したくなった。

どこかわからない心の奥底からめずらしく湧きあがった怒りがかれを呑みこんだ。結婚以来、毎日毎日、毎年毎年、妻の侮辱的な無関心に心の尊厳を傷つけられた。あまりにも強く抑えつけられていたので、そんなものが存在することさえ知らなかったが、今までずっと心のなかで怒りがふくらんでいたのだ。今夜、心理的な圧力を受けたためにいっきに怒りが表面化した——もう爆発を止められるものはない。

激しい怒りがあらゆる束縛を吹き飛ばした。かれは家のなかに入り、今まで自分をばかにしてきた女性を激しく責めた。今夜のリジャイナはやりすぎで、友人たちの前で夫を笑い物にした。これはあまりにもひどい仕打ちなので、ついにかれも堪忍袋の緒が切れた——ここから出ていくことにした。かれは大きな音を立ててドアを閉めると、妻に口を開く間も与えずに立ち去った。

リジャイナはすこし立ち直りかけていたところだった。客が逃げ帰ったことと使用人の勝利に励まされて、やはり自分にはまだかけがえのない秘密の力があると思いこむまでになった。そこにいきなり激高した夫が飛びこんできた。かれの非難の声が聞こえたとたん、かすかな希望は消えて絶望に変わった。本当にすべてを失ったのだ。さもなければ、夫にそんな真似はできないだろう……自分をつまらない世間の泥沼へ引きずりおろす、大きなやかましい声を耳にするのは耐えられなかった。その声は彼女が君臨する神聖な場所を冒涜して破壊した。そこにいれば世間の俗悪な攻撃を受ける心配はないと思っていたのに。今、リジャイナは悟った。けっきょく財力も役に立たなかったのだから、どこかに自分を守ってくれるものがあるはずだ。

リジャイナが財力で守られていたのではないとしたら、すこし気がふれていると思われていたのかもしれない。物心ついたときからずっと自分を愛しつづけ、自分のことだけに夢中になり、自分に関わりのないことにはまったく無頓着だった。世間的な成功、愛、名声といったものにはいっさい興味がなかった。自分自身を賛美することに満足し、自我を謎めいた神秘的なものに高め、それを目に見えない翼のように自分の内にたたみこんだ。その翼で現実を乗り越え、自分が女王として君臨する空想の世界へ舞いあがったのだ。けれど、この年では自分を変えることなど不可能だ。現実の世界に戻ることはできない。あまりにも長いあいだ、心のよりどころである神秘とともに暮らし、人間関係を築いたり、知的興味をもったりすることを――ありとあらゆることを――避けてきた。この偽りの魔法の世界がなかったら――そのなかで夫は無意識のうちに重要な役割を演じていたのだが――人生は耐えられないものになり、生きつづけることができなくなるだろう。

すでに神秘的な女王らしさを最初に脅かすものが現れた。長いあいだ陰に潜んでいた老いが迫り、ぴったりとくっついているので、とても逃げられそうにない。さらに今度はなによりも侮辱的な問題に直面した。妻の財産に目もくれず、夫は出ていくかもしれないのだ。そんなことはなんとしても阻止しなければならない。かれを愛しているからではなく――夫がしたことやしていることを考えると、憎しみさえ感じているけれど――たとえ形ばかりでもわたしを守ってくれる偽りの世界がなくなったら、生きていくことができないからだ。その世界でわたしは最高位にいて、夫は献身的に仕えるのだ。翌日も現状をそんなふうに大げさに考えながら、心身ともに疲れ果てたリジャイナは豪華な部屋で待っていた。けれど、夕方になると、これ以上気をもむのは耐えられなくなり、夫の真意を確かめるために召使いに呼びに行かせた。

実のところ、夫はまだ決断していなかった。昨夜、感情を爆発させたせいで緊張が和らいだので、もう逃げだしたいという切羽詰まった気持ちはなかった。頭のなかで絶えず聞こえる〝中年〟という声が、こんなところで時間を無駄にしている余裕はないことを思い出させたが、この屋敷に潜む魔力もしつこくここに留まるよう命じつづけている。迷っているのは金銭面で困るからというだけでもない。時が経つにつれて、純朴で心優しいかれは自分の玩具を本当に好きになった。いろいろなことがあっても、長いあいだ生活の場になっていた小さな世界を愛するようになったのだ。

今、出ていくことを考えると、当然のことながら急にこの場所があらゆる魅力を見せはじめたので、悪意に満ちているという考えがばかばかしく思えた。かれの考えが間違っていることを証明するために、今日は悪意と反対の優しく無邪気な明るい雰囲気を漂わせているかのようだ。そよ風に吹かれてあらゆるものが動き、どこに目を向けても、無数の色鮮やかな小さな翼が閉じたり開いたりしている。海も花も木の葉もみな、いっせいに揺れている。陽光を浴びながら舞う蝶のように無邪気な他愛ないものばかりだ。

こんな無害な魅力をもつ土地に邪悪なものなどあるはずがない。舞い踊る蝶や跳ねまわるふわふわした子猫のごとく、どれもこれも純真無垢でかわいらしい。空気そのものも安らぎと善意に満ちているようだ。獰猛な番犬を放すと、いつものように噛みついたり唸ったりするどころか、かれのまわりを跳びはねたり、たがいに絡まりあったり、競争したりして、しまいには日陰に仲よく寝そべり、近くに舞いおりた鳩を追いまわすこともしなかった。本物の楽園のように林のなかから山猫が出てきて番犬と一緒に寝るのではないか、とかれはすこし期待していた。

夕方、妻の伝言を受けとると、夫は非難したことを悔やみ、仕返しされるにちがいないと思いながらしぶしぶ彼女の部屋に向かった。一日中穏やかな雰囲気に包まれていたせいで心が和み、ほとんど優しい気持ちになっていた。今、いちばんしたくないのは騒ぎを起こすことだ。ドアの前まで来ると、ちょっと間をおいて、妻と立ち向かうために気持ちを引き締めなければならなかった。ところが、部屋に入ったとたん、寝椅子に横たわる、目のくぼんだやつれた妻が目に入り、かれは困惑した。立ち向かう相手などいないように思えた。

長年、夫を怯えさせ、酒浸りになるほど苛立たせ、つねに思いどおりに動かし、支配してきたのは、リジャイナの目に浮かぶ冷酷非情な意志だった。今、それに立ち向かおうと、夫は覚悟を決め、すこし恐怖を感じながら妻と目を合わせた。ところが、信じられないことに、もうなかった。あの恐ろしい不変の意志がないのだ。それが夫を自分の所有物にして、自分の支配力の投影にすぎない〝主人〟に仕立てあげたのだった。今、かれに見えるのは妻の目に浮かぶ妙に虚ろな表情と、かつて強迫的な意志が満ちあふれていた場所だ。不意に解放感を覚えて夫は元気になった。体が軽くなったような気がした。ついにリジャイナの手を離れて自分を取り戻した。彼女の支配は終ったのだ。

今なら妻に同情することもできる。本当に彼女が同情すべき状態だとわかると、これ以上怒りは感じなかった。リジャイナは哀れな老女にすぎない。そんな彼女をずっと恐れていたとは、とても信じられない。今は本当に哀れに見える。なぜか以前より小さくなり、縮んでしまった。意志がなくなったら残るものがあまりないかのように。

リジャイナは本当に出ていくつもりなのかと尋ねた。夫は出ていかないでほしいならここに残ると答えた。かれは心のなかで自分にいい聞かせた。あまりにも長いあいだ、ほったらかしにしてしまった。今の彼女を見棄てるわけにはいかない――それは本当だった。自分で決断を下す必要がなくなったような気がして、かれはほっとした。

それで夫は留まることに決まった。ただし、かれの条件どおりで。つまり、今後、かれは好きなように生きる権利を勝ちとったということだ。これからはなにをするのも自由だ。かれは友人との付きあいを続けるつもりだが、妻の気持ちを考えて屋敷に連れてくる気はなかった。彼女に奪いとられた

〝主人〟の肩書きをふたたび使おうともしなかった。とにかくまったくばかげたものなのだから。みなに名前で呼ばせよう。

夫は自分の条件をはっきりと打ち出したが、すんなりと認められたので驚いた。リジャイナはどんなことにも同意し、あまり関心がないのか、ほとんど聞いていないふうだった。自分が女王として人生を歩みつづけられるよう、崩壊しかけた偽りの世界を残しておいてくれるなら、もう夫が何をしようとかまわなかったのだ。彼女が出した条件は、夫が毎日、朝と晩に顔を見せて変わらぬ忠誠を示すことだけだった。それ以外のときはかれが月に行こうと知ったことではなかった。夫のことなど見たくもないのでリジャイナは目を閉じた。かれは大きすぎるし、元気すぎる。

リジャイナは心身ともに衰弱し、精根尽き果てた。非常にもろくなり、どんな些細なものでもふたたびショックを受けたら、木っ端微塵に砕け散ってしまいそうだ。まわりにいる者はおとなしく静かにしていなければならない。たったひと晩でリジャイナは病人になった。彼女の生活は病人のつまらない日課の繰り返しになった。ドライブに出かけたり、庭を散歩したりするとき以外は、ほとんど自分の部屋から離れなかった。

夫は妻に心から同情し、外出に同行すると申し出た。しかし、リジャイナはかれを必要としていなかった。夫が決められた時間以外に姿を見せると、いつも腹を立てるようだ。一緒に歩いても、夫の歩き方が自分と合わないと文句をいった。ドライブに行く際も、夫よりも運転手のほうがいいといった。運転手は慎重にゆっくりと車を走らせるからだ。そのため、夫は自分が不要な人間に思え、しだいにリジャイナから離れていき、きちんと守っている面会時間以外には彼女に近づかなかった。妻と会っているときの夫はいつも優しく、いつもうやうやしく手にキスをして、彼女が年老いて体も弱っているにもかかわらず、今でも女王として敬意を払った。かれの優しさは天性なので本人はなんとも思っていなかった。リジャイナの思いは誰にもわからなかった。

これで夫も贅沢三昧の暮らしができそうだった。妻はかれになにをしているのかきかないし、どんなふうに過ごしているのも知りたがらなかった。それだけでなく、すべてのことに関心がないらしい。それでも、かれの地味好みは変わらなかった。どこまでも良心的な人間だったのだ。戸外に出て控えめに友人たちとの付きあいを楽しんだが、今でも以前と同じ時間を農園の経営に費やした。今や名ばかりの主人ではなくなった。

得体の知れない悪意は追い払われたようだ。いずれにしろ、もう対立するものはない。すべてが順調に進み、誰もがかれの立場に納得しているようだ。迷信深い人間にはこの静けさが不気味に思えたかもしれないが、かれはそんな非現実的な考えを抱かなかった——どうして抱かなくてはいけないのだろう？　かれの心にやましいところはない。つねに純粋な動機から行動しているのだから。

夫は前に妻がいやがったことは二度としないよう気をつけ、それに反する行為は極力避けたが、ときには彼女の冷淡な態度に反発しそうになることもあった。暑い季節が始まったとき、かれは農園内で育っている子供たちにプールを使わせたいと思った。プールは満々と水をたたえ、水が減れば補充され、浄化され、落ち葉や虫が取り除かれている。だが、かれが毎日ひと泳ぎするとき以外、プールには周囲の花を映す役目しかないのだ。それはとても無駄なことに思えた——どうして子供たちが楽しんではいけないのだろう？　妻に知らせる必要などない。しかし、猫や蜘蛛を毛嫌いする女たちのように、妻が子供に対して異常なまでの嫌悪感を示すことを思い出し、かれはプールを開放したい気持ちを我慢した。その代わりに子供たちを近くの砂浜に連れていき、ピクニックをした。

以前かれのお気に入りだったスーザンは成長して幼さがなくなり、おとなしい内気な少女になっていた。そのせいでほかの子供たちとなかなか友達になれないようだ——典型的なひとりっ子だ。家まで送ってもらおうと子供たちがどやどやとステーションワゴンに乗りこんだとき、大声で騒いでいる連中が怖いのか、スーザンは尻ごみしてかれの車に乗せてくれるよう頼んだ。かれはつねづねみなが幸せになってほしいと願っているので、少女の頼みを聞き入れた。すると、そんなになにげない親切にすぐさま熱烈な反応が返ってきたのですこし感動した。このときから庭師頭の家の前を通り過ぎるたびに、スーザンがいつも見ているような気がしたので、かれは農園内を車で回るときには彼女を一緒に連れていった。かれは自分にすり寄ってくる少女の仕草をおもしろがり、〝小さな恋人〟と呼んで頭を撫でまわした。

それはかれが誰に対しても見せる優しさで、特別な意味合いはなく、飼い犬をかわいがるのと同じことだった。この子供がつくりあげている空想物語を知ったら、かれは驚いたことだろう——震えあがったかもしれない。若い両親は自分たちの生活を充実させることに夢中になっていたので、スーザンはほとんどひとりぼっちだった。子供ながらも彼女は妙にしっかりした考え方をして、両親からはもらえそうにない愛をお屋敷の主人が与えてくれると思いこんでいた。数日間、かれが姿を見せないと、少女は勇気を奮い起こして探しに行った。

これは無謀な行動だった。なぜなら農園内に住むほかの子供たちと同様、スーザンも屋敷のすぐ近くが立入禁止区域で、そこに侵入するのは絶対に許されない罪だと教えられていたからだ。それでも、今の彼女はなによりも強い動機に導かれていた。少女が求めていたのは愛だったのだ。なんとしてもそれを手に入れなければならない。だから子どもっぽいやり方だけれども、大人のように固い決意を秘めて、愛を与えてくれそうな男を探しに行ったのだった。

スーザンは腹這いになって蛇のように体をくねらせながら、庭の端に作られた生い茂る生垣の隙間を進んでいった。誰も彼女には気づかないし、あたりには誰の姿も見えない。前方にある広大な庭には人っ子ひとりいないようだ——そのため、すぐに度胸がつき、スーザンは日陰に置かれた座り心地のよさそうなクッション付きの椅子に腰をおろした。最初はちょっと休憩するつもりだったが、なにげなく摘んだ花で輪を編みはじめると、すっかり夢中になって動くことも忘れた。少女が膝いっぱいに色鮮やかな花びらをまき散らし、静かに椅子を揺らしていると、近くの草の生えた小道から音もなくふたりの人間が現れた。

スーザンはさっと顔を上げてふたりを見ると、驚きのあまり目を丸くした。だが、顔見知りの運転手に気づいてほっとした。一緒にいるのは黒いステッキをついている老婦人なので、その点でも安心できそうだ。スーザンは屋敷の女主人がどんな風貌をしているのかまったく知らなかった。たまに猛スピードで走り過ぎる車のなかにいる女性の姿をかいま見ただけだ。けれど、この伝説的人物が年寄りだとは思いもしなかったので、目の前に現れた老婦人とその人物を結びつけて考えなかった。

スーザンは居ずまいを正し、愛嬌たっぷりの表情を浮かべて老婦人にほほ笑みかけた。とっさに彼女を慰めたいと思い、出来の悪い花輪を差し出したが……たちまち黒檀のステッキにたたき落とされた。

「なんてずうずうしい……わたしの花を……」

この乱暴な行為に仰天し、スーザンには怒りの声がほとんど耳に入らなかった。年老いた女性がこんなことをするとは夢にも思わなかったのだ。だが、今度はなおいっそう驚くべきことが起こった。

そこかしこに恐怖が潜むグリム童話の世界は、過ぎ去った幼児期とともに忘れ去ったと思っていた。それなのに、目の前で崩れるように倒れていく老婦人を見たとき、またそれが恐ろしい現実に思えてきた。スーザンは慌てて揺り椅子から下りると、家に向かって一目散に駆けだし、その後どうなったのか振り返って確かめようとはしなかった。探しに行った男のことを考えもしなかった。頭のなかにあったのは今しがたの不吉な出来事、誰にもいえない恐ろしい秘密だけだった。あれを見たせいで、まだ脱却しきっていない魔女の存在を信じる気持ちが戻ってきた。

スーザンが家に着いたころ、夫のもとにリジャイナの具合が悪いという知らせが届いた。ただちにかれは医師を呼んだ。その後、医師は別の医師を呼び、さらに、しばらくして町から専門医がやってきた。診察が終ると、三人の医師はリジャイナが軽い卒中のようだと告げた。命に関わる重篤な状態ではないが、看護婦を付き添わせなければならないとのことだった。

妻の部屋に入ることを許されなかった夫は、家のなかをうろうろするのもいやになり、すこしでも役に立ちたいと思ってすぐさま自分の高速車で出発した。看護婦が病院で待機していたため、往路も復路もほとんど止まらずに走りつづけた。しかし、看護婦を連れて家に戻ったときには、妻はすでに息を引き取っていた。

ショックのあまり夫は呆然とした。あまりにもとつぜんの思いがけない出来事だったのだ。なぜか妻が死ぬとは予想していなかった。かれはさまざまな手はずを整え、いろいろな人と会い、必要なことはなんでもしたが、その間ずっと夢うつつの状態で、ほとんど意識がなかった。だが、葬儀が終ると、正気に返りはじめ、教会から戻ったときには頭の痛みに気づいた。むせ返るような甘い香りを吸いこみながらぼんやりとあたりを見回すと、召使いが女主人に対する手向けとして家中に飾った月下香、椿、百合が目に入った――どれもリジャイナが好きだった強い香りのする花だ。その香りが重りのように頭にのしかかってくる。かれは本能のおもむくまま、当てもなく歩きだして外に出ていった。ぼんやりと庭をさまよい歩くうち、なにかが目に留まった。

大きく枝を張った木の下には毎日、クッションのついた揺り椅子と日よけが設置されているが、実際、めったに使われることはない。今、誰かがその椅子に腰かけて静かに前後に揺らしている。なにも動いていないはずの場所で椅子が揺れているため、ごく自然の成り行きでかれは注意を引きつけられ、ぼんやりした頭でこんなふうに考えた。みなが動揺し、悲しみに浸っている隙に誰かが無断で侵入したのだろう。動揺しているにもかかわらず、永久不変の良心はきちんと作動し、かれは調べずにいられなくなった。

近づいていくと、侵入者が子供だとわかった。とても信じられないので夢を見ているような気分になった。それにしても、どうしてこんなことがありえるのだろう? 怒りを覚えつつ、かれは自分に問いかけた。よりにもよってこんな日に堂々とここの掟に背くとは、どんな子供なのだ？　妻の埋葬直後に子供が立入禁止区域に入りこむのは、死者に対する意図的な侮辱のように思える。

激しい憤りを覚えて今にもどなりつけようとしたとき、揺れている姿にどことなく見覚えがあるので、かれは喉まで出かかった言葉を呑みこんだ。くしゃくしゃになった茶色い髪に覆われた頭は何度も撫でたことがある。スーザンはひとり言をいっているのか、あるいは、想像上の友達に話しかけているのか。夢中になって話しているので、かれの姿は目に入らず、足音も聞こえていない。かれは不思議なショック状態に陥りながらも、スーザンの赤く染まるぼんやりした顔とまったく変わらない表情に妙に興味をそそられた。どうしてあの娘はまわりにあるものにまったく気づかないのだ？

スーザンが顔を上げるものと思いながら、かれはさらに近づいた。ところが、今はほとんど触れるくらいのところまで来たというのに、相変わらず彼女は気づかない。そもそもかれの精神状態は正常ではなかった。少女がかれの存在に気づかずに大きく目を見開いてうっとりしているのを見たとたん、妙な興味は同じように妙な不安に呑みこまれた。今はスーザンの子供らしくない妖しげな熱中ぶりに不快感を覚え、自分がここにいることを知らせずに立ち去りたくなった。だが、あんな子供に悪感情を抱くのはまったくばかげていると思い、そんな気持ちを抑えた。

「魔法使いのおばあさん、あたし、ここであんたの椅子に腰かけてるの――見える？　戻ってきて、あの黒い杖であたしをやっつけてごらんなさい――できるものならね……」

かれは身動きもせずにその場にたたずみ、少女が繰り返す挑戦的な呼びかけに耳を傾けた。妻の死の知らせを聞いてからというもの、なにひとつ現実とは思えなくなった。今、聞こえる単調な子供の声も呪文のよう――夢のなかで聞こえる声のようだ。ところが、まもなくその抑揚のない低い声に勝ち誇ったようなところが出てきた。

「魔法使いのおばあさん、あんたは死んでしまったの。だから戻ってこられない……今は土の下だから出てこられない……もう二度と出てこられない……」

静かな意気揚々とした声がいつまでも続くので、かれはぞっとした。不思議なことに、今度は子供の声に交ざって別の声が聞こえてきたような気がした。想像もつかないほどはるか昔の遠く離れた場所から、荒々しい敵意に満ちた満足げな低い声が聞こえてくる。かれの耳に聞こえるのは子供の声だけではなく、先史時代の霧のなかからけっして変わることのない野蛮な本性を称える原始人の声でもあるのだ。

聞いている男は恐ろしさと驚きで心臓が止まりそうになった。つねづね子供というのは無邪気でかわいらしい愛嬌のあるもの、舞い踊る蝶やじゃれついてくる子猫のようなものだと思っていた――そんな子供があのように古代の邪悪な、敵意に満ちた、冷酷な声で話すのだろうか！　よりにもよってそれがスーザン、〝小さな恋人〟なのだ——あれは小さな蝮といったほうがいいくらいだ！　少女の声はショック状態でぼうっとしている男に突き刺さり、痛む頭のなかで狂人の声のように騒々しく響いた——それに激怒したかれはわれを忘れてどなった。

「黙れ！　そんな悪ふざけはやめろ……！」

この異常な状況にすっかり取り乱し、自分がなにをいっているのかも、誰にいっているのかもわからず、現状をきちんと見きわめることもできなかった。恐怖や憎しみといったものがあたりに立ちこめる霧のように邪魔をして、なにひとつはっきり見えないし、考えられないのだ。

その前にスーザンはかれに気づき、すぐさまうれしそうにほほ笑みながら顔を上げた。今、理解しがたい不思議な時間が流れるなか、少女はほほ笑みつづけ、疑うことを知らない、期待に満ちた表情を浮かべた。しかし、それがとても信じられないといった表情に変わったと思うと、とつぜんあふれ出した涙がすべての表情をかき消した。少女は蜥蜴のようにすばやく走り去り、花をつけている背の高い植物のなかに姿を消した。すこしのあいだ、彼女が走っている足音が聞こえ、葉がさらさらと音を立てながら静かに揺れた。あとに残ったのは大きく揺れている、誰も腰かけていない椅子だけで、今まで少女がそこにいたことを示している。

まるで催眠術にかかったかのように、かれはこの動く物体をじっと見つめていた。その動きはしだいに遅くなり、やがて完全に止まった。かれは呆然としたまま揺り椅子に背を向けると、その場から立ち去った。家に戻る途中、一、二度、無意識のうちに頭に手を押し当てたが、頭痛は今までよりもひどく、耐えがたく、鬱陶しくなった。

少女との不思議な出来事のあと、妙に気持ちが沈んだ。なぜかあのときのことが忘れられないのだ。忘れたかと思うと、また思い出すということの繰り返しで、そのたびに説明できない、自責の念ともいえるような不安感に襲われた。だが、妻の遺書を読んだとき、ようやくそんな思いは消え去った。

資産家の女性の遺書には、屋敷と家財、地所、財産のほとんどを運転手に贈与すると書かれていた。夫にはわずかな生涯不動産権とささやかな手当、そして、たいして価値のないものを形見として残しただけだった。

訳者あとがき

本書はANNA KAVAN: A SCARCITY OF LOVE（Angus Downie, 1956）の全訳である。さらにいうならば、一九八一年にサンリオSF文庫より邦訳出版された『愛の渇き』を改訳したものである。

アンナ・カヴァン（本名ヘレン・エミリー・ウッズ）は、一九〇一年にフランスで裕福なイギリス人夫妻のもとに誕生し、少女時代はヨーロッパ各地やアメリカ、イギリスなどで過ごす。イギリスで教育を終えたあと、十代でドナルド・ファーガソンと結婚し、ビルマに移住するが、やがて結婚生活は破綻してイギリスに戻る。のちに画家のスチュアート・エドモンズと再婚するも、ふたたび離婚。小説を書きはじめたのはビルマに住んでいたころで、一九二九年から一九三七年までにヘレン・ファーガソンの筆名で六篇の伝統的ロマンス小説を刊行しているが、その後、内的・外的状況の変化に伴い、筆名も本名もアンナ・カヴァンに変え、作風もライフスタイルも一変させる。

アンナ・カヴァンの人生は困難の連続である。人格形成期に冷淡で独善的な母親の影響を受けて情緒不安定になり、さらに、父親の自殺、二度の結婚と離婚、子供の死などの悲運が重なり、心の病は徐々に悪化して自殺未遂や精神病院の入院を繰り返す。そして、二十代から始まった薬物依存から脱却できないまま、世界各地を旅し、さまざまなことに挑戦し、小説を書きつづけ、一九六八年、六十七年の生涯を閉じる。

そんな波乱に満ちた人生はカヴァンの作品に色濃く投影されている。『アサイラム・ピース』は精神病院の入院体験が、『ジュリアとバズーカ』は終生続いたヘロインとの関わり合いが、そして、本書は愛の欠如した不安定な少女時代がもとになっている。カヴァンの作品にはたびたび、支配的な母親に抑圧され、虐げられる少女が登場するが、本書ではガーダがまさに〝犠牲者〟で、自己愛に凝り固まった母親に翻弄され、疎外感、孤独感、無力感に苦しみ、〝愛の渇き〟に喘ぎながら悲劇的な最期を迎える。

カヴァンの作家としての、一人の人間としての数奇な人生については、三十年以上も前に初めて日本の読者にカヴァンを紹介された山田和子氏が、ご自身の訳書『氷』や『アサイラム・ピース』の「訳者あとがき」のなかで詳しく記述しておられるので、優れた訳文とともにこちらもお読みいただくことをお薦めする。

私が本書と出合ったのはもう三十二年も前のことである。縁あって『愛の渇き』の翻訳を担当することになり、無我夢中で翻訳作業に取り組んだことを覚えているが、今にして思うと、当時の私は翻訳者としても人間としても未熟で、カヴァンが創りあげる繊細で深遠な小説世界を十分に理解し、的確な日本語で表現する力量はもち合わせていなかったように思う。

今回、ふたたび縁あって本書の改訳の依頼を受け、久しぶりにかつての自分の文章を読み直したところ、あまりの拙さに恥ずかしくて消え入りたい気持ちだった。そのため、当初はサンリオSF文庫版を部分的に修正する予定だったが、出版スケジュールを大幅に変更してもらい、全面的に改訳することになった。延々と言葉が連なり並ぶカヴァン独特の文章をわかりやすい日本語に置き換えるのも、「意識」と「無意識」、「現実」と「非現実」が交錯する幻想的な心象風景を正確に表現するのも容易なことではない。今でも私の力不足は否めないものの、今回の改訳作業により、三十二年前の訳文では霞がかかっていたカヴァンの世界がすこしでも鮮明になってくれることを願っている。

カヴァンの作品はヘレン・ファーガソン名義のものを含めて二十一篇あるが、邦訳されているものはわずか四篇である。今年は一月に『アサイラム・ピース』の初邦訳、五月には『ジュリアとバズーカ』の復刊、さらに秋には本書の改訳復刊と続き、まさに〝カヴァン・イヤー〟となった。これを機に新たな邦訳が刊行されることを期待している。

最後に、三十二年ぶりに『愛の渇き』との〝再会〟を実現してくださった文遊社編集部の久山めぐみ氏に深く感謝したいと思います。

二〇一三年九月

大谷真理子

訳者略歴

大谷真理子

1948年、東京都新宿区生まれ。明治学院大学文学部英文科中退、日本翻訳専門学院研究科修了。訳書に、マーガレット・ドラブル『黄金の王国』(共訳、サンリオ)、キャサリーン・ウッディウィス『風に舞う灰』(サンリオ) など。

愛の渇き

2013年11月1日初版第一刷発行

著者 : アンナ・カヴァン

訳者 : 大谷真理子

発行者 : 山田健一

発行所 : 株式会社文遊社

東京都文京区本郷 4-9-1-402 〒113-0033

TEL: 03-3815-7740 FAX: 03-3815-8716

郵便振替 : 00170-6-173020

書容設計 : 羽良多平吉 heiQuiti HARATA@EDiX+hQh, Pix-El Dorado

本文基本使用書体 : 本明朝小がな Pr5N-BOOK

印刷 : シナノ印刷

乱丁本、落丁本は、お取り替えいたします。

定価は、カバーに表示してあります。

A Scarcity of Love by Anna Kavan

Originally published by Angus Downie, 1956

 Printed in Japan. ISBN 978-4-89257-088-9

ジュリアとバズーカ

アンナ・カヴァン
千葉 薫 訳

「大地をおおい、人間が作り出したあらゆる混乱も醜悪もその穏やかで、厳粛な純白の下に隠してしまったときの雪は何と美しいのだろう——。」カヴァン珠玉の短篇集。解説・青山南

書容設計・羽良多平吉

ISBN 978-4-89257-083-4